황자,
네 무엇이
되고
싶으냐?

황자, 네 무엇이 되고 싶으냐? 1

초판 1쇄 인쇄 2018년 5월 9일
초판 1쇄 발행 2018년 5월 18일

지은이 목감기
발행인 오영배
기획 박성인
책임편집 김규영
디자인 권지연
제작 조하늬

펴낸곳 (주)삼양출판사 · 피오렛
주소 서울시 강북구 도봉로 173
대표 전화 02-980-2112 **팩스** / 02-983-0660
편집부 전화 02-980-2116 **팩스** / 02-983-8201
블로그 blog.naver.com/dan_gul
출판등록 1999년 3월 11일 제9-00046호

ISBN 979-11-283-9358-7 (04810) / 979-11-283-9357-0 (세트)

fioret 은 (주)삼양출판사의 로맨스 판타지 문학 브랜드입니다.

황자,
네 무엇이
되고
싶으냐?

I

목감기 장편소설

fio
ret

Contents

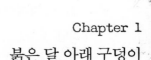

Chapter 1
붉은 달 아래 구덩이

윤수는 요즘 영 입맛이 깔깔한 게 도무지 식욕이 나질 않았다.

그 이유는 다름 아닌 이번에 구상하고 있는 신작 때문이었다.

첫 번째 시리즈와 맞물려 연작 형태로 쓰고 있던 두 번째 소설을 마무리 지은 후로, 벌써 계절 하나가 훌쩍 흘러 있었다.

오랫동안 쓴 소설이 완결되면 기분이 몹시 후련할 것 같지만 정작 그녀는 그렇지 못했다. 차기작 스토리로 가득한 머릿속은 매우 무거웠으며, 초조함에서 오는 압박감이 상당했다.

덕분에 오늘도 직원 식당의 맨 구석 자리에 앉아, 늘 한결같이 맛이 없는 코다리 찜을 그저 젓가락으로 뒤적거리고 있을 때였다.

갑자기 간장 조림 냄새를 잔인하게 눌러 버릴 정도로 강렬한 향수 냄새가 코끝을 찔렀다.

한 무리의 여자들을 우르르 몰고 내려온 것은 일명 여직원들의 실세라는 박지영 대리였다.

"대리님, 오늘도 창가 자리에 아무도 없네요. 저기 앉을까요?"

"좋지! 하루 종일 에어컨 아래 앉아 있었더니 햇볕이 그리워. 그런데 이런 명당자리를 매번 비워 놓다니, 우리 회사 사람들은 가끔 참 이해할 수가 없다니까."

"그러게 말이에요, 대리님. 다들 칙칙한 형광등 불빛이 더 좋은가 봐요."

하이고.

애꿎은 반찬을 연신 쿡쿡 찌르며 그 말을 듣고 있던 윤수의 한쪽 입꼬리가 위로 살짝 올라갔다.

입은 삐뚤어졌어도 말은 바로 하랬다고.

창가의 좋은 점을 몰라서 안 앉는 게 아니라, 못 앉는 거였다.

예전에 아무것도 모르는 신입 여직원 한 명이 멋모르고 그곳에 앉았다가 박 대리에게 불려가 얼마나 많은 훈계를 들었는가?

그리고 그 뒤로도 해당 직원은 각 부서마다 충실하게 심어져 있는 그녀의 심복들에게 찍혀, 갖가지 은밀한 괴롭힘을 당했다.

학창 시절, 반의 특정 친구들을 위해 수학여행 버스의 맨 뒷좌석을 비워놔야 하는 암묵적인 동의가 있었던 것처럼, 이런 규칙은 사회인이 되어서도 비슷하게 적용된다.

그리고 그런 자들의 타깃은 대체로 언제나 비슷했다.

늘 무표정으로 일관한 채, 아무리 괴롭혀도 절대 눈 하나 깜짝

하지 않는 존재.

무얼 숨기랴.

그녀들의 눈엣가시는 바로 저였다.

이제는 그 못된 눈동자가 데구루루 굴러오는 소리가 제 귀에 들려오는 것 같은 착각이 일 정도다.

"흐음, 역시 잔 다르크는 오늘도 혼자네. 불쌍하게도."

"누구?"

"이윤수 씨 말이야."

"아. 매일 부장님보다 일찍 퇴근하고, 회식 가서도 늘 먼저 일어선다는 그 용자? 그래서 별명이 잔 다르크라면서."

"용자는 무슨. 그냥 은따지. 진짜 저런 타입은 주는 거 없이 싫지 않아? 오늘도 봐라, 음침하기가 짝이 없다."

거기까지 이야기하고 그들은 또다시 윤수를 흘긋 곁눈질했다.

심술궂은 고양이들.

매일 혼자 점심을 먹는 것도 사실이고 그런 별명이 있다는 것 역시 죄다 알고 있었다.

다만 정작 본인이 그걸 아무렇지 않게 생각하고 있을 뿐이었다. 이럴 때의 대처법은 그저 무시가 상책이다.

"에이, 가자. 더 말하다간 밥맛 떨어질라."

윤수가 아무 대꾸도 하지 않자, 박 대리의 매서운 눈초리가 결국 배식대로 향했다. 과연 똥은 절대로 무서워서 피하는 게 아니라는 말은 만고불변의 진리가 아닐 수 없다.

각자 식판을 받아 들고 마치 전세 낸 듯 창가 자리를 점령한 그녀들은, 식사를 하는 와중에도 내내 끊임없이 수다를 떨었다.

"참. 어제 웹소설 '황자 시리즈' 완결 났더라."

"어머! 대리님도 그거 읽으세요? 바서라는 작가가 쓴 '제2황자' 말씀하시는 거 맞죠? 전 그거 무료 서비스로 뜨면 보려고 기다리고 있는 중이에요. 1황자 시리즈 재탕하면서요."

"난 벌써 캐시로 다 질러서 읽었지! 결말이 너무 궁금한데 그걸 무슨 수로 참아?"

"으음, 그럼 나도 역시 유료로 봐 볼까. 유명한 분의 그림이어서 그런지 일러스트 표지도 너무 예쁘더라고요. 그나저나 그 2황자 시리즈도 재미있어요? 또 차원이동물이죠?"

"어, 이번에도 남주가 이세계 황자의 몸에 빙의해서 과거로 돌아가는 스토리인데 완전 꿀잼이라니까! 이번에는 회차 중간중간에 삽화도 들어가 있어. 완전 강추!"

그 순간 아무런 미동도 없었던 윤수의 입가에 뜻 모를 미소가 배시시 퍼져 올랐다. 지금까지의 대화로 유추해 보건대, 앞으로 며칠분의 점심값 정도는 박 대리가 제게 캐시로 미리 내준 것이나 다름없기 때문이었다.

이러니 저를 따돌린다고 해서 원망할 수야 있겠는가?

오히려 점심 잘 먹겠습니다, 하고 인사를 해야 마땅한 일이지.

그래. 제2황자 시리즈도 로맨스 판타지 소설로 1황자 때보다 더 야하고, 더 읽기 쉽게 썼지. 그러니 아마 박 대리 옆에 앉은 성희 씨도 곧 유료 결제를 하게 될 거다. 특히 그녀는 늘 무리와 화제를 맞추기 위해 안간힘을 쓰는 노력파니까.

따라서 여러분, 잘 먹겠습니다.

마음속으로 그렇게 말한 윤수는 기어코 소리 내 웃고 말았다.

사실 그녀에게는 비밀이 하나 있었다.

회사 사람들은 물론이거니와 주변인들 중에도 이것을 아는 사람은 그야말로 극소수에 불과했다.

그건 바로, 여고생 시절 팬픽을 즐겨 쓰던 이윤수는 이래 봬도 장르 소설 바닥에 회귀 및 차원 이동 키워드의 붐을 몰고 온 인물이라는 거였다.

요즘 유행하는 여러 장르 중에서도 로맨스 판타지 좀 읽었다는 팬들은 필명 '바서'를 모르지 않으리라.

일명 '로판' 소설 입문자라면 교과서처럼 꼭 봐야 하는 게 바로 바서의 '황자 시리즈'니까.

그렇다, 그게 바로 그녀가 쓴 글들이다.

'매일 잘난 척하느라 바쁜 박 대리야. 넌 사실 내게 상당한 양의 캐시를 보태주고 있다고!'

한번 터진 웃음은 도통 멈출 줄 몰랐다. 주위를 오고 가는 다른 직원들이 이상하다는 듯 쳐다봤지만, 그녀는 아랑곳하지 않고 마치 춤이라도 추는 듯 어깨를 신명나게 들썩였다.

잔 다르크라.

실로 매우 마음에 드는 별명이 아닐 수 없었다.

　　　　　*　　　　*　　　　*

"그럼 먼저 퇴근하겠습니다. 수고하세요!"

오늘도 사무실에 가장 먼저 씩씩하게 울려 퍼진 건 윤수의 목소리였다.

여름이라 해가 길었다.

덕분에 바깥은 어두컴컴해지기는커녕 아직 밝다고 말할 수 있을 정도였지만, '먼저 퇴근하겠습니다' 외에 별다른 미사여구는 그녀에게 필요치 않았다. 할 일은 모두 마쳤다. 또한 제가 먼저 퇴근한다고 해서 다른 사람의 일거리가 늘어나는 것도 아니고, 누군가에게 폐를 끼치는 건 더더욱 아니었다.

"헐. 오늘도 이 주임님이 또 총대를 메 주셨네요. 아무튼 늘 쌀쌀 맞은 태도라니까. 얼굴도 꽤나 예쁘장하겠다, 조금만 더 살갑게 군다면 이미지가 엄청 달라질 텐데 아까워요."

"아니 그보다 말이야, 계속 저렇게 부장님한테 찍히면 대리 승진은 꿈도 꾸지 말아야 한다는 걸 몰라서 저러나? 정말 대단하다, 대단해."

마치 안줏거리 삼듯 저를 두고 쩔어대는 팀원들의 입방아 같은 건 진작 알고 있었지만, 이 역시 아무렇지 않았다.

아직 아무도 타지 않은 텅 빈 엘리베이터를 전세 낸 것처럼 홀로 타고 내려와 바깥공기를 들이마실 수 있는 이 상쾌함이 윤수에게는 훨씬 더 중요했다.

차가운 커피까지 한 잔 사들고 나니 지하철역으로 향하는 걸음에는 더더욱 느긋한 여유가 실렸다.

카페인 한 모금으로 하루 종일 쌓인 피로를 잠시 달래는데, 주머니에 넣은 휴대폰이 정신 차리라는 듯 요란하게 울었다. 황급히 전화기를 꺼내자, 매번 진동으로 해놓는 걸 잊어 부장님의 잔소리 폭격이 날아오게 만드는 밤 부엉이 소리가 귓전을 때렸다.

"여보세요."

─안녕하세요, 작가님! 퇴근하시는 길이시죠? 지금 통화 괜찮으세요?

오랜 시간 함께 일을 해 온 출판사 담당자는 윤수가 얼마나 열렬한 칼퇴 신봉자인지를 누구보다 잘 알고 있었다.

그녀는 직장을 다니면서 글을 쓰는 자신을 배려해 언제나 이맘때쯤 전화를 걸곤 했다.

"네, 괜찮아요. 말씀하세요."

─아, 다름이 아니라 작가님께서 주신 그 차기작 시놉시스 말이에요.

"네네."

꿀꺽─

윤수의 가느다란 목구멍을 타고 마른침이 넘어갔다. 올 게 왔구나.

아마도 담당자는 편집부의·회의를 거쳐 결정된 사항을 알려

주려 전화를 걸었을 것이다. 아무리 그녀가 성공한 작가라 해도 이 순간만큼은 긴장을 안 할래야 안 할 수가 없었다.

─일단 편집부 반응은 좋았어요! 황가(皇家)의 소심했던 막내 공주가 훌륭한 여기사가 된다는 설정이 참 흥미로웠고요. 요즘 은 특히나 성장물이 대세거든요.

"아, 그래요?"

윤수는 안도의 한숨을 내쉬며 입술을 꾸욱 깨무는 것으로 환호성을 대신했다.

─그런데 정말 괜찮으시겠어요? 1황자, 2황자가 서로 연결된 시리즈물이었고, 그 두 개를 모두 읽은 독자들이라면 다음 차기 작으로는 당연히 3황자가 주인공으로 등장하는 것을 기대할 텐데…….

"물론 그 부분도 생각을 안 해 본 건 아니지만요……."

안 그래도 최근 그 고민 때문에 여러 번 잠을 설칠 정도였으니 말해 무엇하랴?

윤수는 말을 끝까지 잇지 못하고 나지막이 한숨을 쉬었다.

─후반부에 가서 지독한 악역이 되긴 했지만, 그래도 3황자를 이대로 버리기엔 좀 아깝지 않나 싶어서요. 사실 제가 가장 좋아 한 인물도 3황자였거든요!

그 말에 윤수가 작게 웃었다.

독자들 중에도 같은 말을 하는 사람들이 적지 않기 때문이다.

─어릴 때부터 신동인 데다가, 잘생겼지, 키도 크지, 게다가

나라에서 제일가는 검사라는 설정이잖아요! 차기 황제가 되고 싶어서 일부러 착한 성격을 연기한 거긴 했지만, 그 지적이고 상냥한 이미지를 좋아한 독자들도 많았고요. 비록 악역을 담당했어도 정말 매력 터졌었는데……!

아쉬움이 가득한 담당자의 목소리가 본인의 말은 한 치 거짓도 없는 진실이라는 걸 대변해 주고 있었다.

하지만 윤수의 결심은 확고했다.

"음, 사실 제가 여주 중심의 소설을 써 보고 싶어서요."

―어머, 그래요?

"게다가 1황자 오튼이나 2황자 바인 모두 기절 후에 눈을 떴더니 낯선 세계의 타인에게 빙의되어 있더라 하는 소설 속 설정이었는데, 3황자까지 차원이동이나 빙의를 시켜주는 건 좀 아닌 것 같아요. 또 잘 아시겠지만 독자들은 계속되는 연작 소설에 쉽게 질리는 면도 있고요."

윤수는 바짝 마른 입술을 축이며 계속 제 의견을 피력했다.

"물론 3황자 카이트한테는 좀 미안하긴 하지만요."

판매량이 아주 바닥은 아닐 거라는 보장만 있다면, 어떻게든 쓰고 싶은 이야기를 쓰는 게 좋았다. 담당자는 다행히 윤수의 마음을 눈치챘는지 다시 재빠르게 말을 이었다.

―음, 그래요. 3황자가 이대로 차기작이 되지 못한다는 게 개인적으로 참 아쉽긴 하지만, 주신 시놉을 보니 공주의 성장물도 무척 재미있을 것 같아요. 게다가 독자들한테 자가 복제 하지 않

는, 발전하는 작가라는 이미지도 구축하실 수 있을 거고…… 다만 이왕 하실 거면 나약한 공주가 아주 강인해져야 할 필요성은 있다고 봐요. 소위 걸 크러시라는 게, 요즘에는 정말 화끈하지 않으면 잘 먹히지 않더라고요.

"감사합니다. 그럼 그쪽으로 방향을 잘 잡아볼게요. 화끈한 걸 크러시."

윤수는 지체 없이 대답했다.

물론 머리를 싸매고 준비한 내용과는 조금 달랐지만, 시장의 흐름을 제일 잘 읽어내는 것은 역시 출판사 관계자들일 것이다.

그런 그들의 조언을 기꺼이 따르는 것은 히트 작가라면 응당 갖춰야 할 미덕이었다.

─그럼 3황자는 어떻게 하시게요? 정말 죽이실 건가요? 아유, 그건 좀 아깝다. 팬이었는데.

쩝. 담당자가 마지막까지 아쉬운 입맛을 다시는 것이 수화기 너머로 들려왔다.

"2황자 시리즈 외전에서 정리하는 걸로 갈게요. 어디까지나 주인공들을 돋보이게 하기 위한 역할이었으니까 그거에 충실해서 마무리 짓고자 해요."

─아, 그럼 그렇게 해 주시겠어요? 외전은 특별 편 형식으로 나갈 예정이니까 아직 시간이 조금 있거든요. 그러니 조금 여유 있게 작업하셔도 될 거 같아요.

"네. 그럴게요. 늘 감사합니다."

─그럼 댁에 조심히 들어가세요, 작가님. 요즘 폭염이라고 하니 냉방병 각별히 조심하시구요!

그러고 보니 꽤 오랜 시간 밖에서 서성댄 탓에 어느새 이마가 땀으로 축축했다.

퇴근하는 인파로 붐비는 지하철에 꾸역꾸역 몸을 밀어 넣으면서도 윤수는 오로지 한 가지 생각에 골몰할 뿐이었다.

강력한 여전사를 보여줘야 하는 차기작 스토리.

그것만으로도 머릿속은 미어터지기 일보 직전이었다. 다른 것은 도무지 들어갈 틈이 없었다.

*　　　*　　　*

저 멀리 보이는 빌라를 향해 걸어가던 윤수의 두 눈이 휘둥그레졌다. 요란한 사이렌 소리와 함께 동네 사람들이 잔뜩 몰려나와 있었다.

"자자, 물러나세요!"

사람들을 통제하느라 진땀을 뻘뻘 흘리고 있는 경찰 아저씨 옆에 익숙한 얼굴이 보였다.

"안녕하세요. 집주인 아주머니, 이게 대체 무슨 일이에요?"

"아이고, 아가씨 퇴근했어? 요 앞 도로가 글쎄 푹 꺼졌다지 뭐야."

"네에? 도로가 꺼져요?"

"응. 뭐라더라. 요즘 뉴스에서도 많이 나오던데. 아, 그래! 싱크홀인가 하는 게 생겼대. 다행히 다친 사람은 없는가 봐."

그러고 보니 저 앞에 아스팔트가 움푹 주저앉아 있었다.

성인 남자가 양팔을 힘껏 벌려도 끝까지 닿을 수 없을 것 같은 커다란 지름의 구멍이 위협하듯 시커먼 입을 쩍 벌린 채로 제 존재를 알려왔다.

"어머, 세상에."

"뻔하지, 뭐. 바로 요 앞에 재건축 들어간 아파트 있잖아. 매일매일 시끄러운 소음에, 먼지에, 공사 차량까지 그렇게 뻔질나게 드나드니 땅에 구멍이 안 생기고 배겨? 우리 같은 빌라 거주민들에게 이게 무슨 민폐야, 흥!"

집주인 아주머니는 빌라 건너편에 자리 잡은 낡은 아파트가 재건축된다는 소식에 누구보다도 배 아파 했던 사람이었다.

그러니 이걸 절대로 그냥 넘어갈 리 없었다.

"아무튼 날이 밝는 대로 201호 아저씨가 구청에 민원 넣을 거래. 그러니 아가씨도 나중에 동의서에 사인 좀 해 줘. 혹시 모르니까 인감 증명도 한 통 떼어 놓고."

"아, 네에."

그렇게 집주인 아주머니의 말을 건성으로 넘겨듣고 있는데, 누군가가 자신의 팔을 덥석 잡았다.

"작가님!"

윤수의 미간이 미세하게 구겨졌다. 그 호칭으로 저를 부를 사람은 오로지 한 명뿐이었다.

"가연이 너, 공부하랬더니 왜 또 기어 나와?!"

"엄마는 참! 나도 구경 좀 하자!"

"벌써 여름이야, 이것아! 또 삼수하고 싶어서 이래?"

집주인 아주머니의 영원한 애물단지인 딸.

그녀는 윤수의 열렬한 팬을 자처하는 재수생이었다.

"바서 작가님! 2황자 완결 잘 봤어요!"

"고, 고마워요."

물론 가연은 고마운 열혈 독자였지만, 매번 이런 식으로 자신의 필명과 작품을 고스란히 발설하는 건 겸업 작가라는 사실을 줄곧 비밀로 부치고 있는 윤수에게 무척이나 곤란한 일이었다.

"아주머니, 그럼 저 이만 가 볼게요. 가연 씨도 다음에 또 봐요."

황급히 자리를 뜰 준비를 마친 윤수는 서둘러 주인집 아주머니에게 인사를 건넸다.

"작가님, 차기작도 응원할게요!"

도망치듯 사라지는 윤수의 뒷모습을 좇으며 가연이 마구 손을 흔들었다.

"하아, 회사 다니면서 그런 재미있는 글까지 쓰시다니."

장르 소설과 만화라면 사족을 못 쓰고, 엄마 몰래 코스튬플레이 행사까지 참가하는 가연에게 있어 윤수는 그야말로 우상이었다.

"작가님은 정말 멋져."

그러한 마음을 담은 그녀의 두 눈이 열렬히 반짝였다.

싱크홀 앞에 모여 삼삼오오 이야기꽃을 피우던 주민들이 대부분 집으로 돌아갔을 때는 이미 자정을 넘긴 늦은 시각이었다.

하지만 가연은 아직도 붉은 띠가 쳐진 싱크홀 주변을 서성이고 있었다.

어차피 집에 가봤자 공부하라는 잔소리만 들을 게 뻔했다.

"하여튼 우리 엄마는 창작 콘텐츠가 가진 힘을 너무 몰라."

그런데 그 순간.

"으윽……."

어디선가 들려온 낮은 신음 소리가 그녀의 귀를 잡아끌었다.

한참 동안 두리번거리다 이내 구석에 서서 흙먼지를 털어 내며 기침을 쿨럭거리는 남자를 발견한 순간, 가연은 저도 모르게 탄성을 내뱉었다.

"……허, 헐……! 짱이다!"

가장 먼저 눈에 들어온 건 그의 붉은색 머리카락이었다.

도대체 어느 미용실에서 염색을 한 걸까?

마치 원래 머리인 양 너무나 자연스러운 발색에 가연은 연신 와와, 하고 탄성을 내질렀다. 게다가 이 삼복더위에도 굴하지 않고 온 몸에 두른 검은 망토와 그럼에도 불구하고 숨겨지지 않는 우월한 신체, 고개를 숙이고 있어도 느껴지는 잘생김까지!

이건 진짜다.

진짜가 나타났다!

그녀는 남자의 곁으로 자박자박 거침없이 걸어갔다.

"저기요!"

"크윽……."

하지만 그는 대답 대신 또다시 기침을 토해냈다.

"저 혹시 이번 서울 코믹세계 행사에 참가하는 분이세요? 설마 개인은 아니죠? 팀 이름이 뭐예요? 와, 그나저나 아이디어 한번 신박하네요. 애니 주인공 말고도 소설 속 인물을 코스프레하는 건 처음 봤어요!"

가연이 남자의 주위를 뱅글뱅글 맴돌며 흥분된 목소리로 외쳤다.

그의 두 눈에 혼란함이 가득 차올랐다.

"너는 누구지……? 게다가 여긴 어디인가!"

굳게 다물고 있던 입술을 비집고 흘러나온 건 지독히도 고통스러워하는 음성이었다. 하지만 이미 남자의 근사한 외양에 정신이 팔려버린 가연은 아무것도 눈치를 채지 못했다.

"히야, 퀄리티 진짜 쩐다. 정말 책 속에서 막 빠져나온 거 같네! 아, 죄송한데 사진 한 장만 찍어도 될까요? 저도 사실 주인공인 다른 황자들보다 그쪽을 더 좋아하거든요!"

"뭐?"

주인공인 다른 황자들.

그 말을 듣자마자 여태까지 느리게 깜박이고만 있던 그의 눈이 번쩍 뜨였다.

"정말 그게 사실이었나⋯⋯."

마음 깊은 곳에서부터 격하게 요동치는 분노가 전신을 휘감았다. 그는 끝까지 말을 잇지 못한 채로 후들거리는 두 다리를 천천히 폈다.

달빛을 먹어 버린 기다란 그림자가 가연의 정수리를 덮었다.

"이봐, 너⋯⋯ 그렇다면 혹시 마녀에 대해 알고 있나?"

지독한 열대야가 계속되는 나날이었지만, 오늘은 제법 바람이 부는 밤이었다. 붉은 머리를 휘날리고 선 그의 호흡이 마치 끓어오르는 것처럼 뜨거웠다.

"네? 마녀⋯⋯요?"

"날 이렇게 만든 그 마녀는⋯⋯! 대체 어디로 가면 만날 수 있는 거지?"

너무나 절박한 목소리에 가연은 저도 모르게 입술을 열었다.

"어, 호, 혹시 작가님을 말씀하시는 거예요? 우리 집 아래층에 사시는데⋯⋯."

그렇게 말하자마자 남자가 서늘한 미소를 머금는 것이 보였다.

순간적으로 가연은 황급히 두 손으로 입을 막았다.

제가 실언을 했음을 눈치챘지만, 이미 때는 늦었다.

"여자, 잠깐 나와 이야기 좀 할까?"

"너는 평소 생각이라는 걸 하고 사는 거니?!"

저를 혼낼 때면 엄마는 늘 저런 소리를 늘어놓으시고는 했다.

그걸 그저 그런 잔소리로 치부해 버린 것을 가연은 죽도록 후회했다.

*　　*　　*

쿠웅—!

"……무슨 소리지?"

윤수의 꿀 같은 단잠을 깨운 건 무언가를 크게 부수는 것 같은 둔탁한 소음이었다.

"뭐, 뭐야. 설마 또 땅이 꺼졌나?"

그녀는 졸린 눈을 비비며 황급히 휴대폰의 시계를 확인했다.

새벽 00시 55분.

"이러면 다시 깊이 잠들기 힘들 텐데."

괜히 잠만 설쳤다 싶어 짜증스러운 손길로 긴 머리를 벅벅 헤집었다.

잠이 덜 깬 채 어두운 거실을 가로지르던 윤수의 머릿속에는 그저 커다란 싱크홀 생각뿐이었다.

아니, 아무리 잠이 덜 깼다 하더라도 이렇게 의심 없이 벌컥 현관문을 열어버린 건 생애 저지른 것 중 가장 큰 실수였다.

"뭐야, 아무 일도 없잖…… 꺄아악! 우, 우읍!"

더운 공기가 확 밀려든 동시에, 누군가의 커다란 손이 무시무시한 힘으로 입술을 틀어막았다.

"조용히 해."

아주 낮디낮은 목소리.

하늘에 뜬 달의 빛 사위도 제대로 보이지 않는 어두운 밤이었다. 눈에 보이는 건 그저 시커먼 암흑과 온몸을 찢어발기겠다는 기세로 절 쏘아보고 있는, 태양처럼 동그랗고 강렬한 붉은빛이었다.

……하지만 이 어두운 밤중에 태양이 뜰 리 없었다.

그것이 다름 아닌 괴한의 눈동자라는 것을 알았을 때는, 이미 집 안으로 몸이 떠밀려지고 난 뒤였다.

"후우."

남자는 뜨거운 호흡과는 상반되는 차가운 시선으로 그녀를 서늘하게 쏘아보았다. 마치 스스로 커다란 불꽃을 발화시키는 얼음 같은 느낌의 남자였다.

물론 그런 것이 이 세상에 존재한다면 말이다.

"……드디어 찾았다."

겁에 질려 와들와들 떨고 있는 그녀를 향해 그가 나지막이 읊조렸다.

"내 인생을 망쳐버린 원흉."

이처럼 증오로 가득 찬 타인의 목소리를 지금까지 살면서 들어본 적이 있었던가?

"흐으⋯⋯."

두려움이 온 몸을 집어 삼켰다.

흐느끼는 것처럼 들리는 비명이 입술을 비집고 새어 나왔다.

주춤주춤 뒷걸음질을 치다 결국 엉덩방아를 찧고 만 그녀의 눈앞에서,

쿵—!!

현관문이 닫혔다.

"흐읍."

만약 사람이 평소 상상조차 할 수 없었던 엄청난 공포와 갑작스럽게 마주치게 된다면, 그들의 반응은 개인에 따라 제각기 다를 것이다. 윤수의 경우는 새끼손가락조차 꼼짝하지 못할 정도로 몸이 경직되는 쪽이었다.

돌처럼 단단하게 굳어서 그대로 바닥으로 집어던져도 될 만큼.

"흐윽, 끅, 으윽."

그 뒤에는 곧바로 딸꾹질을 시작했다. 숨쉬기 괴로울 정도로 가슴이 들썩거렸지만, 그녀는 아랑곳하지 않고 여린 살 주변이 하얗게 될 때까지 입술을 꽉 물었다.

"정말이지 믿을 수가 없군."

괴한은 가만히 서서 여러 가지 복잡한 감정이 가득 찬 얼굴로 저를 뜯어보듯 살폈다.

"날 지옥으로 몰아넣은 장본인이 이런 보잘것없는 계집이라니 말이야. 하⋯⋯ 차라리 모르는 게 나을 뻔했어."

상대는 매우 화가 치민 동시에 무척이나 혼란스러워 보였다.

현관의 낮은 천장 아래 동그랗게 달린 센서 등, 그 끝에 머리가 살짝 닿을 정도로 괴한의 키는 몹시 컸다.

그가 계속해서 서성이자 오렌지색을 띤 불빛이 연신 깜빡였다.

이처럼 한눈에 알 수 있는 장신(長身) 이외에도 남자의 외모는 매우 인상적이었다.

붉은색의 짧은 머리와 새하얀 피부, 그리고 분노로 연신 꿈틀대는 두 눈썹 아래에는 머리카락과 똑같은 색깔의 눈동자가 마치 짐승의 그것처럼 번뜩였다. 심각한 부상을 당했는지 왼쪽 눈에 덧대어진 안대가 아니었다면, 틀림없이 타 죽었을지도 모른다고 생각할 정도로 매서운 눈빛이다.

"누, 누구세요……?"

"잠깐 입 다물고 있어. 네 목을 당장 이 자리에서 그어 버리고 싶은 화를 지금 간신히 억누르고 있으니까."

그는 쉴 새 없이 거친 말들을 내뱉으면서도, 애써 분노를 삭이려는 듯 허리에 손을 짚고 서서 천천히 호흡을 가다듬었다.

그때를 틈타 윤수는 괴한의 외양을 좀 더 자세히 살폈다.

흡사 흙더미에서 구르다 온 듯 남자의 몰골은 남루했다.

머리는 엉망으로 헝클어져 있었고, 얼굴 위로는 여기저기 시커먼 먼지가 덕지덕지 묻어 있었다.

하지만 그럼에도 불구하고 그는 꽤나 매력적인 남자였다.

아니, 무엇으로도 가려지지 않는 숨 막히도록 잘생긴 얼굴을 가졌다는 표현이 더욱 정확하리라.

하지만 지금은 그런 생각을 할 때가 아니었다.

알 수 없는 침입자에게 목숨을 위협받는 상황에서 그녀가 취할 수 행동은 딱 하나밖에 없었다.

"제발 사, 살려 주세요!"

지금 제 옷차림이 낡은 트레이닝복이라는 것에 내심 감사하며 윤수는 그의 발밑에 주저앉아 겨우 입술을 열었다.

"돈이라면 전부 드릴 테니⋯⋯!"

어느새 두 눈에 눈물이 핑 고였다.

"돈?"

순간 그의 입술이 비뚜름히 들리며 새하얀 치아가 드러났다.

남자는 마치 그녀를 조롱하듯 큰 키를 서서히 낮추며 한쪽 무릎을 꿇고 앉았다.

"돈이라고? 이 꼴이 되어가며 내가 겨우 돈이나 얻자고 찾아왔다 생각하는 건가? 내가 원하는 건 돈 같은 게 아니야."

"그럼 워, 원하는 게 뭔데요⋯⋯?"

"지금 당장 원하는 걸 군이 말하라면⋯⋯. 글쎄, 네 목?"

그렇게 말하며 남자는 제 바로 옆 바닥에 번쩍이는 무언가를 콰앙! 하고 박았다.

그것은 얼핏 봐도 제 허리께에 닿을 정도로 길고 날카로운 은색 장검(長劍)이었다.

'흐윽!'

순간 윤수는 비명이 터져 나오려는 것을 간신히 자제하며 두 눈을 꽈악 감았다. 그녀는 울먹이는 목소리로 물었다.

"왜, 왜 날 죽여요? 내가 뭘 잘못했다고……?"

"왜냐하면 너는 세상에 둘도 없는 악마 같은 존재이니까. 이 빌어먹을 계집."

지체 없이 튀어나오는 그의 욕설에 윤수는 저도 모르게 치밀어 오르는 억울함을 느꼈다.

그녀가 생각할 때 자신은 절대로 나쁜 사람이 아니었다.

아니, 나쁘기는커녕 남에게 피해를 끼치지 않으려 매 순간 노력하고 또 노력하는 축에 속했다.

출퇴근 시간의 붐비는 지하철에 타고 내릴 때에도 단 한 번도 타인을 밀친 적이 없었고, 아무리 급하다 해도 긴 줄이 늘어서 있는 마트의 계산대에서 앞의 사람보다 먼저 계산을 치를 생각 같은 건 꿈에도 하지 않았다.

공공시설은 언제나 깨끗하게 내 것처럼 소중히 아껴서 사용함은 물론이요, 심지어는 화장실에서조차 뒷사람을 생각해 늘 휴지를 예쁘게 접어놓고 나올 정도였다.

물론 이 모든 건 오로지 본인을 위한 행동이었다.

내가 그런 만큼 남들도 나를 그렇게 대해 주길 바라는 마음 말이다. 하지만 제아무리 본심이 그렇다고 해도, 그게 이런 심한 욕을 얻어먹을 이유가 되진 못하리라.

습격을 당해도 싸다고는 더더욱 말할 수 없고.

그러나 남자는 그런 윤수의 생각은 안중에도 없다는 듯 계속해서 말을 이었다.

"허나 죽이진 않을 테니 안심해라. 내가 당한 수모는 네 죽음만으로 전부 다 갚을 수 있는 게 아니니까."

"그럼……요?"

대답을 채 끝마치기도 전에 어느새 턱 아래의 보드라운 피부에 차갑고 날카로운 금속이 닿았다.

그리고 도저히 믿을 수 없는 말이 들려왔다.

"내 꼴을 이따위로 만들었으면 책임을 져야지."

"채, 책임이라니?"

"죽음은 아무런 벌이 되지 못해. 벌은 커녕, 오히려 네게 달콤한 안식을 선사할 뿐이지. 그보다 중요한 건 자신이 누군가의 인생을 얼마나 잔인하게 짓밟았는지를, 본인의 두 눈으로 똑똑히보는 거다. 그러고 나서는 이 모든 상황을 다시 원래대로 해 놓는 거야."

"……네?"

혼란스러웠다.

이 괴한이 대체 무슨 말을 하는 건지 도무지 알 수 없었다.

하지만 상대는 그녀의 이해를 바라지 않는 듯 나직하게 선언하듯 말했다.

"어그러진 내 삶을 돌려놓으란 거다."

말이 끝나기가 무섭게 부드득 이를 가는 소리가 들렸다.

제 목을 겨누고 있는 물건에 점점 깊이를 가늠할 수 없을 정도로 거센 분노가 실리는 것이 느껴졌지만, 그녀는 남자의 말을 하나도 놓치지 않기 위해 온 정신을 집중했다.

"그도 아니면 나도 다시 회귀시키든가."

그러나 제아무리 열심히 귀를 기울여 보아도 여전히 뜻 모를 소리.

천천히 고개를 든 윤수의 두 눈 속에 어느새 미소를 머금고 있는 그의 모습이 들어왔다. 한겨울에 처음으로 내려앉은 서리보다 더욱 차갑게 보이는 웃음이었다.

"내 말을 이해했나?"

"그러니까 어떻게…… 잠깐만요. 이게 무슨 이야기인지 나는 도통…….."

"지금은 이해 못 해도 상관없지. 어차피 곧 알게 될 테니까."

그 말이 끝나자마자 남자는 서서히 몸을 일으켰다. 하지만 턱 아래를 파고든 날카로운 물체는 여전히 거둬주지 않았다.

'서늘한 검날의 끝'이라는 표현은 결코 그 쇠붙이의 온도 자체가 차갑기 때문만은 아니었다.

긴 장검의 끄트머리는 마치 종이처럼 얇았다.

그것이 바짝 날을 세운 채 부드러운 피부를 파고드는 순간, 그녀는 제 목 뒤로 식은땀이 흘러내리는 것과 차디찬 소름이 돋는 느낌을 동시에 맛보아야 했다.

"자, 잠깐! 내 말을 좀 들어 봐요. 그러니까 내가 대체 뭘 할 수 있다는 건지 모르겠지만 너무 무리한 요구는……."

"아니, 너한테 선택권은 없어."

괴한은 그녀의 말을 단박에 잘랐다. 그뿐만 아니라 마치 재미있는 농담이라도 들은 듯 양어깨를 들썩이며 웃었다.

"무슨 수를 써도 좋으니, 내 인생을 돌려놔."

어느새 웃음기를 싹 감춘 그의 목소리는 점점 더 낮아졌다.

"그래서 이 나를, 촉망받던 차기 황제 후보에서 졸지에 모든 것을 잃어버린 3황자가 된 나를 다시 황국의 황제로 만들란 말이다!"

"뭐……?"

윤수는 다시 숨을 꿀꺽 삼켰다.

설령 꿈이라 해도 절대 믿기지 않는 괴이한 일이, 늘 조용하고 평온했던 자신의 현실에 찾아왔다.

"그게 원래 내 인생이었어. 너라면 잘 알고 있지 않나? 어서 대답해 봐, 신. 아니, 마녀!"

마녀라니, 가당치도 않은 소리다.

계속해서 혼자 분을 삭였다, 터뜨렸다 하는 이 난폭한 괴한을 바라보는 그녀의 두 눈에는 여전히 커다란 혼돈이 가득 떠다니고 있었다.

설마 집에까지 침입할 줄이야. 맙소사, 이건 개인 정보 유출이 틀림없어!

아까부터 마녀니 환생이니 하는 이상한 말만을 늘어놓는 눈앞의 괴한은 자신이 쓴 소설 속 3황자와 똑같은 외양을 하고 있었다.

그러고 보니 정말 그랬다.

큰 키에 기가 막히게 잘 어울리는 검은 망토와 검은 바지, 그리고 소설 속 설정으로 등장하는 황국 최강의 검사만이 가질 수 있는 화려한 장검마저 가짜가 아닌 진짜 쇠붙이였다.

게다가 선혈처럼 붉은 저 머리카락과 눈동자 색은 또 어떠한가. 실로 소름이 끼칠 정도로 정교하여 그저 단순한 코스튬 플레이라고 치부하기엔 아까울 정도다.

장르 작가로서 글을 시작한 지 채 몇 년도 지나지 않아 이런 열혈 독자를 만날 줄은 꿈에도 생각하지 못했다.

치료를 요할 정도로 소설에 심취한 독자 말이다.

그렇게 생각한 윤수는 그제야 사태의 심각성을 파악하고 슬금슬금 눈동자를 굴리며 해결 방안을 모색하기 시작했다.

그런데 그가 갑자기 벽에 머리를 기대며 고통스러운 숨을 내쉬었다.

"으윽……."

정말 상처라도 입은 듯 남자는 천으로 가려진 왼쪽 눈을 손바닥으로 누른 채 괴롭게 신음했다.

순간 제 몸 어디에서 그런 기지가 나왔는지 알 수는 없었지만, 윤수는 그 때를 놓치지 않고 줄곧 웅크리고 있던 몸을 벌떡 일으켰다.

집은 그리 크지 않았다.

몇 발자국만 더 가면 충전 선을 꽂은 채 얌전히 누워 있는 휴대폰과 언제나 전원이 들어와 있는 컴퓨터가 놓인 방이었다.

제발 괴한이 저를 잡을 수 없기를, 이 돌발 행동에 그가 부디 당황해 주기를 바라면서 그녀는 잽싸게 뛰었다.

"으읏!"

미끄러지듯 방 안으로 들어가자마자 있는 힘껏 방문을 닫으려던 찰나였다.

콰앙—!

"……!!"

커다란 파열음과 함께 기계의 회로가 타는 것 같은 냄새가 코를 찔렀다.

"내 컴퓨터!"

아직 할부도 끝나지 않은 새 태블릿 PC 위에 커다란 장검이 박혀 있는 것이 두 눈에 똑똑히 들어왔다.

이 믿을 수 없는 현실에 숨조차 쉴 수 없어 그저 입술을 벙긋거리고 있는데, 커다란 손이 그녀의 머리채를 거세게 움켜쥐었다.

"아악!"

불행하게도 그는 저보다 몇 배나 더 민첩했다. 씩씩거리는 거친 숨결이 바로 뒤에서 느껴졌다.

"가만히만 있으면 신사적으로 대해 주려고 했는데. 더럽게도 말 안 듣는군."

"이거 놔!"

윤수는 힘줄이 툭툭 불거진 팔을 부여잡고 있는 힘껏 반항했다.

"어서! 아프단 말이야! 이 미, 미친놈!"

"미친놈이라니. 나한테는 엄연히 네가 붙여 준 이름이 있잖아. 설마 잊은 건가, 응?"

머리카락을 우악스럽게 틀어쥔 손아귀에 바짝 힘이 실렸다.

"자. 어서 말해 봐. 기껏 만들어 줬으면서 이제는 절망 속으로 밀어 넣어 버린 그 이름을 말이야. 어서."

두피가 얼얼해질 정도의 아픔에 눈물을 글썽이면서도 아, 소리 한번을 내지 못하고 있던 윤수의 입술이 얼떨결에 열렸다.

"아…… 아인, 아인젠카이트……?"

스스로 그 이름을 불렀을 때, 그녀는 본인이 제정신이 아니길 바랐다.

운켄트니스 황제의 막내아들이자 시리즈 최고의 악역. 그런 그의 정확한 이름은 위르겐 폰 데어 아인젠카이트로, 책 속에서는 보통 카이트로 불렸다. 물론 모두 윤수가 직접 지어준 이름이었다. 하지만 지금은 그런 게 중요한 것이 아니었다.

"그래, 맞아. 카이트. 고마워, 내 이름을 불러 줘서."

어두운 방 안, 쏟아지는 달빛 사이로 얼핏 보인 얼굴에는 으스스한 미소가 번져 있었다. 가지런한 치아가 마치 사냥당한 동물의 뼈처럼 드러났다.

그리고 윤수의 얼굴도 그에 지지 않겠다는 듯 새하얗게 질려 갔다.

*　　　*　　　*

"아아악!"

"아무리 소리 질러도 소용없어. 설령 그 어떤 방해를 받는다 해도 내가 마녀 널 놓칠 성싶은가?"

"흐윽, 사람 살려!"

마녀라니. 대체 그가 무슨 소리를 지껄이는 건지 윤수는 전혀 알 수가 없었다. 그저 할 수 있는 거라고는 목 뒤를 잡혀 질질 끌려가면서도 거센 반항을 멈추지 않는 것뿐이었다. 하지만 제아무리 눈물 콧물을 줄줄 흘려가면서 고래고래 소리쳐 봐도, 빌라 입구를 지나 도로로 나서기까지 아무도 나와 보는 이가 없다.

덕분에 그의 거침없는 발걸음이 더욱 빨라졌다.

"다치기 싫으면 얌전히 굴어."

그때 윤수의 시야에 저 멀리서 비틀대며 걸어오는 취객이 보였다. 40대 정도의 회사원으로 보이는 남자를 향해 그녀가 발버둥을 치며 악을 썼다.

"여기요! 아저씨! 저 좀 살려 주세요!!"

마구 발을 구르고, 필사적으로 손을 뻗으며 간청해 보았지만 그는 그대로 다른 쪽 골목으로 쏙 자취를 감추었다.

"허어?! 아저씨!!"

저를 정말 못 본 것일 수도 있겠지만, 타이밍 한번 기가 막히게 사라진 남자의 행동에 그저 입술을 빠끔거릴 때였다.

머리 위로 나지막이 혀를 차는 소리가 들려왔다.

"내가 살고 있는 곳이 가장 지옥 같은 세상이라 생각했는데, 네 세계도 만만치 않게 삭막한 곳이로군."

카이트의 말에 윤수의 두 눈이 번쩍 뜨였다.

살고 있는 곳?

그러고 보니 이 남자는 도대체 어디서 불쑥 나타난 거지?

그 의문은 오래 지나지 않아 곧 풀렸다.

저를 개처럼 질질 끌고 가던 발걸음이 멈춘 것은, 붉은색 테이프로 임시 경고 띠를 둘러놓은 도로 한복판이었다.

"어? 여기는……!"

윤수의 입에서 또다시 경악에 가까운 탄성이 터졌다.

"싱크홀인가 뭔가 하는 거래. 뻔하지, 뭐. 바로 요 앞에
재건축 들어간 아파트 있잖아. 매일매일 시끄러운 소음에,
먼지에, 공사 차량까지 그렇게 뻔질나게 드나드니 땅에 구
멍이 안 생기고 배겨?"

연신 혀를 차면서 제게 첨언하던 주인집 아주머니의 얼굴이 떠올랐다.

상황은 점점 더 믿을 수 없게 변해갔다.

"기다려, 잠깐만 기다리라고요!"

거의 울부짖듯 하는 윤수의 절규에도 카이트는 눈 하나 깜짝하지 않은 채 붉은 띠를 성큼 넘어서 구멍 근처까지 다가갔다.

"다, 당신이 진짜 3황자라면 현실에는 절대로 있을 수 없는 존재잖아. 내 머릿속, 아니 백번 양보해서 존재하지 않는 가상현실에서나 살아 움직이면 모를까! 이거 꿈이지? 그렇지? 지금 난 꿈을 꾸고 있는 거야!"

"너야말로 이게 꿈일 거라는 꿈에서 이제 그만 깨어나는 게 좋을 거다."

"아니면 당신 혹시 판타지 팬인가요? 소설 읽고 심취해서 현실과 환상의 구분을 잘 못 하게 된 거 아니냔 말이에요. 만약 그런 거라면⋯⋯."

"더 이상 헛소리를 들어주고 있을 수가 없군."

카이트는 윤수의 눈물 젖은 마지막 희망을 차갑게 일축했다.

그러고는 여전히 머리카락을 휘어잡은 채 나머지 자유로운 한 손을 높이 치켜들었다.

그 손에 들려 있는 것은 아까부터 줄곧 절 위협하던 검이었다.

날씬한 은색의 물체가 밤하늘을 가르는 별의 꼬리처럼 길고 날카롭게 반짝인 순간.

푸욱!

흙더미를 쏟아부어 임시로 막아 놓은 구멍 속에 그가 그것을 힘차게 박아 넣었다. 그러자 정말 믿기지 않는 일이 일어났다.

쿠우웅―!

땅이 거세게 흔들리더니, 아스팔트와는 확연히 구분되는 샛노란 흙으로 덮여 있던 구멍이 후둑후둑 무너지기 시작했다.

"어, 어어……?"

추악한 괴물의 아가리처럼 크고 시커먼 동공이 금세 눈앞에 드러났다.

조금만 움직여도 그대로 추락할 것만 같다.

평소 높은 곳을 죽기보다 싫어하는 윤수는, 바닥에 몸을 바싹 붙인 채 떨리는 목소리로 외쳤다.

"이게 뭐야! 기껏 메운 구멍이 왜 다시 벌어졌어!"

"왜긴. 이제부터 내 곁에서 네가 의무를 다하도록 만들기 위함이지."

하루 종일 쏟아져 내린 태양의 열기를 받은 땅은 아직도 뜨거웠다. 하지만 눈물로 얼룩진 두 뺨에는 마치 추운 것처럼 성성한 소름이 돋았다.

"이게…… 가능해? 세상에, 아무리 임시 조치여도 그렇지, 얼마나 부실하게 메워 놨으면 고작 그따위 칼 한 자루로 구멍이 무너져!"

"……고작 그따위 칼 한 자루?"

순간 카이트의 음성이 무겁게 가라앉았다.

"황국의 최강 검사라는 칭호를 지금껏 아무에게도 빼앗긴 적

없는 내게 지금 고작 그따위 칼 한 자루라고 했나?"

목숨이 위태로울 정도의 공격을 연거푸 받은 맹수처럼, 사나운 눈빛을 띤 그가 외쳤다.

"비록 서자 출신이지만, 황가의 후손이라는 긍지를 단 한 번도 잃지 않고 살아왔다. 적통의 피를 이어받은 형들과는 비교할 수 없을 만큼 뛰어났던 나였는데! 젠장, 그런데 이 모든 게 다 수포로 돌아가다니. 그것도 이런 조그마한 계집애 하나 때문에……."

남자의 얼굴은 당장 이대로 왈칵 피를 토한다 해도 이상하지 않을 정도로 괴롭게 일그러졌다.

그 후 이어진 짧은 정적. 그가 얼른 숨을 가다듬는 소리가 들렸다.

"이곳에서 죽고 싶지 않으면 입 다무는 게 좋을 거다."

언제 얼굴을 붉혔냐는 듯 차가운 음성이 귓전을 때렸다. 잔인하리만치 냉철한 분노에서 벗어날 길은 어디에도 보이지 않았다.

곧 죽어도 꿈이라고 믿고 싶었지만, 무엇보다 제 어깨를 잡고 놔주지 않는 이 남자의 손에 따듯한 체온이 느껴지니 불행하게도 꿈 또한 아니리라.

"후우."

그는 먼 곳을 응시한 채 호흡을 다시 한 번 천천히 내뱉었다.

그의 시선이 향한 곳으로 함께 고개를 돌리니, 어느새 밝게 변하는 하늘 끝 한 자락이 윤수의 눈 안에 들어왔다.

"……그럼 같이 가실까요, 마녀님?"

갑작스러운 그의 존대는 그녀를 더더욱 오싹하게 만들었다.

덕분에 윤수는 괴한은 틀림없이 정신이 단단히 망가진 놈일 거라 확신했다. 하지만 카이트는 다시 한 번 뼛속까지 얼어붙을 것만 같은 서늘한 미소로 씩 웃어 보이더니, 무릎을 바짝 꿇고 구멍 앞에서 덜덜 떨고 있는 그녀를 앞으로 힘껏 밀었다.

"아악! 이게 무슨 짓이야!"

위험해!

휘청대는 눈앞에 쩍 입을 벌린 구덩이가 다가왔다가 멀어졌다. 아무것도 가늠할 수 없는 시커먼 암흑 속을 바라보자 정신이 다 아찔했다.

"뭐 이런 미친 자식이 다 있어!"

방금 전 그가 저를 마구 윽박지르면서 위협했다는 사실도 잊고 결국 윤수는 저도 모르게 험한 말을 내뱉고 말았다.

그녀는 결코 얌전하거나 수줍음을 타는 성격이 아니었다.

스물 몇 해 동안 쌓아 온 조용한 이미지는 사실 원래 모습과는 거리가 멀었다.

자신은 그저 다른 사람들에게 관심이 없었을 뿐이었다.

"떨어질 뻔했잖아! 이 또라이 같은 놈아!"

이젠 이판사판이다 생각해서 독기 서린 욕설을 던졌지만, 길게 빼어진 입술 끝에 걸린 그의 웃음은 조금도 사라지지 않았다.

동이 터오는 새벽녘 하늘 아래 서 있는 남자의 옆얼굴이, 마치 자정을 알리는 종소리에 맞춰 나타난 귀신처럼 오싹했다.

"그러라고 한 거다."

"……뭐?"

"같이 가 줘야겠어."

대체 어디로, 라고 묻기 위해 입을 빼끔댄 순간이었다.

고요한 새벽의 풍경을 죄다 찢어발길 정도로 날카로운 비명 소리가 목 안에서 터졌다.

"꺄아아아악!"

그가 그녀의 등을 있는 힘껏 미는 순간, 나약한 몸은 더 이상 그 어떤 저항도 하지 못하고 구덩이 속으로 빨려 들듯 사라졌다.

"……!"

공기가 사라진 것도 아닌데 숨을 쉬기가 괴로웠다.

윤수는 마치 물속으로 가라앉는 사람처럼 제 목을 감싸 쥐며 쉼 없이 발버둥을 쳤다.

빙글빙글, 몸이 돈다.

공중에 흩뿌려진 눈물이 다시 뺨 위로 투두둑 떨어졌다.

안 돼, 제발.

귓가를 끊임없이 때리는 바람 소리.

하지만 그럼에도 불구하고 어둠 속에서 흘러가는 시간은 정지된 것처럼 마냥 느렸다. 그러다 일순 눈을 반짝 뜬 것은 아마도 생존 본능이 끌어모은 마지막 용기였으리라.

눈동자 속으로 들어온 것은 하늘 위에 뜬 커다란 달이었다.

어쩌면 떨어지는 게 아니라 하늘로 솟은 것일지 모른다는 착각을 불러일으킬 정도로 바로 눈앞에 은색의 구체가 사나운 빛을 내뿜고 있었다.

그리고 그 빛을 등지고 선 채 무심한 표정으로 저를 쳐다보는 남자의 흩날리는 붉은 머리.

이 두 가지가 마지막으로 기억하는 모든 것이었다.

그녀가 입고 있던 흰색의 반팔 후드 티에 달린 모자는, 공중을 부유하는 조그마한 깃털처럼 거센 바람을 따라 펄럭이다 점점 작은 점이 되어 이내 먼지처럼 사라졌다.

또다시 어둠뿐이었다.

*　　*　　*

악몽을 꾸었다.

조용하고 음습한 밤.

낯선 괴한이 집에 침입한 꿈이었다.

그가 휘두르는 커다란 장검에 위협당했고 심지어는 머리채를 움켜잡힌 채 시커먼 구멍 안으로 떠밀려졌다.

　　"그래서 이 나를, 촉망받던 차기 황제 후보에서 졸지에
　　모든 것을 잃어버린 3황자가 된 나를 다시 황국의 황제로
　　만들란 말이다!"

내가 만든 캐릭터에게 협박당하다니. 실로 지독한 꿈이 아닐 수 없다. 아무리 줄거리를 다 갈아엎는다고 해도, 악역인 아인젠 카이트를 황제로 만들라는 건 글을 쓰는 입장에서 보면 말도 안 되는 억지였다. 게다가 그는 이미 그녀의 손에 의해 너무나 처참한 말로를 맞이하지 않았는가?

촉망받던 차기 황제 후보가 두 형에 밀려 결국은 목숨조차 보장받지 못하는 신세로 전락했으니 말이다.

"허억!"

바람을 얼마나 잔뜩 들이마셨는지 칼칼해진 목 사이로 또다시 비명이 터져 나왔다. 벌떡 몸을 일으킨 것과 동시에, 이마에 맺힌 식은땀이 몸을 덮고 있던 낡은 모포 위로 투툭 떨어졌다.

"……으으, 여기가 대체 어디야?"

그녀의 눈에 가장 먼저 들어온 것은, 덩그러니 솟아 있는 커다란 나무 기둥 하나가 높은 천장을 떠받치고 있는 광경이었다.

흐릿한 눈을 마구 비비며 아무리 둘러보아도 보이는 거라고는 벽에 걸린 거울과 낡아 빠진 탁자, 그리고 의자 두어 개뿐인 살풍경한 방.

두근거리는 심장을 최대한 진정시키려 애쓰며 지금의 상황이 대체 무엇인지 가만히 되짚어 보려던 찰나였다.

"일어나셨습니까?"

조용조용하면서도 차분한 목소리는 낯선 자의 것이었다.

그녀는 저도 모르게 꽥 소리를 지르듯 되물었다.

"누, 누구세요?!"

"이런. 제가 놀라게 해드렸나 보군요. 죄송합니다."

사내는 시종일관 깍듯했다.

그리고 제 머리맡에서 몸을 스윽 일으킨 그의 얼굴을 마주한 순간—

윤수의 두 눈은 귀물(貴物)로 아무런 가치가 없는 무광의 흑요석처럼 새카맣게 죽고 말았다.

새하얀 은발에 청색으로 빛나는 두 눈. 키는 조금 작지만 호리호리한 체격과 그러한 몸매에 더할 나위 없이 잘 어울리는 늘 단정한 옷차림새. 그리고 누구에게나 예의 바른 말투가 특징인 그를 그녀는 대번에 알아볼 수 있었다.

이자는 분명 3황자의 충성스러운 심복으로 활약했던 남자이다.

아, 정신이 온전히 돌아오기도 전에 다시 미쳐 버린다 해도 이상하지 않을 노릇이었다.

"어, 당신은…… 그게, 그러니까."

무어라 할 말이 없어진 윤수는, 재빨리 고개를 돌려 커튼 하나 달려 있지 않은 창문 밖을 바라보았다.

펼쳐져 있는 거라고는 풀 한 포기 나있지 않은 황량한 들판뿐.

어디에나 있을 법한 저 척박한 땅마저 분명 자신이 묘사했던 것과 지독하게 똑같았다.

3황자의 북쪽 땅이라고 썼던 그 장면 말이다.

"주인님도 곧 오실 겁니다."

그녀의 호흡이 눈에 띄게 느려졌다.

미친 듯이 깜박이는 눈꺼풀과 쉴 새 없이 떨리는 가느다란 속눈썹만이 아직 기절하지 않았다는 유일한 증거였다.

"주인님이요?"

물 밖으로 끌어올려진 물고기처럼 윤수는 그저 입술을 계속 뻐끔거렸다. 하지만 그는 아랑곳하지 않고 곁에 가지런히 손을 모으고 서서 저를 뚫어져라 쳐다볼 뿐이었다.

"흐음, 마녀님의 생김새는 저희들과 별반 다르지 않군요. 그래도 이렇게 가녀린 여성이었을 줄은…… 어쨌든 황자님과 함께 무사히 돌아오셔서 정말 다행입니다. 그분이 갈라진 땅 속으로 사라지셨을 때는 정말 눈앞이 캄캄했었지요."

"잠깐만요. 땅이 갈라졌다니……."

이제는 아예 머리가 핑글핑글 돌아갈 지경이다.

이 남자 이름은, 그러니까.

"처음 뵙겠습니다. 마녀님. 저는 페라트라고 합니다. 잘 알고 계시지요?"

그가 선수를 쳤다.

맙소사.

정말 소설의 한가운데로 끌려 들어오고 말았다.

뻐끔거리던 입은 이제 아예 부레를 빼어 문 붕어와도 같이 크게 벌어져 있었다.

　　　　*　　　*　　　*

"마녀가 깨어났다고?"

쾅! 소리와 함께 문이 벌컥 열렸다.

그러자 기다렸다는 듯 악을 쓰는 목소리가 새어 나왔다.

"이거 풀어 줘요! 빨리 풀란 말이야!"

"죄송하지만 안 됩니다."

목이 터져 나가라 고함을 지르며 소란을 부리고 있는 윤수와는 달리 페라트의 음성은 그저 냉정했다.

뚜벅뚜벅 걷는 발소리가 들린다 싶더니, 곧 커다란 그림자가 침대의 발아래를 고래 꼬리처럼 넓게 덮었다.

마치 피를 흩뿌린 것처럼 붉은 머리카락은 눈동자를 옆으로 살짝 굴리기만 해도 눈에 띌 정도로 무척이나 튀었다.

그것만으로도 그가 누군지 알 수 있었다.

그녀를 이 세계로 끌고 온 원흉이자, 교양이 차고 넘치는 우아한 황족처럼 구는 주제에 그 입만은 누구보다 험한 사내.

"카이트 님, 기다리고 있었습니다."

그는 자신에게 깍듯이 인사하는 심복 페라트 곁을 지나쳐 윤수 곁으로 성큼성큼 다가왔다. 날카로운 눈빛이 단단한 족쇄가 매어진 그녀의 왼쪽 발목을 만족스럽다는 듯 훑었다.

"너 마침 잘 왔다! 어서 이거 풀지 못해?!"

보란 듯이 다리를 차며 악을 쓰자, 무거운 금속들이 철컹거리는 소리가 났다.

떨어질 때 부딪혔는지 커다랗게 멍이 들어 있는 허벅지에 제법 통증이 느껴졌지만 윤수는 몸부림치는 것을 멈추지 않았다.

"사람을 납치한 것도 모자라 침대에 이렇게 묶어 놓다니, 이 미친 자식!"

족쇄에 연결된 쇠사슬은 무척이나 짧아서 침대 밖으로 몸을 내려 도망치기는커녕, 좌우로 섣불리 움직일 수조차 없을 정도였다.

결국 윤수가 할 수 있는 건 또다시 크게 목청껏 소리를 치는 것뿐이었다.

"사람 살려! 아악, 여기 좀 살려 주세요!"

대체 얼마만큼 비명을 질러야 할는지.

산 그림자 같은 커다란 절망감이 온몸을 뒤덮었다.

하지만 반항은 얼마 가지 않아 멈추고 말았다.

그가 무심히 팔짱을 낀 채 상체를 제게로 바짝 굽혔기 때문이었다.

"입 좀 다물어. 시끄러워 말을 할 수가 없잖아."

윤수는 저도 모르게 마른침을 삼켰다.

밝은 곳에서 자세히 그의 얼굴을 바라보기는 처음이었다.

보기만 해도 사람을 압도하는 커다란 키에 날카로운 눈매, 게다가 얼굴을 가로지르는 검은색 안대는, 기껏 조각 같은 얼굴을 지닌 미남임에도 불구하고 매우 무뚝뚝해 보이는 인상을 한층 더 매섭게 만들었다. 그뿐만 아니라 불에 달궈진 화살처럼 붉은 빛을 띠고 있는 눈동자는, 마치 그대로 쏘아지면 사람의 심장 정도쯤은 순식간에 재로 만들어 버릴 수 있다 해도 이상하지 않을 정도로 이글거리고 있었다.

도무지 믿을 수가 없지만, 이 남자는 진짜다.

코스튬 플레이처럼 단순히 흉내를 낸 것이 아닌, 진짜로 3황자였다.

이름만 들어도 페어라센 사람들의 사지를 덜덜 떨게 만드는 남자.

황족이지만 온갖 미움을 한 몸에 받았던 악역이다 보니 위르겐 폰 데어라는 황가의 성(姓) 따위는 잊혀진 채 모두가 그저 카이트라고 부르는 그 인물!

"이렇게 악을 쓰고 발광하는 걸 보니, 이젠 내가 무섭지 않나 보지?"

"무서워? 네가? 내가 왜 그렇게 생각해야 하는데? 그리고 날보고 마녀라니 대체 무슨 소리를 하는 건지 모르겠네. 너, 진짜 정체가 뭐야. 왜 날 이런 곳으로 끌고 온 건데?!"

하지만 그래봤자 윤수의 손에서 탄생한 소설 속 캐릭터일 뿐이었다. 덕분에 그녀는 쉬이 주눅 들지 않을 수 있었다.

물론 상식대로라면 눈앞에 있는 이 남자의 심기를 거스르지 않는 편이 맞겠지만, 어차피 지금 상황 자체가 너무나도 비현실적이니 굳이 혼자서 정상적으로 사고하려 애쓸 필요 없으리라.

게다가 아까부터 반쯤 체념한 것이긴 한데, 여기는 정말 본인이 만든 세계일 수도 있다. 즉, 자신이 신으로서 군림할 수 있을지도 모른다는 상상이 저만의 오만한 생각은 아니라는 거다.

그 증거로 저자들도 나를 마녀라고 지칭하지 않았는가?

그렇게 생각하니 스스로도 믿을 수 없는 용기가 샘솟았다.

윤수는 태도를 바꿔, 지지 않으려는 듯 고개를 빳빳하게 쳐들었다.

"너 이 자식! 빨리 날 돌려놓지 않으면 내 손에 큰일 날 줄 알아. 조연은커녕 지나가는 행인보다도 못하게 만들어 줄 테다…… 까아악!"

그러나 그러한 박력은 불행히도 채 3초를 가지 못했다.

그가 바로 옆의 베개에 소리 없이 검을 박아 넣었기 때문이었다.

푸욱—!!

"허……."

엉망으로 찢겨진 베개 속에서 뿜어져 나온 하얀 깃털이 눈처럼 흩날리는 것을 멍하니 바라보던 윤수는, 저도 모르게 주먹을 불끈 쥐었다.

이거 완전히 돌은 놈 아니야?! 내 노트북도 이런 식으로 망가뜨리더니, 아무 때나 다짜고짜 칼부터 쑤셔 넣는 무식한 자식!

그렇게 쏴줄 셈이었다.

"흐읍."

하지만 아무 말도 하지 못하고 또다시 숨을 들이 삼킨 건, 어느새 검을 쑥 뽑아 들고 그대로 제 볼을 톡톡 치는 그의 얼굴에 서린 잔인한 미소 때문이었다.

"너는 본인이 얼마나 악독하기 짝이 없는 계집인지 알고 있나?"

"뭐야?!"

또다시 다짜고짜 욕설이 쏟아졌다.

평생 살면서 누구와도 얼굴 붉히며 다퉈본 적이 없던 윤수의 양 관자놀이가 화끈 달아올랐다.

"너 이 자식…… 말 다 했어?!"

자신이 만든 캐릭터에게 온갖 욕을 먹는 작가라니.

제 배 아파 낳은 자식이 패륜을 저지르면 이런 기분일까!

약이 오를 대로 오른 그녀는 시퍼렇게 멍든 제 다리의 상태도 잊고 그를 향해 마구 발길질을 해 댔다.

"두고 봐. 네가 진짜 내 소설 속의 3황자라면, 난 절대로 이대로 당하고만 있지 않을 거야! 내가 네 결말을 어떻게 만들어 줄지 어디 한번 기대해 보라고!"

하지만 그 협박은 아무런 의미가 없었을 뿐더러, 반항은 곧 허무하게 제지당하고 말았다.

그는 팔을 뻗어 얇은 발목을 한 손에 쥐었다.

그러고는 그것을 그대로 힘주어 당기자, 철컹거리는 소리와 함께 그녀의 몸이 아래로 주르륵 딸려 내려왔다.

"아!"

불쑥 드러난 하얀 맨다리를 가리느라 필사적인 자신은 안중에도 없는지, 황자는 여전히 무표정한 얼굴을 유지하고 있을 뿐이었다.

그는 침대에 한 발을 올려 족쇄를 밟았다.

그러고는 그대로 꾸욱 힘을 주어 누르자, 육중한 쇳덩이가 그녀의 복숭아뼈를 아프게 파고들었다.

"아, 아흑. 아파……."

얼굴이 새빨개진 채 손을 들어 침대 위를 탁탁 내리치는 윤수의 정수리 위로 음산한 목소리가 쏟아졌다.

"내 말 잘 들어."

"아프다고……!"

"여기서 나가고 싶나?"

어느새 눈물이 그렁그렁 고인 눈으로 힘차게 고개를 끄덕이자, 그가 만족했다는 듯이 입술 한쪽을 위로 슬쩍 끌어 올렸다.

"이미 여러 번 말했다고 생각하지만, 내 거래 조건은 단 하나다."

뺨 위로 기어코 뜨거운 눈물이 주르륵 흘러내렸다.

그제야 카이트는 제 발을 옆으로 슬쩍 치웠다.

뼈가 징 하고 울릴 정도로 아릿한 통증이 한참을 퍼져 나갔다.

"하아, 하아."

거세게 몰아쉬는 숨소리에도 아랑곳하지 않고 그는 나지막한 목소리로 침착하게 말을 이어 나갔다.

"1황자와 2황자 시리즈라는 재미있는 이야기가 있다고 들었다. 그런데 말이야, 네가 그들을 주인공으로 만들어 주기 전까지, 내 형들이 얼마나 나약한 인물들이었는지 아는가?"

"뭐……?"

순간 윤수는 아픔도 잊고 흐릿한 눈으로 멍하니 그를 쳐다보았다.

"바보 천치에 게으름뱅이, 뒷골목의 시정잡배보다도 못했던 무뢰한. 그야말로 같은 황족이라는 게 수치스러울 정도였지."

"설마 내가 쓴 책을 봤어……? 대체 어, 어떻게?"

하지만 그는 대답 대신 눈을 가만히 감았다. 그러고는 마치 한숨을 흘려보내듯 말을 쏟아 냈다.

"이제부터는 쓸데없는 것을 궁금해할 틈이 없을 거다. 넌 그저 억울하게 망쳐진 내 인생을 어떻게 돌려놓을지에 대해서만 생각해야 될 테니까. 만약 그 의무를 다하지 못하면 너도 나와 함께 영원히 이곳에 갇히는 거야."

말끝에 음산한 웃음소리가 따라붙었다.

침대의 천을 꽉 틀어쥔 손 안에 어느새 땀이 가득했다.

그 지독한 축축함이 윤수의 기분을 더욱 끔찍하게 만들었다.

그 후 그녀를 말없이 응시하고 있는 카이트의 눈동자는 그저 차분했다. 하지만 그렇다고 해서 그의 화가 수그러든 것은 아님을 윤수는 잘 알 수 있었다.

굳게 꽉 다문 입술 하며 강인한 턱 아래로 느껴지는 미세한 떨림. 그는 여전히 커다란 분노를 꾹꾹 집어삼킨 채였다.

물론 다른 사람이었다면 감쪽같이 속았을 것이다. 그러나 윤수는 그를 탄생시킨 장본인 아닌가.

카이트는 눈을 내리깐 채 마치 혼잣말하듯 나지막이 물었다.

"제1황자도, 2황자도 사실 다른 시대에서 온 자들이라지……? 그런데 왜 난 그렇지 못한 거지?"

"그건……."

당황해서 쉽사리 말을 잇지 못하는 윤수의 얼굴 위로 다시 차가운 것이 닿았다.

얼음장 같은 그것은 그의 긴 손가락이었다.

피부에 오소소 소름이 돋았지만 그는 그것을 무시한 채 아직도 눈물 자욱이 죽죽 남아 있는 그녀의 뺨을 매만졌다.

부드러워서 더욱 오싹한 손길.

"그 둘은 모두 그렇게 해서 이 나라의 중요한 일원이 되었는데, 가장 뛰어났던 3황자인 나만이 그럴 수 없다는 게 말이 되는가? 그 누가 들어도 공평하지 못하잖아."

"그러니까 네가 대체 그걸 어떻게 안 거냐고!"

"제아무리 절망의 끝에 선 자라 해도, 누군가 손을 내밀어 주는 구원자는 늘 있기 마련이지."

윤수의 옆에 높여있던 베개는 이제 아예 형체를 알 수 없을 정도로 조각이 나 있었다.

그것이 마치 다음에는 제가 저렇게 될 차례라는 경고 같아서,

그녀는 어깨를 움츠리며 두려움에 몸을 떨어야 했다.

하지만 그런 마음을 아는지 모르는지 페라트는 그저 아이처럼 마냥 눈을 빛냈다.

"여기가 책 속의 세계라는 게 정말 믿기질 않습니다!"

그는 이 상황을 자신의 주인인 카이트보다 더 유연하고 탄력적으로 받아들이고 있음이 틀림없었다.

윤수는 터져 나오는 한숨을 참기가 어려웠다.

누구였을까?

이 녀석에게 책 속의 줄거리를 고스란히 가져다 바친 사람이.

게다가 있어서는 안 되는 세계로 기어 올라온 이 3황자에게 작가인 자신의 집을 대체 누가 알려 주었단 말인가!

"아무튼 정말 고생 많으셨습니다. 카이트 님."

제 심복의 말에 그는 가만히 머리를 끄덕였다.

……누군지는 몰라도 그 여자 만나면 절대 가만 안 둘 거야.

눈앞에 있었으면 정말 머리채라도 한바탕 잡을 분위기로 윤수는 애꿎은 입술을 콱콱 깨물었다.

하지만 그럼에도 불구하고 한 가지 다행인 건, 3황자가 건너 들어 아는 내용은 매우 단편적인 부분에 불과하다는 사실이었다.

굳이 따지자면 작품 소개에 들어가는 분량 정도쯤?

즉 모든 이야기를 아는 것은 본인뿐이었다.

지금은 오로지 그것만이 희망의 빛이자, 잡을 수 있는 단 하나의 동아줄이리라.

게다가 이 세계에는 그들이 있었다. 1황자 오튼과 2황자 바인, 바로 나의 손끝에서 탄생한 주인공들! 그들이라면 이 악역의 손아귀에서 벗어나기 위한 도움을 줄 수 있을지 모른다.

"카이트…… 황자."

윤수는 표정을 숨기려 애쓰며 최대한 덤덤한 목소리로 카이트를 불렀다. 하지만 그는 뒤돌아서 팔짱을 끼고 있는 자세 그대로 아무런 미동도 없었다.

"그, 바인은…… 혹시 2황자는 지금 어디에 있어?"

그 순간 그의 상체가 움찔, 흔들렸다. 동시에 커다란 손이 그녀의 어깨를 아프게 잡았다.

"윽!"

"그들이 어디 있다 한들."

카이트의 눈에 또다시 커다란 분노와 상처가 깃드는 것이 고스란히 보였다.

"너는 내게서 절대로 벗어날 수 없어."

괜히 긁어 부스럼을 만든 건가 싶어 침이 목구멍을 타고 저절로 꿀꺽 넘어간 그때. 곁에는 어느새 페라트가 조용히 다가와 있었다.

"예전에 황실 주최로 열렸던 마상(馬上) 경기에서도 원래대로라면 우승은 카이트 님이 따놓은 것이나 마찬가지였습니다. 하지만 얌전했던 말이 왜인지 흥분해서 마구 날뛰는 바람에 낭패였죠. 그리고 평소 말안장에도 혼자 못 앉으시던 그분께서 그날 따라 멋지게 말고삐를 잡았고 말입니다. 그때도 전 어딘가 이상하다고 느꼈습니다."

그게 다 이 여자 때문이었다니.

페라트는 그렇게 뒷말을 삼켰다. 그의 아름다운 푸른색 눈은 마치 잔잔한 바다처럼 고요했으나, 그 또한 결코 우호적이지 않았다.

윤수는 저도 모르게 몸을 웅송그렸다.

과거에 겪었던 쓰라린 기억은 최대한 생각 않는 쪽이 분명 정신 건강에 더 좋을 것이다. 악역이기 때문에 카이트와 그의 측근들이 당했던 수치는 작가인 본인이 제일 잘 알고 있었다.

방금 전의 이야기도 윤수는 그가 누구를 말하는 것인지 즉각 눈치채고 말았다.

마상 경기 우승자. 그건 아마도 2황자 바인의 이야기일 것이리라. 시리즈의 주인공이었을 때는 뛰어난 기병으로서의 면모를 보여 줬던 2황자가 사실은 말을 못 탔던 모양이었다.

하지만 아무리 잘나갔던 남자 주인공이라 해도 제가 쓰지 않았던 원래의 인생까지는 알 수 없는 게 당연하지 않은가.

그러자 그런 그녀의 마음을 읽기라도 한 듯 페라트가 재차 말을 이었다.

"그렇지만 이런 걸 미리 알았다고 한들 우리들이 뭘 할 수 있었겠습니까? 그러니 카이트 황자님, 감히 청합니다만 이미 일어나 버린 과거의 사건보다는 앞으로의 일만을 생각해 주십시오.

카이트 님께서 속절없이 잃어버려야만 했던 것들이 더 이상 없도록……."

"그래, 그렇지. 앞으로의 일."

두 남자의 따가운 시선이 윤수의 이마 위로 뾰족한 가시처럼 내리꽂혔다. 놀라서 몸을 뒤로 물리자 철컹거리는 쇠사슬이 또다시 발목을 잡아끌었다.

"으, 잠깐만. 나는……!"

윤수는 마른 입술을 혀로 간신히 축이며 딱히 할 말도 없는 입을 열었다. 매서운 눈빛에서 벗어나려 괜히 주위를 살펴보았지만 아무데도 갈 곳이 없었다.

물론 대충 사정을 알고 나니 3황자에게 미안한 마음이 아예 안 드는 것도 아니었다. 촉망받던 인생이 제 의지와는 상관없이 엉망으로 꼬였으니 화가 나도 보통 난 게 아니겠지.

"이제 좀 본격적인 이야기를 해 보실까?"

커다란 바위처럼 서있는 카이트에게 최대한 시선을 주지 않으려 노력하며 윤수가 지지 않고 소리쳤다.

"아까부터 이야기하고 있잖아!"

"그런 사족은 집어 치우고, 형들을 제치고 황제가 된 내가 이계의 마녀를 다시 원래의 세계로 보내주는 아름다운 결말을 어떻게 쓸 건지에 대해서 한번 말해 보자고."

뭐라도 잡지 않으면 불안한 마음에 손을 허우적대 보았지만, 그때마다 잡히는 거라고는 그가 갈기갈기 찢어놓은 베개에서 뿜어져 나온 하얀 깃털들뿐이었다. 공중으로 날아오르는 그것을 바라보며 윤수는 저도 모르게 혼잣말로 중얼거렸다.

"원래 3황자는 이런 캐릭터가 아니었는데 이상한 일이네. 분명 늘 모두의 앞에서 깍듯한 자세를 유지했던 우아한 황족……."

그러자 카이트는 그녀의 말을 매몰차게 잘랐다.

"그건 황제가 되기 위해 쓰고 있었던 가면이었고. 잊었나? 난 원래 이런 성격이다. 뒤에서는 열 받으면 닥치는 대로 검을 휘두르는 미친놈. 이 나를 그렇게 써준 장본인 앞에서 내가 뭐 하러 굳이 내숭을 떨어야 하지?"

사실 윤수는 녀석의 매 순간을 그리 세세히 기억하고 있지는 않았다. 왜냐하면 제가 풀어낸 대부분의 이야기들은 주인공들을 위주로 한 것이기 때문이다. 하지만 3황자의 난폭한 성정은, 작가인 그녀 자신이 누구보다 잘 알고 있었다.

만약 이기지 못할 분노가 차오른다면 그는 정말로 제 목에 칼을 박아 넣을지도 모른다.

그래, 평소 황가의 사람들 앞에서는 가식으로 똘똘 뭉쳐진 우아한 이미지를 기가 막히게 연기하는 남자.

그러나 뒤에서는 그 누구도 인정사정 봐주지 않는 냉혈한.

그것이 아인젠카이트라는 인물이었다.

제가 바로 그렇게 만들었다.

"으……."

그리고 이제는 그런 그를 황제로 만들어야 집으로 돌아갈 수 있다. 그것도 황자 시리즈에서 제가 최고로 만든 두 명의 주인공들을 다시 거꾸러뜨리고서.

필력 신이 내린 스타 작가가 심혈을 기울여 집필한다 해도 도무지 말이 안 되는 이야기였다.

윤수의 얼굴이 또다시 수족관에서 혼자 발광하는 해파리처럼 새하얗게 변해 갔다.

*   *   *

"당장 이 족쇄 풀어요!"

"안 됩니다."

온몸을 들썩이며 소리를 질러보았지만 소용없었다.

페라트는 그야말로 칼같이 그녀의 청을 잘랐다.

"무기도 없고, 이 성에서 어디 도망갈 곳도 없는데 이건 너무 심한 처사라고 생각 안 해요?!"

"이곳을 만든 마녀가 할 수 있는 일이 얼마나 무궁무진할지 우리는 알지 못합니다. 그러니 섣불리 움직이게 해드릴 수는 없죠."

젠장.

제 말에 한 마디도 지지 않는 페라트를 바라보며 윤수는 이를 바득 갈았다.

하지만 누굴 탓할까.

그를 굉장히 똑똑한 전략가이자, 주인을 위해서라면 기꺼이 목숨도 버릴 만한 충직한 신하로 설정해 놓은 것도 윤수 본인인데.

그녀는 다시 카이트 쪽으로 고개를 휙 돌렸다.

"지금 나와 협상을 하려는 거 아니야? 네 소원을 들어주길 원한다면 내 요구도 들어줘. 지금 당장 이 족쇄를 풀고 어서……."

그러자 황자는 정말 재미있다는 듯 박장대소했다.

이렇게 소리 내어 웃는 그의 모습을 처음 본―책 속에서 묘사한 적도 없었기 때문에―윤수의 눈이 화등잔만 하게 커졌다.

"마녀 주제에 깜찍한 수를 다 쓰는군. 협상? 네 눈에는 내가 협상을 하자는 것처럼 보이나? 당장 죽여도 시원찮을 너 따위한테 그런 권리를 줄 수는 없지. 넌 그저 내가 원하는 것만 하면 되는 거다."

언제 웃었냐는 듯이 싸늘하게 돌아온 얼굴과 차가운 말투.

내숭을 지키기 위해 쓰고 있던 가면을 모두 집어던진 3황자는 정말 더럽게도 오만하고 이기적인 남자였다.

그녀는 즉시 맞불을 놓았다.

"내 심기를 이렇게 거스르고도 너희들의 소원을 들어줄 거라 생각하면 오산이야! 황제는커녕 성에서 쫓겨난 신세로 전락할 수도 있다고! 마치 거지처럼 말이야. 그, 그래. 너 어디 한번 거지가 되어 볼래?!"

하지만 카이트는 눈 하나 까닥하지 않았다.

그는 의자를 거꾸로 돌려 등받이에 팔을 괸 채 앉더니 어깨를 으쓱 치켜 올렸다.

"뭐 좋아. 그럼 여기서 우리랑 평생 살든가. 황제도 못 되고 성에서도 쫓겨났지만 대신 마녀의 인생을 손에 넣은 거지라니, 나쁘지 않군."

도발은 실패로 돌아갔다.

"이익……."

윤수는 다시금 입술을 깨무는 것으로 분함을 삼켰다.

제가 만든 세계, 그리고 본인이 창조한 존재들에게 둘러싸여 있지만 마음대로 할 수 있는 것은 아무것도 없었다.

그러니까 지금은 부아가 치밀더라도 절 가둬 둔 자의 심기를 거스르는 것을 좀 자중하는 게 좋을 것 같았다.

"좋아."

그녀는 여러 번의 심호흡을 통해 한결 평온을 찾은 얼굴로 대답했다.

"종이와 펜을 가져와."

그러고는 한껏 거만해진 눈초리로 3황자에게 명령하듯 말했다. 가장 일찍 뜨는 샛별처럼 반짝거리는 그의 눈을 지지 않고 쏘아보면서.

*   *   *

"어, 이게 뭐야."

페라트가 제게 내민 걸 확인한 윤수의 입에서는 믿을 수 없다는 듯 커다란 탄식이 터졌다. 그의 손에 들린 것은 두꺼운 양피(羊皮) 몇 장과 깃털 펜, 그리고 병의 바닥이 거의 드러날 정도로 조금밖에는 남아 있지 않은 잉크였다.

"종이가 아니잖아, 게다가 잉크는 왜 이렇게 조금이야?"

"어리석군. 종이? 그런 게 여기 존재할 거 같아? 그리고 그 잉크가 한 병에 얼마인 줄이나 아나. 이 허름한 성에 그 정도라도 있는 걸 감사히 여겨라. 지금 네가 있는 곳이 대체 어디라고 생각하는 거지?"

카이트의 입에서 절 힐난하는 목소리가 쏟아지자, 윤수는 즉각 입을 다물었다.

씨만 뿌리면 알아서 뿌리를 내리는 기름진 평야를 기가 막히게 피해 간, 있는 것이라곤 오로지 거친 암석과 험준한 산맥뿐인 쓸모없는 땅. 페어라센에서 가장 춥고 황량한 이 북쪽 대지가 바로 3황자의 영토였다.

그뿐만 아니라 기후는 또 얼마나 나쁜지 연평균 기온은 수도가 있는 중앙 지역보다 대략 15도 정도가 낮아서 10월부터 얼음이 얼기 시작하고, 본격적인 겨울이면 모든 걸 꽁꽁 얼려버리는 한파와 싸워야만 하는 곳이다.

그리고 이곳에서 춥고 외롭게 살고 있는 서자 출신의 황자가 바로 아인젠카이트라는, 눈앞의 붉은 머리 남자였고.

"알고 있어. 여길 만든 건 나잖아."

물자의 보급도 어렵고, 다른 황자들에 비하면 신하들의 수도

턱없이 적은 북쪽 성.

윤수는 부러 쌀쌀 맞은 목소리를 함으로써 괜히 미안해지는 마음을 감췄다.

그러고는 병을 기울여 펜촉 끝에 콕콕 잉크를 찍었다.

"잊지 마, 내가 네 소원을 들어주면 너 역시 나를 원래 있던 곳으로 돌려보내 줘야 한다는 것을. 그게 우리 조건이야."

"물론이지. 네가 날 무서워하는 건 알지만, 대신 나는 절대 한 입으로 두말하지 않아."

저 능글맞게 웃는 모습을 보라지.

흥, 게다가 내가 널 왜 무서워 해? 남의 속도 모르는 얄미운 놈.

윤수는 나 홀로 조용히 입을 삐쭉였다.

아닌 게 아니라 자신을 책 안의 세계로 끌고 들어온 장본인이라는 원망은 차치하고서도, 그는 작가를 참으로 곤란하게 만든 캐릭터였다.

왜냐하면 3황자 아인젠카이트는 악역임에도 불구하고, 독자들의 지나친 관심과 사랑을 받았기 때문이었다.

주인공뿐만 아니라 각각의 개성과 매력을 지닌 인물들이 등장하는 소설은 늘 명작으로 손꼽히곤 하지만, 그것도 어디까지나 정도를 지켰을 때의 이야기다.

만약 조연이 주연을 뛰어넘는 경우가 생긴다면 그것은 곧 실패한 작품이 아닌가, 하고 윤수는 줄곧 생각해 왔다.

그렇기에 그녀는 자신의 소설이 진행되면 진행될수록 3황자를 어떻게 하면 튀지 않게 등장시켜야 할까에 대해 끊임없이 골머리를 앓아야 했다.

줄거리 흐름상 어쩔 수 없이 등장시켜야 하는 에피소드에서는 주인공보다 돋보이지 않도록 최선을 다해 묘사를 자제했고, 그의 실수나 잘못에 독자들이 필요 이상으로 애처로운 감정을 이입시키지는 않는지 매일 같이 댓글들을 체크하기도 했다.

그래, 그러고 보니 그랬었지.

생각을 마친 윤수는 나지막이 한숨을 내쉬었다.

즉, 녀석은 소설 속에서 저를 애먹인 것도 모자라, 이제는 아예 눈앞에 등장해서 말도 안 되는 요구를 하고 있는 것이다.

그녀는 무뚝뚝한 표정으로 줄곧 팔짱을 끼고 있는 카이트의 옆모습을 슬쩍 훔쳐보았다.

어두운 밤에 그야말로 땅에서 불쑥 솟아나 갑자기 제게 시퍼런 검까지 들이댔으니 당시 공포심에 바들바들 떨었던 건 당연했다. 하지만 지금은 상황이 조금 변해 있었다.

물론 카이트가 악역인 것은 사실이나, 그렇기 때문에 오히려 역으로 얼마나 처참한 일들을 당했던가. 그것도 내 손끝에서.

그것을 떠올리자 윤수는 신기하게도 눈앞의 이 남자가 마냥 무섭게만 느껴지지가 않았다.

아무리 난폭하게 군다한들 말이다.

아니, 무섭기는커녕 이렇게 책 속으로 들어와 아무것도 없이 넓기만 한 성에서 궁핍하게 사는 모습을 두 눈으로 직접 확인하니, 마음 한구석이 되레 매우 애잔해져 왔다.

솔직히 말하면 죄책감마저 든다.

이 모든 게 다 자신이 만들어 준 환경이라 더더욱 그럴 것이다.

그녀는 펜을 들고 양피지 위에 무언가를 써내려가려던 손을 잠시 멈췄다.

그러고는 자신에게서 줄곧 시선을 떼지 않는 카이트를 향해 물었다.

"황자, 너 말이야……."

"왜 그러지?"

"그 눈은 복면을 쓴 추격자들에게 쫓기던 때 입은 상처 맞지?"

순간 그의 관자놀이가 움찔거리는 것이 그녀의 눈에도 생생히 들어왔다.

말없이 왼쪽 눈을 가리고 있는 검은색 안대의 줄을 매만지던 황자의 입가에 이내 보일 듯 말 듯한 미소가 얇게 서렸다.

"과연 마녀는 마녀군. 이세계로 가기 전 내게 마지막으로 일어난 사건까지 낱낱이 알고 있는 걸 보면 말이야. 물론 이것도 다, 네가 한 짓이겠지."

"……."

윤수는 대답 대신 입술을 세게 깨물었다.

그의 말대로다.

편집부 담당자와도 전화로 상의했듯 3황자를 더 이상 주인공으로 진행할 마음이 없었기에 쓰인 결말이었다.

습격을 받은 것으로 자연스럽게 끝나는 마무리.

그리고 그 단락은 카이트가 부숴 버린 제 노트북 안에 들어 있었던 가장 최근에 쓴 원고의 마지막 부분이었다.

결국 그의 모습은 출간과는 상관없이 제 손끝에서 써내려간 그대로 변화되는 것임을 윤수는 다시 한 번 확인할 수 있었다.

그렇다면, 지금 이대로 밑도 끝도 없이 황자를 황제로 만들어 버린다면 그것이 본인에게는 어떠한 영향을 미칠까?

심혈을 기울인 황자 시리즈가 어쩌면 모두 엉망이 되어 있을지도 모른다.

로맨스 판타지 작가로서 쌓아 올린 명성 역시 한 순간에 무너질 수도 있다.

하지만 그럼에도 불구하고 결심은 흔들리지 않았다.

집으로 돌아갔을 때, 원래의 줄거리는 전부 없어진 채 개연성이라고는 눈을 씻고 찾아볼 수 없는 내용으로 출판이 되어 버린 상황이라고 한들 말이다.

어쩌면 [바서 이거 약 빨고 쓴 듯. 전 여기서 하차합니다.]라든지, [이제 보니 작가가 두 명이네.]라는 무자비한 댓글이 가득할 수도 있다.

하지만 그런 아픈 반응도 기꺼이 감내할 수 있는 정신력 역시 장르 작가가 필히 지녀야 할 사항 중 하나일 터.

그래. 열 손가락 깨물어 안 아픈 곳 없다는 말처럼 악역을 담당했던 3황자 역시 내 손가락 아파 낳은 자식이 아닌가?

그러니 어느 정도의 책임은 지는 게 도리일 것이다.

어차피 이 세계로 끌려온 이상 목적은 단 하나였다.

어서 이 이상한 놈의 손아귀에서 풀려나는 것이 중요하지, 작가로서의 명맥을 유지할 수 있는지를 신경 쓸 때가 아니었다.

'좋아, 까짓것.'

그걸 깨닫고 나니 되레 결정이 쉬웠다.

윤수는 고개를 끄덕이며 혼잣말을 중얼거렸다.

"좋아. 그럼 시작한다."

"허튼수작하지 말고 잘 쓰도록. 내 소원은……."

"이미 귀에 딱지가 앉을 정도로 수없이 들어 잘 알고 있거든?"

카이트에게 뾰족한 목소리로 응수해 주고 난 뒤, 윤수는 펜으로 양피지 위를 거침없이 꾹꾹 눌러 댔다.

　　3황자가 납치한 마녀는 책 속의 세계에서 빠져나와 원래의 집으로 돌아갔다. 한솔 빌라 101호 현관 앞으로 말이다.

　　그리고 그 덕분에 제3황자는 태어나기도 전의 과거로 회귀하여 어린 시절의 황제에게 빙의했다.

　　그는 황제로 자라났고, 황국은 덕분에 잘 먹고 잘살았다고 한다.

그야말로 일필휘지였다. 게다가 그녀는 '마녀가 돌아간 덕분에 황제가 된 황자'라는 부분에서 스스로에게 감탄을 금치 못했다.

호랑이 굴에 끌려 들어가도 정신만 차리면 된다더니, 이러한 기지를 발휘해 낸 자신을 한껏 칭찬하려던 그 순간이었다.

"으⋯⋯윽."

카이트의 입에서 괴로운 신음 소리가 흘러나왔다.

"괜찮으십니까, 주인님?!"

3황자를 줄곧 불안한 눈길로 바라보고 있던 페라트의 얼굴이 순식간에 사색이 되었다.

하지만 윤수의 두 눈동자는 그저 부푼 기대로 가득했다.

드디어 집으로 돌아간다!

게다가 신명이 나는 건 그것뿐만이 아니었다.

캐릭터의 환생이 시작되는 순간을 지켜보는 건 정말 흥미로운 일이 아닐 수 없었다.

이런 생생한 모습을 볼 기회가 어디 흔하겠는가?

이런 체험은 앞으로 차원 이동물을 쓸 때 크나큰 도움을 줄 테지!

"저기, 혹시 지금 기분이 어때? 이제 황제로 환생할 테니 그 보답으로 네가 느끼는 것을 가능한 한 전부 설명해 줬으면 하는데 말이야. 막 눈앞에 추가 왔다 갔다 거리진 않아? 아니면 지금껏 살아온 삶이 주마등처럼 스쳐 지나간다든지⋯⋯."

그녀가 그렇게 쉼 없이 재잘댈 때였다.

무언가를 참느라 고역인 듯 연신 씩씩대던 카이트의 입에서 거센 고함이 터졌다.

"빌어먹을!"

"……뭐, 뭐라고?"

"왜, 왜 그러시는 겁니까, 주인님?!"

당장 터져도 이상하지 않을 정도로 붉어진 황자의 얼굴.

게다가 안절부절못하는 페라트의 성화까지 가세하니 윤수의 혼이 쏙 빠져 달아났다.

"으윽……!"

자신은 해달라는 대로 해 준 죄밖에 없었다. 그런데 갑자기 왜 이렇게 난리야?

당황스러움을 이기지 못한 윤수의 미간이 와락 구겨졌다.

"대체 왜 그러는데?"

"너, 각오해라……!"

"뭐어?"

생각지도 못한 카이트의 말에 두 눈이 화등잔만 하게 떠진 순간이었다.

붉게 충혈된 눈으로 저를 잡아 죽일 듯 노려보며 그가 침대 위로 풀쩍 올라왔다.

"왜, 왜 그래? 어, 지금 어딜 다가오는 거야?"

서로의 몸이 닿지 않아도 알 수 있을 정도로 뜨겁게 달아오른 체온.

무언가를 힘겹게 참아 내는 듯 거칠게 몰아쉬는 숨과 관자놀이를 따라 송골송골 솟아오른 땀까지.

윤수는 저도 모르게 그만 바짝 겁을 집어먹고 말았다.

줄곧 제게서 눈을 떼지 않은 채 무릎걸음으로 성큼성큼 다가오는 카이트를 피해 뒤로 엉덩이를 있는 힘껏 뺐다.

그러나 등 뒤에 닿은 딱딱한 침대 기둥 덕분에 더 이상 피할 곳도 없었다.

"으윽, 저리 가!"

그는 매우 음험하고 사나운 짐승 같았다.

한 번도 느껴 보지 못했던 팽팽한 긴장감.

그녀는 모골이 다 송연해졌다.

"어디 너도 한번 당해 보라고."

숨결이 간지럽게 느껴질 정도로 바짝 다가선 상태에서 그가 윗도리의 단추를 투두둑 풀더니, 훌렁훌렁 옷을 벗어던지기 시작했다.

"꺄악! 이게 무슨 짓이야!"

그렇게 소리는 쳤지만 눈앞에 드러난 남자의 반라에 이미 눈은 노골적으로 고정이 된 후였다.

넓은 어깨 위에 여기저기 진 흉터조차 마치 수를 놓은 것처럼 아름다웠다.

그리고 시선마저 튕겨낼 정도로 단단해 보이는 가슴과 유서 깊은 스테인드글라스 조각처럼 세심하게 갈라진 복근까지.

그리고 보면 악역이었던 3황자의 세세한 성격이나 성장 배경에 대해서는 그다지 언급한 적이 없지만, 그의 수려한 외모에 대해서만큼은 페이지 수를 부러 할애하여 책 중간중간 끊임없이 찬양했던 것이 떠올랐다.

> 『황가의 자손은 그야말로 신의 선물이라는 말이 있다. 그 정도로 아름다운 얼굴과 육체를 가진 자, 그것이 카이트였다.』
> 『백성들은 3황자의 존재 자체를 몹시 무서워하면서도 다들 틈만 나면 그 독보적인 외양을 칭송하기 바빴다.』

조연치고는 몹시 공을 들여 써내려간 묘사였다.

하지만 실물을 마주한 순간, 윤수는 본인의 필력이 아직도 매우 모자라다는 것을 깨달아야만 했다.

이걸 대체 뭐라고 표현해야 할까?

그간 그의 팬을 자청했던 독자님들에게 사죄를 드리고 싶기까지 할 정도다.

그리 생각하는 제 입이 헤 벌려진 것도 모른 채 그녀는 그저 위아래로 바쁘게 눈을 굴리며 침을 꼴깍 삼켰다.

그렇게 한참 동안 넋을 놓다가 정신을 차렸을 때는 이미 몸이 그의 양팔 사이에 단단히 가둬진 후였다.

제 위로 비스듬히 상체를 붙여오는 카이트의 가슴을 밀며 윤수가 소리쳤다.

"너, 너 저리 안 비켜?!"

"으……윽."

하지만 그는 그저 묘한 신음 소리를 낼 뿐, 전혀 꿈쩍하지 않았다.

둘의 거리는 점점 지나치게 가까워졌다.

그녀는 저도 모르게 발로 담요를 차서 멀리 보냈다.

"후……."

동시에 그의 입에서 낮은 한숨이 새어 나왔다.

무언가 괴로운 듯 잔뜩 찡그린 콧날.

하지만 그게 마치 노골적인 실망의 표현인 것만 같아 윤수의 얼굴은 카이트의 머리 색깔만큼이나 새빨개지고 말았다.

"흐으. 이, 이러지 마……."

윗옷을 벗어젖힌 근육질의 남자가 바로 코앞까지 다가오자, 그녀는 괴상한 비명을 지르며 저도 모르게 두 눈을 질끈 감았다.

자랑은 아니지만 남자를 만난 경험이 그다지 많진 않다.

비루한 핑계가 아니라 원래 형제자매라고는 없는 데다가, 여중, 여고, 여대를 나온 탓에…….

"……못 참겠군."

뭐라고?

그녀는 순간 제 귀를 의심했다.

잠깐, 적어도 여기서는 내가 독백으로 자신의 성장 배경을 죄다 설명할 수 있는 시간 정도쯤은 줘야지!

그런데 모, 못 참겠다니?

턱 밑에 다급한 숨이 내리 쏟아졌다.

환생은 아무래도 실패로 돌아간 모양이다.

덕분에 야만적인 이 남자가 절 어떻게 해버릴지도 모른다는 생각이 들어 윤수는 진짜로 겁을 집어먹기 시작했다.

"카이트. 아니, 황자님. 진정하세요. 제발 진정하고 내 이야기를 좀 들어 봐, 응? 원래 환생이라는 것은 생각만큼 그렇게 녹록지 않은 일인 거야. 작가들이 다들 묘사를 자세히 안 해서 그렇지, 서로 막 몸이 바뀌고 기억을 고스란히 간직한 채 다른 사람으로 깨어나는 건데 그게 어찌 쉽게 되겠어!"

"……세상에, 카이트 님……."

동시에 무언가 충격을 받은 듯한 페라트의 목소리가 뒤에서 들려왔다.

하지만 아무것도 생각할 여력이 없었다.

그녀는 눈에 눈물까지 매단 채로 그저 필사적으로 황자를 밀어내는 것에만 전력하고 있었다.

말랑한 허벅지에 단단한 복근이 닿았다.

"흐윽."

매끄러우면서도 따듯한 피부로 제 살결을 쓰다듬는 것 같은 야릇한 느낌에, 그녀가 참지 못하고 입술을 꽉 물며 흐느끼듯 신음 소리를 내뱉던 찰나였다.

"빌어먹을, 간지러워."

힘겹게 숨을 몰아쉬며 그가 속삭였다.

"……응?"

"더 이상 참는 건 무리군!"

그는 결국 고통스러운 비명을 내지르며 그녀의 위로 엎어지듯 굴렀다.

그제야 훤히 드러난 너른 등이 한눈에 들어왔다.

"억, 이게 뭐야!?"

.다이말 로으앞 관현 호101 라빌 솔한 .다갔아돌 로으
집 의래원 와나저빠 서에계세 의속 책 는녀마 한치납 가
자황3

그의 탄탄한 살결 위로 올라와 있는 건 거꾸로 된 글자였다.

덕분에 그것이 제가 양피지에 눌러 쓴 내용임을 알아보기까지는 꽤나 시간이 필요했다.

"세상에, 이게 뭐야? 으으, 아프겠다."

마치 손톱으로 살살 긁으면 그대로 뽈록뽈록 올라오는 묘기증에 걸린 피부처럼 보여, 윤수는 부지불식간에 혀를 찼다.

"대체 내게 무슨 짓을 한 거지?"

눈썹 사이 미간을 잔뜩 구기며 카이트가 또 한 차례 소리쳤다.

*   *   *

어느새 밤이 다 지나갔는지 바깥이 훤하게 밝아왔다.

이 세계에도 아침의 태양은 어김없이 떠오르는 모양이었다.

하지만 이른 새벽부터 눈을 뜬 윤수는 마치 돌이라도 삼킨 양 몸과 마음이 천근만근 무거웠다.

"흐으음."

입을 열면 연신 한숨이 새어 나왔다.

몇 번이고 시험해 봐도 황자에게는 아무런 일도 일어나지 않았다.

심복인 페라트를 상대로 한 여러 가지 실험도 마찬가지였다.

그때마다 카이트는 간지럽다고 날뛰었고, 페라트는 아파서 견딜 수 없다며 눈물지었다.

아마도 뻔뻔한 카이트 쪽이 본인의 심장에 깐 철판만큼이나 두꺼운 피부를 지닌 모양이었다.

덕분에 괜히 성에 몇 장 없다는 귀한 양피지만 버렸다.

"젠장, 이게 왜 안 될까."

시간이 흘러 이제 창밖이 완전히 밝아졌는데도 윤수는 손톱을 잘근거리며 고민을 멈추지 않았다.

여기까지 끌려왔는데 정말 아무것도 할 수 없는 무기력한 존재가 되어 버리고 만 것은 아닐까?

그렇게 생각하자 어쩐지 자존심이 상했다.

"휴우."

그녀는 제대로 숙면을 취하지 못해 피곤이 덕지덕지 묻어있는 얼굴 위를, 맨손으로 마른세수하듯 쓱쓱 문질렀다.

그리고 그런 윤수의 모습을 페라트는 아까부터 그저 말없이 바라보고 있는 중이었다.

그는 아침 식사 시중을 들기 위해 일찍부터 그녀의 방을 찾았다.

원래 식사 시중 같은 건 다른 하녀들의 몫이었지만 윤수만큼은 예외인 듯했다.

물론 카이트의 특별 지시였다.

계속해서 한숨을 내쉬는 윤수를 향해 페라트가 물었다.

"음식이 입에 안 맞으십니까?"

"아니요. 뭐 늘 먹던 건데요."

그녀는 부지불식간에 자신이 내뱉은 대답을 듣고 스스로가 깜짝 놀라고 말았다.

그러고 보니 정말 별 다를 게 없었다.

폭신한 빵에 우유, 그리고 두어 가지의 잼과 계란 요리, 후식으로는 과일과 커피.

"다행입니다. 하긴, 여기는 마녀님의 손에서 탄생한 세계이니 평소 생활하셨던 모든 것들이 바탕이 되어 준 것도 당연한 일일지 모르겠군요."

"그게 무슨 소리죠?"

"어제 잠들기 전 생각한 겁니다만 카이트 님이 잠시 마녀님의 나라로 가셨을 때 어떻게 의사소통을 다 할 수 있으셨을까, 하는 것이 궁금해지더군요. 그래서 나름의 결론을 찾은 게, 우리들은 어차피 당신이 할 수 있는 범주 안에서만 자유로운 존재들이 아닐까 하는 거였습니다."

"내가 할 수 있는 범주?"

"그렇습니다. 보통 상상이란 건 경험을 바탕으로 나오지 않습니까? 이곳에서 사용하는 언어는 물론이고 음식을 먹는 습관 같은 것도 다 마녀님의 내면에서 비롯된 거라 할 수 있겠죠. 그렇게 생각하면 카이트 님과 마녀님의 언어가 서로 통하는 것도 그리 놀라운 게 아닙니다. 그 어떤 사람도 생판 모르는 낯선 언어로 책을 쓸 수는 없는 법. 그러니 마녀님이 알고 있는 언어를 우리들이 그대로 사용하는 것도 당연한 거죠."

"그렇……군요."

윤수의 입이 딱 벌어졌다. 아무리 자신이 만들어 낸 캐릭터라지만 이런 똑똑한 두뇌는 제 능력 밖의 일 같은데, 어쩐지 몸 둘 바를 모르겠다.

괜히 의미 없이 머리를 마구 헝클어뜨리는 윤수를 향해 조용히 미소 짓고 있던 페라트의 청색 눈동자가 순간 날카롭게 빛났다.

그는 단정히 맞물려 있는 입술을 조용히 열었다.

"그런데 마녀님."

"예에."

그 호칭으로 저를 부를 때면 정말이지 쑥스럽기 짝이 없었다.

하지만 왜인지 기분이 썩 나쁘지만은 않다.

"실례지만 이 세계는 무엇으로 창조하셨는지요?"

"네?"

"마녀는 보통 일반인들이 알 수 없는 도구를 사용해 마술을 부리는 것으로 알려져 있지요."

"아니, 나는 딱히 마녀가 아니라……."

"과연 그게 이 성에서 구할 수 있는 흔한 것들일까요?"

그의 신들린 듯한 지적에 윤수의 눈이 반짝 뜨였다.

이런 영민함을 지니고도 어째서 난폭한 3황자 곁을 떠나지 않고 평생의 충성을 맹세했을까.

페라트는 제가 만들어 놓고도 영 알 수 없는 캐릭터임에 틀림없었다.

"그렇지, 노트북!"

"그게 그 도구의 이름입니까?"

하지만 윤수는 대답하지 않았다. 아니, 흥분을 주체하지 못해 대답을 하지 못했다고 하는 편이 더 옳으리라.

이건 제가 어디로 도망갈까 꽁꽁 묶어놓고 곁에서 숨 막힐 정도로 감시하는 3황자의 빈틈없는 손아귀에서 벗어날 절호의 기회였다.

그 역시 정말로 황제가 되기 위해서는 반드시 협조를 해야만 할 것이다.

이 불합리한 판도를 바꿀 수 있는 길이 드디어 열렸다.

"노트, 뭐?"

카이트가 콧잔등에 잔뜩 주름을 얹은 채 되물었다.

그가 고갯짓을 하자, 옆에서 카이트의 얼룩덜룩해진 팔을 연신 주무르고 있던 하인 한 명이 도망치듯 밖으로 나갔다.

"이 자식, 네가 망가뜨린 거 말이야!"

윤수는 할머니가 손자에게 그러하듯 그의 등짝을 짝 소리 나도록 때렸다.

"윽······!"

하필이면 제일 간지러운 곳을!

덕분에 그의 미간이 험악하게 구겨졌지만 그녀의 얼굴은 그저 해맑았다.

"······대체 무슨 꿍꿍이지?"

윤수는 당당한 눈빛을 숨기지 않으며 허리에 손을 처억 얹었다.

똑똑한 페라트! 네 녀석 덕분에 이번에야말로 정말 원래 있던 곳으로 올라갈 수 있겠구나.

그녀는 여전히 저를 미심쩍게 바라보는 카이트의 눈초리를 피해서 조용히 입꼬리를 올렸다.

"꿍꿍이라고 말하면 섭섭하지. 그저 난 여기의 물건으로는 내가 할 수 있는 게 아무것도 없다는 걸 말해 주고 싶어서 말야."

그래. 애초에 원고를 쓰는 데 필요한 것은 현대 문명의 상징 그 자체인 네모나고 조그만 기계지, 이런 축축한 양피지 따위가 아니었다.

저 무식한 놈이 아직 할부도 끝나지 않은 소중한 새 노트북을 부숴 버리긴 했지만, 1황자 시리즈부터의 원고가 고스란히 보관되어 있는 좀 더 옛날 기종의 또다른 노트북 하나가 창고에 얌전히 놓여 있을 것이다.

이들은 상상도 하지 못할, 꿈을 현실로 만들어 주는 마법의 도구.

그러니 그걸 가지러 가지 않으면 안 되겠지?

이렇게 그에게 제안할 심산이었다.

"어이, 이봐. 황자."

"이봐, 황자?"

"그래, 너."

"간이 배 밖으로 나왔군. 감히 나에게……."

갑자기 태도를 바꾼 윤수를 향해 카이트가 어처구니없다는 듯 목을 좌우로 꺾으며 피식 웃었다.

붉은색 머리카락이 살랑거리며 부드럽게 흔들렸다.

"내 추론에 의하면, 이 세계의 물건 따위로는 3황자의 원대한 꿈을 실현시키지 못할 것이니라!"

아무리 황자고 뭐고 간에, 제가 아니면 그의 존재도 없었을 터.

그러니 이제야말로 나의 위대함을 보여 줄 때다!

그렇게 생각하며 일부러 과장된 말투로 아이를 타이르듯 입을 열었지만 카이트의 만면에는 그저 비웃음이 가득 실려 있을 뿐이었다.

"그건 페라트가 이미 귀띔해 주어 알고 있던 사실이다. 게다가 그 웃긴 말투는 갑자기 뭐지? 마치 나이 든 노파 같군."

"뭐얏?!"

윤수는 기가 찬 나머지 저도 모르게 눈썹을 초승달 끝처럼 뾰족하게 올렸다.

사실 애써 내색하지는 않았지만 이 녀석은 묘하게 절 닮아 있었다.

물론 외모가 그렇다는 것이 아니라 중간중간 튀어나오는 말투나 행동 등이 그러했다. 게다가 카이트의 비아냥 덕분에 윤수의 뇌리에는 가장 그리운 사람 하나가 떠올랐다.

"우리 손녀. 요즘도 야근이 그리 많누? 그 젊은 나이에 벌써 오십견이 오는 것도 아니고 어깨가 왜 이리 딱딱하냐?"

"아, 몰라. 회사 이야기 하면 스트레스 받는다니까. 할매, 나 등도 좀 긁어줘."

"이년아! 남들은 손녀가 끊어준 회원권으로 마사지도 다 닌다는데 난 오히려 젊은 년 어깨를 주물러 줘야 하니, 이 늙은이 팔자가 뭐 이러냐?"

"아유, 할매. 내가 이번 소설 인세만 들어오면 마사지뿐
만 아니라 호텔 스파까지 끊어드린다!"

"시끄러워. 네 밥이나 잘 묵고 다녀."

늘 버릇없이 할매라고 불렀지만, 외할머니는 윤수가 가장 좋
아하고 따르는 사람이었다.

그런 분이 요즘은 건강이 편치 않아 별로 외출도 하시지 않고
그저 집에서 마냥 틀어박혀 계신다고 했다.

부모님이 도시 생활을 접고 윤수를 남겨 둔 채 시골로 내려간
것도 바로 그러한 연유에서였다.

원래 두 분 모두 귀농에 꿈이 있기도 했지만, 무엇보다도 점점
쇠약해지는 할머니를 향한 엄마의 걱정이 내린 결단이었다.

'우리 할매.'

누구보다 절 예뻐했던 할머니를 생각하자 윤수의 눈에 저도
모르게 뜨거운 눈물이 핑 고였다.

갑자기 행방불명이 되어 버린 자신 때문에 소스라치게 놀랄
소중한 가족들을 생각하자 가슴 한쪽이 시리도록 아파왔다.

눈물이 왈칵 솟아 그녀는 괜히 고개를 들어 한참 동안 천장을
바라보았다.

아마 본인이 사라진 사실을 알면 할머니가 크게 걱정하시다
못해 정말 자리에 몸져누울지도 모른다.

그걸 생각하니 더더욱 원래 있던 곳으로 돌아가야만 한다는

결의가 마음속에서 뜨겁게 뿜어져 나왔다.

"시끄러운 마녀가 갑자기 조용해졌군. 분명히 말해 두지만 네 자신을 위해서도 쓸데없는 생각은 안 하는 게 좋아."

심상치 않은 분위기를 느꼈는지 카이트가 다시금 낮은 목소리로 협박하듯 그녀에게 일렀다.

하지만 윤수의 눈빛은 조금도 수그러들지 않았다.

꼬일 대로 꼬인 제 인생에 대한 그의 분노가 저를 이곳으로 끌고 왔다면, 윤수의 마음속에도 반드시 여기를 나가야만 하는 크나큰 절박함이 있었다.

서로 원하는 바는 달랐지만 어쨌든 목적은 일치했다.

"흥, 너야말로 사람을 좀 믿어 보는 게 어때?"

"믿음? 웃기는군. 네가 언제 내게 믿음을 주긴 했던가?"

"너보다 훨씬 뒤처졌었다던 형들이 죄다 능력자들이 된 건 유감이야. 하지만 이미 벌어진 상황은 어쩔 수 없어. 네가 아무리 발버둥 쳐도 그들은 이미 훌륭한 황제 후보라고."

그녀의 말에 카이트가 참지 못하고 발끈했다.

"다른 황자들이 제아무리 엄청난 능력을 지녔다 해도 상관하지 않는다. 그들이 설령 날고 기는 주인공이라 해도 나 역시 절대 지지 않을 테니까. 알겠나? 결정적인 순간에 기다렸다는 듯 끼어드는 누군가의 훼방만 없다면 말이다!"

또다시 울분이 터졌는지 그는 격렬하게 외쳤다.

윤수는 일단은 그런 카이트를 달래기로 마음먹었다.

"그래, 그건 미안하게 생각하고 있어. 그래서 이제 마지막으로 남은 황자인 네 소원을 들어주겠다고 하는 거잖아. 잘 알고 있겠지만 그건 나밖에 들어줄 수 없고, 그 방법 역시 나만이 알고 있지. 그런데 그게 지체되면 네 신변에 또 무슨 일이 생길지 나도 장담 못 해."

"뭐……?"

"내가 없어진 것을 안 누군가에 의해 이 세계 자체가 또 어떻게 변할지 몰라. 네 인생이 다시 방해를 받으면 어떡할 거냐고. 그리고 모든 것이 더 이상 돌이킬 수 없게 된다면?"

그렇게 당당하게 응수하고는 당황하여 입술을 달싹거리는 카이트를 무시한 채 곁에 서 있는 은발의 청년을 향해 재차 입을 열었다. 과묵하다 못해 때론 투명 인간 취급 받기 일쑤이긴 하지만, 페라트는 늘 카이트의 곁을 지키는 유일한 부하였다.

"페라트 씨, 당신은 이 모든 사건의 전말을 알고 있는 데다가, 저 성질 급한 3황자보다 훨씬 더 차분한 듯하니 대신 묻겠어요."

"네. 그러십시오."

페라트는 지체 없이 대답했다. 역시 그는 그나마 이야기가 좀 통하는 남자였다.

"저 황자가, 아인젠카이트가 어떻게 이 세계에서 빠져나갔던 건지 말해요. 그 통로를 통해서 날 원래 있던 곳으로 돌려보내려면 말예요."

"……네?"

하지만 이 질문은 페라트도 예상 못 한 의외의 것임에 틀림없었다.

잔잔한 바다처럼 맑게 빛나던 푸른색 눈 속에 거친 파랑(波浪)이 일듯 당황함이 넘실거렸다.

"황자가 내가 살던 곳으로 넘어온 방법을 당신은 알고 있죠? 잘 들어요. 내가 계속 소설 안에 머무르는 한, 당신의 주인을 위해 할 수 있는 건 아무것도 없어요. 그러니 하나도 빠짐없이 모든 걸 낱낱이 이야기해 줘야 해요."

여전히 꼿꼿한 자세를 유지하는 그녀를 향해 그들은 숨길 수 없는 동요를 내비쳤다.

"하지만 그건⋯⋯."

"그런 걸 우리가 왜 너에게 이야기해야 하지? 아니, 애초에 널 돌려보내서 소원이 이뤄진다는 보장이라도 있나?"

타앙―!!

순간 윤수는 손을 들어 테이블을 거세게 내려쳤다.

한줄기의 햇살 속에 수많은 먼지들이 고요히 떠다니고 있었다.

순식간에 찾아온 정적 덕분에 윤수는 제 손바닥에서 짜릿하게 퍼져 나가는 얼얼한 감촉을 더욱 생생히 느낄 수 있었다.

"나는 작가야! 내가 여기를 만들었듯, 네 소원 역시 이뤄 주겠다잖아!"

순간 그의 턱이 움찔거렸다.

"⋯⋯."

"너 역시 목숨을 걸어가면서까지 이계에 사는 마녀를 찾아온 이유가 있을 것 아니야? 그래서 방법을 제시했는데, 그걸 무조건 막으면 대체 어떡하겠다는 거야!"

목청을 돋우며 고개를 바짝 치켜들자 뒤통수에 느슨히 동여 맸던 머리 끈이 풀어져 내렸다.

등허리까지 내려오는 긴 머리가 거미줄처럼 목덜미를 감싸는 간질간질한 감촉이 느껴진다.

"……그러니 날 믿어."

그렇다.

나는 작가다.

평소 단 한 번도 특별하게 생각해 본 적 없었던 사실이 새삼 그녀의 마음에 단단한 힘을 보태주었다.

그 어느 때보다 거센 창작 욕구가 불타올랐다.

나는 나의 손끝을 믿는다.

3황자를 끝내주는 황제로 반드시 재탄생시켜 주리라, 그리고 하루라도 빨리 평소와 같은 일상으로 돌아가자.

그것이 마녀의 유일한 소원이었다.

푸른 하늘과 검은 대지 사이에 갇힌 커다란 성 위로는 계속해서 찬란한 햇살이 흔들림 없이 내리쬐고 있었다.

*　　　*　　　*

"또 너무 일찍 일어나 버렸네."

어두컴컴한 창밖을 바라보던 윤수의 입에서 지친 한숨이 새어 나왔다.

오늘에야말로 드디어 현실로 돌아갈 수 있다는 생각에 온밤을 새우다시피 했는데도 여전히 시간은 더디게 흘러갔다.

어제 반나절 동안을 방에 꼬박 틀어박혀 고민하고 나서야, 비로소 카이트는 결론을 내렸다.

"좋아. 그곳으로 간다."

"카, 카이트 님! 지금 아무런 준비도 없이 노르덴 숲으로 가시겠다는 겁니까? 그건 너무 위험합니다!"

"하지만 저 마녀의 말에도 일리는 있어. 무엇보다 나 역시 한시가 급하거든."

그런 훌륭한 결단을 내리는 것을 보니 역시 황족은 황족인 모양이었다.

윤수는 입가를 가리고 만족스럽게 키득댔다.

그녀는 이내 머리맡에 놓인 물체를 향해 눈을 반짝였다.

"흐음, 그래. 어쩌면…… 가능할지도 몰라."

잠을 설친 이유는 집으로 돌아갈 수 있다는 기대 외에도 한 가지가 더 있었다.

"황자의 소원이 이루어지는 효험은 없었지만, 분명 내가 쓴 글자는 그들의 몸 위에 3D 프린터로 찍은 듯 부풀어 올랐었지."

그녀는 연신 고개를 끄덕이며 혼잣말을 중얼거렸다.

"그러니까 역으로 생각하면 이건 오히려 날 위해 쓰일 수 있지 않을까."

윤수의 손에는 어느새 페라트로부터 건네받은 양피지와 펜이 들려 있었다.

그녀는 그것들을 소중하다는 듯 꼬옥 부여잡고는 몇 번이고 내려다보았다.

밤새 꼬리에 꼬리를 물었던 생각.

이미 확인했듯이 이건 소설 속 인물들에게는 아무런 효과가 없었다.

그렇다면 반대로 이 세계에 속하지 않은 불청객에 가까운 저 자신은 과연 어떨까?

애초에 여기에 있는 인물이 아니기 때문에, 이곳의 물건은 되레 본인이 아주 유용하게 쓸 수 있는 것이 아닐지.

이건 그야말로 저를 아무리 칭찬해도 과하지 않을, 실로 놀라운 발상이었다.

"좋아. 밑져야 본전이지. 해 보지 않고는 모르는 거야."

그렇게 결심한 윤수는 지체 없이 말라 버린 펜촉 끝에 다시 한 번 잉크를 콕, 하고 찍었다.

우선 시험해 볼 것은 하나였다.

그녀는 이불을 슬쩍 걷어 줄곧 제 발목을 답답하게 옥죄고 있는 두꺼운 쇠사슬을 바라보았다.

이것 때문에 불편한 게 한두 가지가 아니라는 건 두말하면 잔소리였다.

어제도 화장실을 가기 위해 무려 세 번씩이나 페라트의 신세를 지지 않았는가.

그의 팔에 매달려 종종걸음 치던 저를 뭐 바라보듯 바라보는 하인들의 그 굴욕적인 시선이라니!

젠장. 게다가 화장실은 또 얼마나 먼지.

그러나 문제는 지금 또 화장실이 가고 싶다는 거였다.

이 새벽부터 페라트를 깨우게 되면 그는 틀림없이 절 야뇨증 환자로 볼 거다.

물론 절대로 귀찮지 않다고 말은 했지만, 어제 세 번째로 동행을 부탁을 했을 때 그의 입에서 작지만 분명한 한숨 소리가 흘러나온 것을 제 귀로 똑똑히 들었다.

화장실 친구는 여고 시절에 일찌감치 졸업했건만, 이 나이 먹고서 다시 은발에 파란 눈을 한 미남자와 팔짱을 끼고 화장실에 가야 한다니.

되살아나는 창피함에 윤수는 이를 아득 물었다.

그러고는 제가 원하는 문장을 양피지에 거침없이 써내려 가려던 찰나.

가려움을 참지 못하고 떼굴떼굴 구르던 카이트의 모습이 생각났다.

그러자 저도 모르게 등 뒤에서 조용히 땀이 솟았다.

"으으, 괜찮겠지?"

직접 경험한 적은 없지만, 인도 여행을 다녀온 친구 말로는 베드버그라는 벌레에 물리면 그 자리를 손톱이 아닌 칼을 이용해서 열십자(十) 모양으로 푹푹 그어 버리고 싶을 정도라 했다.

그 정도의 가려움. 어제 황자의 상태는 그보다 더하면 더했지 덜하진 않은 듯 보였다.

그 증거로 벅벅 긁어주다 못해 그의 등에 홧김에 내버린 십자무늬만 세어도, 전쟁을 승리로 이끌 1만 병사가 탄생할 지경이지 않았던가.

윤수는 주위를 황급히 둘러보았다.

하지만 할머니 댁에 언제나 상비품으로 자리 잡고 있던 효자손을 대신해 줄 길고 뾰족한 물건은 아무 곳에도 보이지 않았다.

"하는 수 없지."

그녀는 비장한 표정으로 제 등을 침대 머리맡 나무 기둥에 단단히 붙였다.

세차 기계 속으로 들어간 자동차 위에 좌우 솔질을 하듯, 정 간지러움을 참지 못할 것 같으면 벽에 대고 몸을 이리저리 움직일 심산이었다.

모양새는 좀 보기 흉하겠지만, 등짝에 십자군 군대를 만들어 달라고 애원하느니 차라리 그 편을 택하는 게 나을 테니까.

그녀는 손을 양피지 위로 조용히 올렸다. 그러고는 서걱서걱

금세 문장 하나를 완성했다.

마녀의 소원.
발목의 족쇄가 풀어졌다.

하나, 둘, 셋!

속으로 숫자를 크게 외치며 두 눈을 질끈 감았다.

"윽, 으악!"

지레 겁을 먹은 몸이 벌써부터 마구 들썩였다.

"간지러워. 간지…… 간지럽나?"

눈물이 찔끔 날 정도로 입술을 꽉 깨물어보았지만 이 작은 소동에 단잠을 깬 것은 정작 매우 미미한 것들뿐이었다.

모포에서 풀썩 떠오른 수많은 먼지가 창밖에서 스며드는 빛 속으로 우르르 날아들었다.

그걸 멍하니 바라보던 윤수는 곧 깨달을 수 있었다.

제게는 아무것도 일어나지 않았다.

족쇄는 여전히 꼼짝 없이 제 다리를 옥죄고 있었고, 몸이 부풀어 오르지도, 간지럽지도 않았다.

"하아, 이게 뭐야. 아무 일도 없잖아? 젠장. 나는 여기서는 그냥 아예 없는 사람 취급인가 보네."

밀려오는 짙은 실망감을 이기지 못해 윤수는 다시금 침대위로 몸을 털썩 모로 뉘였다.

그러고는 낙서를 끄적이듯 펜 끝에 남아 있는 잉크로 양피지의 모서리에 당장 떠오르는 생각 하나를 적었다.

거추장스러운 긴 머리.
확 짧게 잘라 버리고 싶다.

묶인 발은 갑갑하고, 화장실도 마음대로 갈 수 없는 데다가, 잠까지 설쳤으니 짜증이 있는 대로 치솟았다.

그리고 그 애꿎은 화풀이를 할 대상은 지금으로써는 무겁고 성가신 제 긴 머리카락밖에 없었다.

"휴우."

펜을 옆으로 아무렇게나 굴려놓고 아침이 올 때까지 다시 잠이나 청해 볼까 눈을 감은 순간이었다.

갑자기 느껴지는 서늘함.

윤수는 몸을 벌떡 일으켰다.

"어, 어라?!"

가려져 있어 답답했던 목덜미에 시원한 바람이 불었다.

떨리는 손을 들어 그곳을 만져 보니 껑충 짧아진 머리카락 끝이 턱 아래를 간질였다.

"잠깐만…… 설마!"

윤수는 재빠르게 몸을 앞으로 굽혀 발목 옆으로 무겁게 늘어진 쇠사슬을 잡아당겼다.

차르륵 소리와 함께 당겨진 둥근 고리 위로 비춰진 제 모습을 보는 순간 으악! 하는 비명이 터졌다.

다듬지 않은 채로 마냥 기르기만 했던 머리가 껑충 짧아져 있었다.

그것도 아주 가지런하고, 예쁘게!

"와, 이, 이, 이게 무슨 일이야……!"

두 눈으로 보고도 도저히 믿을 수 없는 일에 입이 다물어지지 않았다.

그러다 턱이 아파올 때 즈음, 번개처럼 떠오른 생각 하나가 머릿속을 꿰뚫고 지나갔다.

"혹시 이 세계의 것이 아니기만 하면, 뭐든지 다 되는 거 아닐까?"

그녀는 기쁜 나머지 엉덩이를 통통통 튕기며 춤을 추듯 몸을 떨었다.

이 무식한 쇳덩어리를 풀지 못했던 건 아마 이것이 여기의 물건이기 때문이라는 강한 확신이 윤수의 마음을 강타했다.

그렇다면 애초에 다른 세계의 존재인 저는 써 넣는 대로 무엇이든 할 수 있다는 소리렷다!

"이건 그야말로 그, 그 죽음의 노트!"

윤수는 공손히 무릎을 꿇고 앉아 침대 위에 아무렇게나 너부러져 있는 양피지를 소중히 그러모으며 저도 모르게 탄성을 내질렀다.

그러다가 이내 다시금 황급히 고개를 절레절레 저어댔다.

"아니지. 죽음의 노트라니, 내가 날 죽일 셈이야?"

그렇게 정정하고는 다시금 기쁨을 억누르지 못해 방방 발길질을 해 댔다.

믿을 수 없는 일이 일어났다.

또 다른 나의 세계, 그 안에 들어와 겪은 것 중에 가장 끝내주는 일이었다.

원래의 현실로 돌아갈 생각을 잠시 잊을 정도로.

*　　　*　　　*

"이봐, 일어나."

대체 손은 두었다 무엇 하는 건지, 또다시 방문을 발로 쾅 차고 들어온 것은 카이트였다.

"일찍도 깼군."

방에 들어서자마자 놀랍게도 하녀를 통해 보내준 블라우스와 치마 따위를 완벽히 갖춰 입고 침대에 얌전히 앉아있는 그녀가 보였다.

시큰둥한 표정을 짓고 있는 카이트에게 윤수가 눈을 하얗게 흘기며 의기양양하게 소리쳤다.

"여자가 묵고 있는 방에 그렇게 아무렇게나 홀쩍 들어오지 마!"

"여자가 아니라 마녀지."

"마녀는 여자 아니야? 그리고 마녀가 아니라, 앞으로는 신이라고 불러."

"뭐? 신?"

"그래, 신!"

아침부터 이 여자가 뭘 잘못 먹었나 싶어 카이트가 고개를 슬그머니 치켜든 그때였다.

"……!"

카이트의 눈매가 딱딱하게 굳었다. 그는 동요하고 있음이 분명했다.

흥.

윤수는 보란 듯이 짧아진 머리를 좌우로 두어 번 흔들었다.

계속 마녀라고 부르면서도 절 은근히 무시하는 것 같은 녀석에게 본인의 위대함을 보여 줄 때가 드디어 온 것이다.

게다가 여긴 책 속이다.

늘 있는 듯 없는 듯 조용히 지내던 직장인 이윤수가 더 이상 아니란 거다.

그런 생각을 하느라고 윤수는 붉게 달아오른 그의 얼굴을 미처 보지 못했다.

"나약한 자 같으니. 넌 이제 곧 나를 신이라고 부르게 될지어다."

세상에. 말투마저 저절로 근엄해진다.

마치 세계를 구한 신처럼 한 손에는 양피지 묶음을, 또 한 손에는 펜을 쥐고서는 경건하게 팔을 위로 들 때였다.

그녀의 행동을 멍하니 바라보고 있던 카이트는 이제 귀까지 빨개져 있었다.

영문을 알 수 없어 고개를 갸웃하던 찰나. 그가 웅얼거리면서 알 수 없는 사과를 했다.

"미안하다. 우리 하녀들이 실수를 한 것 같군."

"응?"

또 저건 무슨 자다가 봉창 두드리는 소리야?

두 눈을 동그랗게 뜬 윤수의 앞에서 그가 쑥스럽다는 듯 제 관자놀이를 긁적이며 쓰윽 턱짓을 했다.

"너, 그 상의가 너무 작은 것 같은데……."

뭐?!

윤수의 고개가 황급히 아래를 향해 내려갔다.

"과연 희한하군. 간밤에 도무지 믿을 수 없는 신비한 일이 일어난 게 틀림없어."

거기까지 말하고 그는 도무지 참지 못하겠다는 듯 소리 내어 웃었다.

"설마 우리 자애로운 신께서 단추들에 다리를 달아준 건가?"

툭툭 풀려 있는, 아니 터져 버린 단추 사이로 뽀얗게 드러난 풍만한 가슴 골.

"꺄아아악!"

그제야 제 꼴을 눈치챈 윤수의 입에서 거센 비명이 터져 나왔다.

그녀는 빨갛다 못해 검붉어진 얼굴로 가슴을 끌어안은 채 몸을 잽싸게 웅크렸다.

"미안한데 좀 나가 줄래?"

"새 옷을 준비시키지."

"빨리 나가라니까!"

계속해서 능글거리는 그를 향해 윤수는 울먹이는 목소리로 소리쳤다.

이왕 여중, 여고, 여대를 나왔다고 밝혔으니 고백하는 건데, 특히 여름 하복을 입을 때면 가끔 아무 이유 없이 위에서부터 세 번째 단추를 핑 하고 튕겨 내는 훌륭한 친구들이 있었다.

정작 당사자는 그때마다 창피함을 이기지 못해 울상을 지었지만, 윤수는 지금까지 줄곧 그게 너무나도 부러웠었다.

단지 이유는 그뿐, 다른 것은 아무것도 없었다.

그녀는 손을 뻗어 제가 쓴 첫 번째 소원 아래로 무언가 한 줄이 더 늘어난 양피지를 다급히 움켜쥐었다.

*   *   *

잠시 후 노크를 하고 들어온 것은 두 명의 시녀들이었다.

그중 한 명의 손에 향긋한 햇살 향기가 듬뿍 묻어 있는 깨끗한 옷이 들려 있었다.

소설에서 그렇게 묘사해 놓은 것처럼 단정한 원피스에, 빳빳한 광목 앞치마를 입은 여인들은 윤수와 쉬이 눈도 마주치지 못했다.

"저, 잠깐만요……!"

무엇이 그리 무서운지 옷을 놓고 줄행랑치듯 밖으로 나가 버리려는 하녀들을 윤수가 잡아 세웠다.

"네, 네?!"

"어제 주셨던 것과 같은 걸로 주세요."

"하지만 황자님께서 좀 더 넉넉한 치수의 블라우스가 필요하시다고……."

"아, 글쎄, 그냥 같은 걸로 주셔도 괜찮아요."

윤수는 괜히 죄 없는 하녀들에게 불퉁한 목소리로 말했다.

그 남자에게 그런 꼴을 보이지만 않았어도 군말 없이 이 옷을 받아 입었을 것이다.

하지만 어쩌랴.

어느새 원상 복구 시킨 자신의 신체 일부분을 바라보며, 그녀는 뜻 모를 한숨을 그저 푹푹 내쉬었다.

못내 속상한 마음은 옷을 전부 제대로 갈아입고 나서야 풀렸다.

입기 버거울 정도로 화려한 드레스와는 달리, 옷은 꽤나 조촐했다.

하지만 각종 액세서리가 비범치 않게 갖춰져 있었는데 이 역시 모두 자신이 설정한 그대로였다.

짧은 머리에 잘 어울리는 귀여운 프릴 블라우스와 풍성한 레이스가 겹겹이 둘러져 있는 예쁜 치마, 코르셋 모양의 가죽 허리띠까지.

이 모든 것이 제 취향이었다.

서울 한복판에서 이런 옷을 입고 다니면 십중팔구 사람들의 따가운 시선을 감내해야 하겠지만 이곳은 달랐다.

음식과 옷, 무엇 하나 마음에 들지 않는 것이 없었다.

잠시 갑갑했던 족쇄를 풀고 예쁘고 편한 옷으로까지 갈아입고 나자, 그것만으로도 기분 전환이 되었다. 윤수의 코에서는 절로 흥얼거리는 노래가 흘러나왔다.

하녀들이 물러가고 난 뒤 얼마 지나지 않아 두 사람이 그녀의 앞에 다시 나타났다.

"불편한 곳은 없으십니까?"

"아니요. 전혀요."

"잘 어울리시네요. 그렇지 않습니까, 카이트 님?"

"뭐 다행히 치수는 잘 맞는 것 같군."

페라트의 칭찬에 윤수의 뺨이 은근히 달아오르려는데, 황자의 심술궂은 말이 갑자기 그 온도를 급격히 떨어뜨렸다.

아침에 보인 추태를 가능하면 그의 기억 속에서 지우고 싶다고 진심으로 생각하며 고개를 돌린 순간, 뒤에서 제 짧은 머리카락을 매만지는 누군가의 긴 손가락이 느껴졌다.

"흐음."

"크힛."

무방비 상태에서 카이트가 갑자기 목덜미를 간질이는 바람에 그녀의 입에서 괴상한 신음 소리가 흘러나왔다.

"말도 없이 가까이 다가오지 마. 잊었어? 넌 나를 억지로 납치해 온 괴한이라는 걸."

윤수는 카이트의 손을 탁 쳐내며 차갑게 응수했다.

필요 이상으로 쌀쌀맞은 태도를 취한 것은 아직도 그의 얼굴을 똑바로 바라보지 못할 정도로 부끄러웠기 때문이었다.

……하지만 생각하면 생각할수록 아까워 미칠 지경이다.

만약 지금의 이야기가 나도 모르는 새 현실 세계에서 풀리고 있다면, 분명 상당수의 독자님들은 나의 이 안타까운 마음을 함께 공감해 주시겠지.

왜인지 모르게 짜증이 실린 미간을 잔뜩 구기고 있는 윤수를 향해 카이트가 속도 모르고 으르렁거렸다.

"어쩔 수 없이 족쇄는 풀어줬다만, 어디 도망갈 생각은 하지 않는 게 좋아."

"도망 안 간다고 했잖아!"

"진짜인지 알 게 뭔가?"

쉴 틈 없이 티격태격하는 그들 사이로 맑게 갠 하늘처럼 아름다운 푸른색 눈이 홀로 조용히 빛났다.

"그나저나 정말 신기하군요. 우리들을 포함한 이곳의 그 어떤 것도 마음대로 할 순 없지만, 본인만큼은 자유자재로 변할 수 있는 건 어째서일까…….”

페라트의 날카로운 시선을 견디다 못한 윤수는 저도 모르게 솔직한 생각을 툭 털어놓았다.

“어차피 저는 여기 있어서는 안 될 이물질 같은 존재이니까요.”

“흐음, 과연. 바꾸어 말하면 마녀님은 원래 이 세계에 존재하지 않았던 인물이기 때문에, 반대로 그 어떤 것으로도 될 수 있다는 거군요. 책 속의 이야기를 위해 정해져 있던 인물들과는 비교도 안 될 정도로 무궁무진한 능력을 지닌 창조자로서 말이죠.”

“무궁무진한 능력이라…….”

두 사람의 말을 가만히 듣고만 있던 윤수는 제가 말실수를 했음을 깨달았다.

하지만 뱉은 말을 주워 담을 수는 없으니 대신 아무렇지 않은 척 다른 말로 화제를 돌려볼 수밖에.

“어때, 이제는 나의 능력을 좀 알아보겠어?”

“그래, 확실히.”

“그러니까 까불지 말라고.”

“잘 새겨두지.”

고개를 빳빳하게 쳐들고 으스대는 제게 카이트는 어쩐 일인지 순순히 동의를 표했다.

“자, 이제 나를 그곳으로 데려가 줘. 내 세계로 넘어올 수 있었던 장소 말이야.”

"……."

하지만 카이트는 그녀의 재촉을 여전히 침묵으로 응수함으로써 아직 전부 해소하지 못한 마음속 불안감을 드러내었다.

대체 무엇 때문일까?

그저 절 향한 불신 때문이라고 말하기에는 무겁게 내려앉은 그의 눈매가 너무나도 비장하다.

"말했잖아, 네 소원을 들어주기 위해서라도 난 반드시 돌아가야 한다고."

조급함에 윤수는 점점 몸이 달았다.

그러나 이 붉은 머리 녀석은 입에 무거운 추라도 달았는지 좀처럼 말문을 열지 않았다.

"그 장소에 저도 함께 가겠습니다. 카이트 님."

대신 입을 연 것은 침착한 음성의 페라트였다.

"네가?"

"네. 지금 마녀님이 속으로 무슨 계산을 하고 있는지 모르는 것은 아니지만……."

그렇게 말하면서 꿰뚫을 듯이 절 쏘아보는 그의 날카로운 시선에 어깨가 괜히 움찔거렸다.

잘못한 것도 없는데 자꾸 주눅이 들었다.

"아니, 안 돼. 너까지 함께 가기에는 너무 위험한 곳이다."

"그러니까 더더욱 함께 가겠다는 겁니다."

하지만 그것도 잠시. 두 사람이 나누는 뜻밖의 대화에 윤수의 궁금증은 점점 커져만 갔다.

"위험하다니, 대체 거기가 어딘데?"

"말을 가져와라!"

지금까지 카이트는 단 한 번도 제 질문에 속 시원히 대답해 준 적이 없었다.

하지만 심상치 않은 분위기를 지닌 건 은발의 페라트도 마찬가지.

덕분에 그녀는 그 후로 한 마디도 할 수 없었다.

좋은 향기가 나는 새 승마복으로 옷을 갈아입고 나서, 제 허리를 휘어감은 황자의 손에 가볍게 들려 말안장 위로 앉혀질 때까지. 단 한 마디도.

엉망으로 부러진 죽은 나무들과 뾰족뾰족 튀어나온 날카로운 암석을 피해 말은 잘도 달렸다.

쉬지 않고 달린 지 얼마 지나지 않아 저 멀리 울창한 삼림이 눈에 들어왔다.

바닥에 엎드린 거인의 등처럼 거대한 숲이었다.

"내 성은 거의 국경의 끝에 위치하고 있지."

"아⋯⋯."

카이트의 손에 의지해 말에서 내리던 윤수의 입에서 탄성이 터졌다.

아무리 사방을 둘러보아도 눈앞의 숲 외에는 아무것도 없는 땅이 한눈에 들어왔다.

그리고 저 멀리 다 타 버린 고목처럼 홀로 우뚝 서 있는 3황자의 회색빛 성.

 이 삭막한 대지가 바로 페어라센 황국의 북쪽 영토일 터.

 "아, 음."

 윤수의 입에서 연신 감탄사가 흘러 나왔다. 암흑처럼 새카만 눈동자가 마치 꿈을 꾸는 듯 몽롱하다.

 그런 그녀에게서 시선을 떼지 못한 채 카이트가 물었다.

 "왜 그러지?"

 "전부 다…… 내가 만든 곳이야. 이걸 실제로 볼 줄은 정말 꿈에도 상상하지 못했어."

 "싱거운 소리를 다 하는군."

 하지만 윤수는 더 이상 대꾸하지 않았다.

 그리고 무엇을 생각하는지 알 수 없는 얼굴로 연신 고개를 갸웃하더니 그대로 비탈길을 내달리기 시작했다.

 "어? 마녀님?"

 "이봐!"

 그녀는 바람처럼 재빨랐다. 어느새 작은 점이 되어 언덕 아래로 사라지는 윤수의 뒤를 당황한 남자 둘이 황급히 쫓았다.

 "빌어먹을! 거기 서지 못해?!"

 잡힐 듯 잡히지 않는 나풀거리는 단발머리.

 어느새 숨이 턱까지 차오른 카이트의 어금니가 으득 맞물렸다.

 이 이세계(異世界)의 마녀는 정말 종잡을 수가 없었다.

다소 거칠게 몰던 말 위에서는 의외로 얌전히 몸을 맡긴다 했더니만 갑자기 언덕 밑으로 달아나 버리다니.

게다가 뭐 저렇게 빨라?

체감상으로는 아까 타고 온 말보다 더 잘 뛰는 것 같았다.

차라리 그녀가 절 업고 뛰는 편이 훨씬 더 빨랐을지도 모른다고 생각할 정도로 말이다!

"너, 진짜, 후욱, 이게 뭐 하는 짓이야!?"

다행히 윤수의 뜀박질은 곧 멈췄다.

이제 몇 발자국만 더 가면 숲의 초입.

그리고 곧이어 죽을힘을 다해 그녀의 뒤를 따라온 카이트가 손목을 아프도록 낚아챘다.

"도망가면 가만 안 둔다고 말했을 텐데!"

하지만 윤수는 어찌 된 셈인지 날숨 하나 흐트러지지 않은 채였다.

"흥, 이 정도로 헉헉대다니 한심해. 제3황자는 그 실력을 견줄 자가 없을 정도로 황국에서 제일가는 대단한 검사일 뿐만 아니라, 온갖 무예를 통달했을 정도로 뛰어난 운동신경의 소유자라고 써준 것 같은데 말이야."

그뿐만 아니라 얄밉게 뒷짐을 착 지고 서서 저를 놀리기까지 하는 그녀의 태도에, 카이트의 자존심이 그만 우르르 무너지고 말았다.

그는 발끈함을 숨기지 못한 목소리로 항변했다.

"이 나라에서 나를 이길 자는 없다! 수십의 괴한들 속에서 고작 눈 한쪽 내주고 탈출한 것이 쉬운 일인 줄 아는 건가?"

잔뜩 부아가 난 나머지 체통을 잃은 그가 언성을 높이는 사이, 한참을 뒤처진 페라트가 두 사람의 곁에 헐떡이며 도착했다.

"헉, 커억. 커으으윽. 마녀님, 윽, 우윽. 묻고 싶은 것이, 헉."

당장이라도 토할 듯 연신 헛구역질을 해 대는 제 심복의 모습에, 카이트의 눈썹이 구겨졌다.

"윽, 허억. 가슴이 타 들어가는 것 같네요. 후우, 자, 잠시만요. 숨 좀 고르겠습니다."

그 후 한참 동안을 헉헉 대던 페라트가 겨우 입을 열었다.

"후우, 허억. 마녀님. 혹시 빠른 발이 되도록 혹, 소망하셨습니까? 그 양피지에 말입니다."

……아차. 들켰네.

그녀가 대답 대신 혀를 쏙 내밀자, 그제야 카이트의 눈이 알 만하다는 듯 크게 치켜 올라갔다.

"하, 그런 거였군. 고작 마법 따위를 쓰면서 내게 잘난 척을 하다니."

"억울하면 너도 쓰면 되잖아."

"이게 진짜……!"

두 사람이 그렇게 옥신각신하는 사이, 어느새 안정된 숨을 되찾은 페라트는 불안한 눈빛으로 숲 안쪽을 응시했다.

긴장으로 뻣뻣하게 굳은 그의 표정을 눈치챈 카이트 또한 끊임없이 투덜대던 입을 다물었다.

"결국 다시 이곳으로 돌아왔군."

"노르덴 숲으로 들어가는 경계이지요."

물론 카이트도 잘 알고 있는 곳이었다.

얼마 전 신원을 알 수 없는 병사들에게 쫓기고 또 쫓기다 결국 다다르고야 만 금기의 땅.

마치 그때의 고통과 절망이 되살아나는 듯해 카이트는 저도 모르게 주먹을 있는 힘껏 쥐었다.

노르덴 숲은 페어라센의 백성이라면 아무도 모르는 자가 없 는, 소위 버려진 삼림이었다.

사람을 삼키는 저주받은 땅이라 하여 모두가 입에 올리기조 차 꺼려하는 암흑의 숲은, 이웃 나라인 미틀러렌 왕국의 남쪽 국 경과 페어라센 황국의 북쪽 국경 사이에 자리 잡고 있었다.

빽빽하게 늘어선 나무들이 지나치게 울창해서 숲 안은 낮에 도 햇빛이 들지 않았다.

그리고 그러한 어둠을 찾아 그 안에 모여든 잔혹한 무리들을 생각하며 페라트는 저도 모르게 어깨를 떨었다.

"괜찮으시겠습니까, 카이트 님?"

"여기까지 왔는데 못 갈 이유도 없지."

스르릉 소리에 뒤를 돌아보니, 카이트가 어느새 커다란 검을 빼어 들고 있었다.

이웃 나라인 미틀러렌 왕국과 매우 각별한 동맹을 맺은 사이면서도 사실상 교류가 그다지 많지 않은 것도 다 이 커다란 숲 때문이었다.

노르덴 숲을 가로지르는 경우 한나절이면 도착할 거리를 모두들 빙 둘러 다니기 일쑤였고, 이는 나라간의 왕성한 무역에 큰 방해 요소였다.

이 모든 것을 윤수는 누구보다도 잘 알고 있었다.

당연하다면 당연한 일이었다.

모두 자신이 만들어 놓은 소설 속 장치들이었으니까.

거침없이 발걸음을 옮기는 그녀의 어깨를 카이트가 뒤에서 단단히 잡았다.

"……조심해라. 아무리 마녀라 해도 큰일 나는 수가 있으니."

"난 괜찮아."

하지만 카이트는 여전히 괜찮지 않은 모양이었다.

"마지막까지 살아남기 위해 어쩔 수 없이 피신했던 곳이다. 하지만 내 뒤를 추격하던 놈들은 이 저주받은 숲 안에 서슴없이 들어올 정도로 날 죽이고 싶어 했지."

단단히 박혀있는 가시처럼 아직도 마음속에서 빼내지 못한 상처와 아픔을 그대로 토해 내려는 듯 거친 목소리였다.

가장 최근에 쓴 이야기라 윤수도 그가 떠안고 있는 모든 고통들을 어느 것 하나 잊지 않고 잘 기억하고 있었다.

그런 그녀의 마음도 영 편치만은 못했다.

뒤죽박죽 엉켜드는 이 감정을 뭐라고 설명해야 할까.

미안함?

그도 아니면 안타까움?

어쭙잖게 입을 연 것을 곧 후회할지 몰라도, 윤수는 그를 위로하고 싶어졌다.

"이젠 무서워하지 않아도 돼. 내가 있잖아. 분명 우리는 잘해낼 거야."

"우리라…… 참으로 허울 좋은 단어군. 난 여태까지 한 번도 그 단어를 믿은 적이 없다."

"이번은 달라. 서로 같은 목적에, 비밀까지 공유한 사이. 어때, 그 어디에도 이만한 아군은 없지 않아?"

그녀의 목소리는 침착했고, 야무지게 올라간 입술 끝이 적어도 거짓말을 일삼는 여자처럼은 보이지 않았다.

그 묘한 힘에 카이트의 발걸음이 저도 모르게 스르르 움직였다.

마치 계시를 받은 주술사처럼 그는 한 발, 한 발 앞으로 용기 있게 나아갔다.

"저도 같이 가겠습니다."

안 그래도 하얀 페라트의 피부가 더욱 창백해져 있었다.

그런 페라트가 걱정된 나머지 윤수는 조용히 고개를 저었다.

"당신은 여기 있어도 돼요. 둘이서도 충분할 것 같으니까요."

"그럴 수는 없습니다. 카이트 님이 가시는 곳이라면 제가 응당 함께해 드려야죠."

"하지만 이번에는 저도 같이 있을 테니까……."

그녀가 재차 만류했지만 페라트는 계속해서 고집스럽게 고개를 저었다.

"내 명령 따위는 귓등으로도 안 듣는 녀석."

페라트의 그런 모습이 익숙한지 카이트는 어쩔 수 없다는 듯 고개를 절레절레 저었다.

하지만 가벼운 미소를 띤 얼굴은 전혀 곤란해 보이지 않았다.

저것이 바로 서로에 대한 신뢰이리라. 악역 카이트 곁에는 누구보다 그를 위하는 페라트가 있었다.

윤수의 마음이 어쩐지 한결 편해졌다.

무거운 죄책감을 조금이나마 덜은 기분이다.

"좋아, 더 이상 지체하지 않겠다."

그 말을 마지막으로 누구도 입을 열지 않았다.

새소리조차 들려오지 않는 숲 안으로 세 사람과 두 필의 말 발걸음 소리가 자박자박 울려 퍼졌다.

엿가락처럼 늘어진 긴 그림자만이 뒤를 끈질기게 따라붙다가, 이내 모든 것이 암흑 속으로 완전히 자취를 감추었다.

*   *   *

"……빌어먹을!"

손에 물집이 잡힐 정도로 검을 휘둘렀으나 허사였다.

여전히 굳게 닫혀 있는 땅.

분을 이기지 못한 카이트가 애꿎은 나무 기둥에 냅다 검을 박아 넣자 난데없이 봉변을 당한 새들이 머리 위로 푸드득 날아갔다.

"확실해? 여기가 확실한 거야?"

"물론 확실하고말고. 너 같으면 목숨을 잃을 뻔한 곳을 잊겠나? 그뿐만 아니라 날카로운 칼날에 한쪽 눈을 잃었던 장소인데, 절대로 착각할 리 없어!"

그의 절망은 그녀의 다급함을 훨씬 뛰어넘는 듯했다.

상상 이상으로 좌절한 카이트의 모습에 당황하기는 윤수도 마찬가지였다.

"그런데 왜 아무것도 없지?"

"젠장!"

커다란 낙엽 무더기 앞에 황망히 선 카이트 대신 페라트가 말을 이었다.

"분명히 넓은 마구간쯤은 가뿐히 집어삼킬 만한 큰 균열이었습니다. 저도 이 두 눈으로 똑똑히 확인했는걸요. 그런데 어떻게 이렇게 감쪽같이 사라질 수가 있을까요?"

기어 다니다시피 하며 몇 번을 헤집어도 마찬가지였다.

땅 위에 보이는 것이라고는 그저 말라빠진 나무 잎사귀들뿐.

조그마한 구멍은커녕 작은 실금조차 나 있지 않았다.

"내가 설마 귀신에 홀린 건가?"

"아니오. 저도 분명히 보았습니다. 그 수많은 습격자들 하며…… 잊어버릴 리가 없죠. 눈앞에서 갑자기 꺼져 버린 땅에 주인님이 집어 삼켜지던 그 놀라운 순간은 더더욱."

그의 말은 사실이었다.

그날 등 뒤를 감싼 적들은 일일이 셀 수 없을 정도로 많았는데, 죄다 시커먼 복면으로 얼굴을 가리고 있었다.

덕분에 놈들이 누군지, 대체 누구의 사주를 받아 자신을 죽이려 하는지 카이트는 아무것도 알 수 없었다.

물론 이 나라에서 3황자를 달가워하는 자는 아무도 없다지만, 그래도 저는 황제의 피를 이어받은 엄연한 황손.

그뿐만 아니라 위험할 정도로 출중한 검술 실력을 가진 인물인데, 그런 남자에게 무모하게 덤벼들 자는 그리 많지 않을 것이다.

누구나 탐낼 만한 재력을 지니고 있거나, 권력의 정점에 서 있는 상태였더라면 또 모를 일이다.

하지만 자신은 그런 것도 아니었다.

그러므로 카이트가 알 수 있는 건 오로지 단 한 가지였다.

자신은 누명을 썼음이 틀림없으리라. 그것도 반역이라는- 선동되기 쉽고, 누구나 칼을 겨누기 충분한 그런 어마어마한 누명을.

그는 나무에 기댄 채 점점 절망으로 물들어가는 얼굴을 한 손으로 감쌌다.

떠올리면 그저 괴롭기만 할 뿐인 과거의 영광이 어느새 그의 머릿속을 가득히 점령했다.

배우지 않아도 자유자재로 검을 다루는 재능, 그리고 책을 한 번 읽으면 거의 모든 내용을 외우다시피 습득하는 영민함까지.

모든 면에서 완벽했던 자신을 황제도 처음에는 얼마나 예뻐했는가.

그 애정을 배신하지 않기 위해 그는 타고난 천부적인 능력에 안주하지 않았다.

안주하긴커녕 오히려 자신을 갈고 닦는 데 늘 힘썼다.

그러나 어느 순간부터 라이벌 축에도 끼지 못했던 두 형은 갑자기 다른 사람이 된 것처럼 변했고, 저는 황국의 최대 문제아로 전락하고 말았다.

그래도 굴하지 않고 노력했다.

점점 형들과의 격차가 벌어지긴 했지만 그래도 언젠가는 따라잡고야 말리라는, 그래서 황제의 자리에 앉을 수 있을 거라는 희망을 버리지 않은 채.

그 자부심만으로 번번이 좌절되는 인생을 버틸 수 있었다.

……결국 돌아온 건 처절할 정도로 아무것도 없었지만.

페어라센의 드넓은 영토 중에서 하필이면 가장 황량한 북쪽 지역을 하사받은 걸 원망하지는 않는다.

형인 1황자와 2황자에 비해 형편없이 적은 몇 명의 신하들만이 쓸쓸한 성을 유령처럼 떠돈다 해도 좋았다.

으리으리한 재산은커녕 겨우 입에 풀칠할 정도의 곡식 낟알로 매일을 연명한다 해도 참을 수 있었다.

하지만 어째서 쫓겨야 하는가?

왜 다들 나를 죽이려 드는 거지?

평생 외롭게 혼자 지낸다 해도 좋으니 계속 살고 싶다. 단지 그뿐이란 말이다!

"이봐, 마녀."

카이트는 무슨 생각을 하는지 홀로 조용히 입술을 물고 있던 윤수의 양팔을 아프도록 움켜잡았다.

"아, 아파."

깜짝 놀란 그녀가 몸을 비틀었지만, 그의 힘은 바위처럼 단단했다.

"네가 한 짓인가?"

"뭐를?"

"황제를 해하려 했다는 누명 말이다!"

그녀는 고개를 필사적으로 저었다.

아니다.

물론 황제를 향해 반역을 일으키는 장면을 생각해보지 않은 건 아니었지만, 윤수는 결코 그런 이야기를 전개시킨 적이 없었다.

그저 마지막으로 묘사한 것은 괴한들에게 습격 받았던 3황자 카이트의 모습.

그 후 더 이상 등장시키지 않음으로써 자연스럽게 마무리 지을 생각이었다.

왜냐하면 이것은 어디까지나 외전 아닌가.

완결 후 잘 지내고 있는 주인공의 행복한 모습에만 초점을 맞춰도 페이지가 모자란다.

그러므로 악역을 위한 새로운 에피소드는 필요하지 않았다.

"이거 놔."

그의 손아귀에서 빠져나오려 했으나, 카이트는 여전히 꼼짝하지 않았다.

저를 노려보는 모습이 마치 혼자 죽어가면서도 끝내 으르렁거림을 멈추지 않는 외로운 늑대와도 같았다.

그 형형히 빛나는 눈동자와 마주치자, 윤수의 가슴 한쪽에 따끔한 통증이 일었다.

"내 배다른 형들이 그랬듯 대단한 능력을 손에 넣길 바라지 않는다. 누군가에 의해 만들어진 완벽한 삶을 살고 싶은 것도 아니야. 나는 그저 이대로 죽고 싶지 않을 뿐이다!"

처음으로 들어보는 절박한 목소리였다.

차라리 협박을 당했을 때가 나았다고 생각했을 정도로 딱한 감정이 그녀의 명치를 묵직하게 눌렀다.

"그래. 이미 약속했잖아. 돌아가더라도 그걸 잊지는 않아."

"난 보란 듯이 살아서, 무슨 일이 있어도 황제가 되고 말겠어."

살아야겠다고 결연하게 다짐하는 모습과는 반대로, 그의 눈빛은 되레 죽음도 불사하겠다는 듯 날카롭게 번쩍였다.

"그러므로 이제 나는 네게 모든 것을 숨김없이 털어놓을 것이다."

재차 이어지는 낮은 음성은 무언가를 말하려 빠끔대던 윤수의 입술을 다물게 했다.

"부디 널 외로운 저승길의 동무로 삼지 않길 나 역시 바라고 있으니까."

꼴깍, 그녀의 목을 타고 기어코 마른침이 넘어갔다.

"……살고 싶다."

"뭐라고?"

주먹을 폈다 쥐었다 하며 손에 배어 나온 땀을 식히는데, 그가 뜬금없는 말을 해 왔다.

"죽음이 코앞에 다가왔던 그 순간, 살고 싶다는 생각이 들었지."

"그리고 내가 있던 세계로 넘어오게 되었다…… 이거야?"

"그래. 지금부터 잘 들어라. 죽음에서부터 겨우 기어 나온, 비참한 황자의 이야기를."

바람에 나부끼는 잎사귀들마저 숨을 죽이게 만드는 그의 고요한 음성이 소슬하게 흘러나왔다.

*　　　*　　　*

"으하하핫! 내가 해냈다. 내가 해냈다고! 이 나라에서 제일가는 검술 실력을 지녔다는 3황자도 별거 아니군!"

"하아, 하아……."

불로 지진 듯한 통증이 그의 왼쪽 눈을 강렬하게 강타했다.

당황한 나머지 손바닥으로 꾸욱 아무렇게나 눌러 막자 손목을 따라 뜨겁고 축축한 것이 흘렀다.

빌어먹을. 방심했다.

점점 심해지는 통증에 머리가 절로 어지러웠다.

정말 이대로 죽음을 맞이하는 건가?

카이트는 재빨리 옷소매를 부욱 찢었다.

몇 번이고 땅바닥을 구른 탓에 까맣게 묻어 있는 흙먼지로 천은 이미 말할 수 없이 더러워져 있었지만, 지금 그런 것을 따질 때가 아니었다.

그는 남아 있는 오른쪽 눈으로 정면을 똑바로 응시했다.

그 상태에서 조금의 미동도 없이 황급히 다친 눈을 동여매고는 날카로운 검을 꼿꼿이 치켜든 채 소리쳤다.

"죽고 싶지 않으면 길을 비켜라!"

허공을 가르는 날에서 뿜어져 나오는 바람 소리는 여전히 위협적이었다.

"으으, 지독한 놈!"

겁을 집어먹은 괴한들이 저도 모르게 뒤로 주춤주춤 물러난 순간.

우두머리인 듯한 남자가 말을 탄 채 뒤에서 모습을 드러냈다.

"페어라센 황국의 3황자, 아인젠카이트는 들어라! 너는 어찌 황자의 신분으로 감히 이런 모반을 꾀하였느냐?! 그것도 저 검은 숲의 흉포한 도적떼들과 거래하여 황실을, 이 나라를 피로 물들이려 해?"

어디선가 들은 적이 있는 것 같은 목소리.

대체 누구더라?

"……하아."

하지만 그러한 생각도 곧 끊기고 말았다. 호흡은 더욱 거칠게 흐트러졌다.

피를 너무 많이 흘린 탓에 정신이 또렷하지 못했다.

"나는, 그런 적이…… 없다……!"

"네놈이 한 짓이라는 증거가 있는데도 발뺌하는 수작이라니. 정말 끝까지 추한 녀석이구나."

"그래. 이건 그저 만드는 대로 씌우면 되는 모함인 거군. 그게 정말 사실이라면 내게도 그 증거를 보여야 마땅하지 않은가?!"

"허허, 어리석은 놈. 곧 죽을 죄인에게 증거를 보여 주는 법이 세상천지에 어디 있더냐? 게다가 네놈의 저 은발 수하를 잡아다 고문시키면, 너의 악행은 그야말로 샅샅이 드러나겠지. 정녕 네 부하를 아낀다면 차라리 그가 이 자리에서 죽기를 빌어줘라."

"카이트 님!"

비명이 터져 나온 곳으로 고개를 돌리자, 놈들의 손에 잡힌 페라트가 개처럼 바닥을 기는 게 눈에 들어왔다.

아주 오래전부터 줄곧 자신의 곁을 지켜 준 소중한 부하가 그런 꼴을 당하는 것을 확인한 그의 심장에 불이 번졌다.

"죽여 버리겠어!"

"말귀를 못 알아듣는군. 죽는 건 너다, 카이트! 이 자리에서 반역 및 모반죄에 대한 벌을 받아라!"

그렇게 호령한 것을 마지막으로 말 위의 사내가 제 검을 아래로 내리그었다.

그것을 신호로 수십 명이나 되는 괴한들이 사방팔방에서 한꺼번에 뛰어들었다.

"와아아!"

"3황자의 목을 따는 것은 나다! 방해들 하지 마!"

"안 돼, 제발……! 카이트 님!!"

귓가를 거세게 때린 것은 울부짖다시피 하는 페라트의 음성이었다.

그리고 그 순간.

우르르릉—!

발밑이 요동쳤다.

"어, 어어?!"

날카롭게 잘 벼린 검을 두 손으로 부여잡고 기세 좋게 달려들던 사내들의 발걸음이 일순 멈춰졌다.

"으윽……!"

바다 한가운데 떠 있는 텅 빈 야자열매 껍질처럼 이리저리 흔들리는 몸을 주체할 수 없는 것은 카이트도 마찬가지였다.

그러다 찾아온 찰나의 고요. 그 적막함에 소름이 돋았을 때.

"으악!"

쿠우웅!

카이트가 딛고 선 발밑의 땅이 부서진 케이크처럼 무너지기 시작했다.

"카이트 황자님!"

커다란 나무등치를 잡고 간신히 버티던 페라트가 그렇게 외침과 동시에 땅이 쩍하고 갈라졌다.

모두가 삼켜졌다.

괴한들은 물론이고, 카이트 본인마저 남김없이.

그는 제가 처음으로 검을 처음 쥔 날을 정확히 기억하고 있었다.

다섯 살 생일 때 페어라센의 황제인 아버지로부터 특별히 하사받은 귀한 선물이었다.

아직은 나뭇가지도 휘두르기 벅찬 나이.

돌이켜 보면 누구에게나 사랑받던 그리운 시절이다.

그로부터 하루도 빠짐없이 검술을 연마했다.

그뿐만 아니라 지기 싫어하는 특유의 성격 탓에, 상대적으로 무예를 야만스럽다 여기는 황궁 학자들에게 무시당하지 않도록 책을 읽고 또 읽었다.

덕분에 매일같이 주변의 칭찬이 쏟아졌다.

그건 어린 카이트에게 있어 사탕보다 달콤하고, 다양한 맛의 캐러멜보다 황홀했다.

아마 그때부터였을 것이다.

꼬마 황자의 마음속에 원대한 꿈이 별처럼 반짝거리게 된 것은.

나는 황제가 되고 싶다.

아니, 반드시 황제가 되리라.

주위의 못난 어른들이 서자 출신인 자신에 대해 수군대는 것도 잘 알고 있었다.

하지만 비록 출신은 조금 모자랄지언정 노력으로 이루지 못할 소망은 없다고, 그렇게 믿었다.

그 희망은 카이트에게 있어 삶 그 자체였다.

괴롭던 순간을 버티게 해 주었고, 즐거운 추억도 만들어 주었다.

어머니가 저를 북쪽에 홀로 남겨 두고 수도의 황궁으로 떠났던 날에도, 아무도 없는 검술 연습장을 찾아 훈련을 게을리 하지 않았던 그였다.

그러나 추락하는 지금 이 순간 단단하게 단련된 몸은 종잇장처럼 형편없이 팔락거릴 뿐이었다.

쌓고 또 쌓은 머릿속 지식은 아무런 도움도 되질 못했다.

끝도 없이 떨어졌다.

이제 하나밖에 남지 않은 눈을 떴을 때, 그 앞을 수놓았던 은

빛은 저를 따른 게 죄라면 죄인 불쌍한 심복 녀석의 머리카락일까, 아니면 손톱만 한 반달에서 뿜어져 나온 서럽도록 시린 빛줄기인가?

'이제 죽는 거구나. 재수 없었던 나의 인생도 드디어 끝이야.'

그런 생각을 할 때였다.

거짓말처럼 누군가의 목소리가 귓가에 들려왔다.

"게다가 1황자 오튼이나 2황자 바인 모두 기절 후에 눈을 떴더니 낯선 세계의 타인에게 빙의되어 있더라 하는 소설 속 설정이었는데, 3황자까지 차원이동이나 빙의를 시켜주는 건 좀 아닌 것 같아요."

……뭐……?

소설의 주인공이었던 1황자 오튼과 2황자 바인이라니?

낯선 여자가 형들에 대해 말하고 있었다.

하지만 정말 경악스러운 것은 바로 그 뒤에 이어졌다.

"그럼 3황자인 카이트는 어떻게 하시게요? 정말 죽이실 건가요? 아유, 그건 좀 아깝다. 팬이었는데."

나를…… 죽여?

"2황자 소설의 외전에서 정리하는 걸로 갈게요. 어디까지나 주인공들을 돋보이게 하기 위한 역할이었으니까 그거에 충실해서 마무리 짓고자 해요."

내 인생은 누군가를 돋보이게 만들기 위해 존재했을 뿐이란 말인가?

그저 이용당하고 사그라지는 삶이었다고!?

갑자기 온몸의 사지가 마치 반란을 일으키듯 제각기 힘껏 뒤틀렸다.

거센 분노로 점령당한 손끝까지 아프도록 힘이 실렸다.

그 목소리의 주인공은 대체 누굴까?

마녀? 악마?

그도 아니면, 신?

"안 돼! 난 죽을 수…… 없다!"

사실 그녀가 누구든 간에 상관없었다.

그는 다친 눈에서 새어나오는 피보다 더욱 진하고 뜨거운 눈물을 흩뿌리며 소리쳤다.

아래로 빠르게 낙하하는 몸이 이곳저곳 툭툭 불거져 나온 암석에 끊임없이 부딪혔지만 아픈 줄도 몰랐다.

"……나도 살고 싶어! 무엇이 되든 좋으니 제발…… 살아갈 수 있게 해 다오……!"

마지막으로 온 힘을 다해 크게 울부짖은 그때였다.

계속해서 흙벽에 쓸리던 손 안으로 질긴 나무뿌리 같은 무언가가 턱 걸렸다.

"으윽……!"

그것을 있는 힘껏 움켜쥐자, 추락이 멈췄다.

"큭!"

가속도를 이기지 못하고 몸이 벽에 터엉 하고 부딪혔다.

눈물이 쏙 빠질 만큼 강렬한 충격이 전신에 웃돌았다. 그의 입에서 고통스러운 신음 소리가 새어나왔다.

뒤늦게 생각해 보니, 그것이 바로 자신이 아직 살아 있다는 증거였다.

* * *

그때의 긴박했던 상황이 새삼 떠오른 듯, 카이트는 잠시 입을 다문 채 어느새 거칠어진 호흡을 가만히 달랬다.

"그래서 구덩이를 기어 올라와 보니, 내가 있던 세계였다……이거야?"

하이라이트 직전에 이야기가 끊긴 탓에 궁금함을 참을 수 없었던 윤수가 계속 자신을 채근하자, 그는 숨을 몰아쉬어가며 이야기를 계속했다.

"사실 그때까지도 꼼짝없이 죽은 걸로 믿었다. 그러자 나도 모르게 웃음이 다 나오더군."

"웃음?"

"생각해 봐. 칼에 맞아 죽을 확률과 지진이 일어나 내 발밑의 땅이 꺼질 확률. 너로서는 어떤 식의 죽음이 더 상상하기 쉬울 거 같은가?"

"아……."

"죽기 싫어 그렇게 몸부림 쳤는데 결국은 생매장이라니. 그래서 정말 소리 내어 웃었다. 사나워도 이렇게 사나운 운명이 없다고 말이야."

"으음."

슬그머니 입을 다문 그녀에게 카이트의 서늘한 시선이 고정되었다.

"하지만 분명 널 데리고 올 때까지만 해도 웬만한 마차쯤은 거뜬히 지나가고도 남을 크기의 구덩이였단 말이지. 그런데 어떻게 이리 감쪽같이 땅이 닫힐 수 있단 말인가?"

중얼거리는 그의 말이 윤수의 귀에 벌새처럼 날아 와 꽂혔다.

"날이 밝는 대로 201호 아저씨가 민원 넣을 거래. 그러니까 아가씨도 꼬옥 협조 좀 해 줘."

아뿔싸.

민원에 대처하는 대한민국 공무원들의 재빠른 자세.

"아마 벌써 아스팔트를 깔았을지도 몰라. 요즘은 민원에 엄청

예민한 때니까……."

"뭐? 지금 뭐라고 했지?"

"아, 아니야. 그러니까 갑자기 생긴 지진이, 아니 지진은 아니지만 그 비슷한 사건이 나의 세계에도 일어났었거든. 그리고 그걸 우리 쪽에서 음…… 그러니까 내가 사는 곳의 사람들이 구덩이를 바로 막아 버렸을지도 몰라. 지금으로써는 그 확률이 가장 커."

"대단한 기술인걸."

그녀의 말을 죄다 이해할 수는 없었지만 카이트는 성실하게 대꾸했다.

"믿기진 않지만 정말 그 싱크홀 덕분에 알 수 없는 연결 통로가 생겨버린 건가 보구나. 그런데 이게 막혔으니 이제 어찌한담……."

윤수는 머릿속이 다시 혼란스러워지기 시작했다.

그러자 이제까지 두 사람의 말을 가만히 듣고만 있던 페라트가 이야기를 거들었다.

"그러니까 두 분의 말을 각각 종합해 보면, 이곳과 마녀님의 세계는 서로 연결이 되어 있는 것 같군요. 그것도 땅에 난 커다란 구멍을 통해서 말입니다. 그렇다면 숲 속 어딘가를 골라 하염없이 땅을 파 내려가 보면…… 안 되겠죠. 이건 너무 허무맹랑한 생각입니다."

페라트는 면목 없다는 듯 머리를 긁적였다.

그런데 어찌 된 셈인지 그 순간 윤수의 두 눈이 번쩍 뜨였다.

잊고 있었던 그것이 기억의 수면 위로 불쑥 튀어나왔다. 그저 실제로 보지 않았을 뿐이지 이 세계에 관해 윤수가 모르는 것은 아무것도 없었다.

"그렇다면 간단하네!"

"네에?"

"내가 두 번째 시리즈에서 초반에 설정했던 차원 이동 장치! 맞아, 그게 있었어!"

"……좀 알아듣게 설명해 주지 않겠나?"

양손으로 박수를 마구 쳐대다가 이제는 하늘을 향해서 소리 내어 웃기까지. 기쁨을 참지 못하는 그녀의 모습에 이번에는 카이트의 마음이 한없이 달음박질쳤다.

"우리가 서로 든든한 아군 사이라는 건 네가 한 소리다. 그걸 잊은 건 아니겠지?"

잔뜩 약이 오른 듯 미간을 구긴 그의 얼굴이 어쩐지 보기 좋았다.

덕분에 아무도 듣지 못했다.

저 멀리서 바람을 타고 실려 오는 누군가의 희미한 웃음소리를.

"이 페어라센에는 사실, 아직 닫히지 않은 통로가 남아 있어."

겨우 웃음을 멈추나 했더니 이제는 그녀가 미친 건 아닐까 걱정될 정도로 믿을 수 없는 소리였다.

두 사람의 입은 영 다물어질 생각을 하지 못했다.

"정말입니까, 마녀님? 이 세계에 정말 그런 곳이 존재하나요?"

"그럼요! 내가 쓴 거니까 확실히 기억해요. 그걸 아는 건 오로지 나 혼자뿐……."

하지만 신이 나서 떠들어 대던 그녀의 입이 곧 슬그머니 닫혔다.

잠깐, 그곳을 아는 건 저 혼자뿐이라고?

윤수는 더 이상 말을 잇지 못한 채 그저 꿀 먹은 벙어리처럼 두 눈을 깜빡였다.

아니다.

사실 그 장소를 아는 건 이곳에 저 말고도 틀림없이 한 명이 더 있었다.

그자는 바로…….

"왜 이야기를 하다 말지? 어딘지 빨리 말해. 그래야 널 그곳에 데려다 줄 수 있지 않나."

순식간에 그녀의 분위기가 심상찮게 변한 것을 알아챘는지, 초조한 손끝으로 검 손잡이를 튕기던 카이트가 대답을 닦달했다.

이들은 상상조차 하지 못할 이 세계의 비밀.

그것을 전하려 여전히 비장한 표정으로 가만히 입술을 열려던 찰나였다.

"히이이잉!"

갑자기 숲의 안쪽에서 기분 나쁘도록 서늘한 바람이 훅 불어왔다. 그러자 그들의 뒤에서 한가롭게 풀을 뜯으며 얌전히 대기하던 말들이 무엇에 그리 놀랐는지 앞발을 허공에 높이 든 채 사납게 울부짖었다.

"뭐야?!"

"말들이……!"

주인들을 버린 말 두 마리가 갑자기 숲 밖으로 맹렬하게 달아나기 시작했다.

"젠장, 페라트!"

"맡겨 주십시오!"

카이트가 그렇게 신호하자마자 페라트가 고개를 끄덕였다. 그리고 높고 날카로운 휘파람을 불어대며 말들이 달아난 방향 쪽으로 재빠르게 뛰어갔다.

"제가 말을 다시 잡아 올 때까지 여기서 기다려 주세요!"

페라트의 음성은 벌써 저만큼 멀어지고 있었다. 그러자 윤수가 다급히 외쳤다.

"아니, 잠깐! 이 중에서 제일 발이 빠른 건 나잖아. 그러니 저 사람보다는 내가 가야 되지 않겠어?"

어느새 채비를 마치고 성급히 달려 나가려는 그녀의 팔을 카이트가 재빠르게 낚아챘다.

"기다려! 말을 따라잡더라도 네가 어떻게 녀석들의 고삐를 잡을 거지? 말에 제대로 타 본 적도 없으면서, 한꺼번에 두 마리를 죄다 끌고 오겠다고?"

그 말에 다리가 멈췄다.

그러고 보니 이쪽 세계에서는 달리기를 잘하는 것보다는 말을 잘 타는 실력이 더 중요했다. 그건 명백한 사실이었다.

명색이 로맨스 판타지인데 어떻게 그 생각을 못 할 수 있지?

황제와 황자님, 그리고 말과 기사!

그건 기본 중의 기본이잖아, 이 바보야!

윤수의 미간이 와락 구겨졌다.

이제 와 숨겨 무엇 하랴.

아까 페라트가 지적한 대로였다.

이곳에서 발견한 '쓰는 대로' 이루어지는 양피지—즉 본인한 테만 효과를 보여 주는 그 대단한 도구에 바람보다 빠른 달리기 실력을 써넣은 것은 사실 기회가 왔을 때 무사히 도망가기 위함이었다.

물론 3황자에게 협력하기로 마음먹은 그 사실은 변함이 없지만, 그렇다고 해서 다른 자의 손에 잡히지 않는다는 보장도 없지 않은가.

윤수는 평소 운동을 좋아하는 편이었지만 그건 어디까지나 지극히 일반적인 기준이었다.

그러므로 제아무리 잘 뛰는 축에 속한다 해도 '도주'라는 것이 그리 만만하지는 않을 거라고 생각했다.

기가 막히도록 절묘한 찬스가 생겨도 시도하기 전에 붙잡혀 버릴 확률이 대부분이리라.

그래서 남몰래 '마녀의 소원 세 번째, 말보다 빠른 다리를 가진다'라고 써넣었다.

하지만 정작 말을 탈 수 없다는 걸 깨닫지 못하다니. 이런 바보 같은!

그렇게 한숨을 내쉬며 스스로를 향해 차오르는 화를 삭일 때였다.

"빌어먹을, 이거 정말 큰일 났군."

"왜 그래, 황자?"

정수리 위에서 불안이 가득한 음성이 쏟아져 내렸다.

그 소리에 정신을 차리고 고개를 들어 바라보니, 어쩐지 카이트의 표정이 전례 없이 심각했다.

"어쩌면 정말로 위험해질지도 모르니까 숨소리도 내지 마. 이건 부탁이 아니라 명령이다."

대체 뭔데 밑도 끝도 없이 명령이라는 거야. 난 네 부하가 아니라 엄연한 파트너라고!

그렇게 받아치려고 한 순간.

그녀의 입이, 아니 온몸 전체가 마치 석상처럼 딱딱하게 굳어갔다.

이번에는 윤수도 확실하게 들었다.

저 멀리 숲 안에서부터 이쪽을 향해 점점 가까워지는 소리.

우렁우렁 울려 퍼지는 그것은 틀림없이 사내 여러 명의 목소리였다.

"그래서? 그놈을 어떻게 했어?"

군데군데 찐득찐득한 핏물이 묻어있는 손으로 얼굴을 벅벅 긁던 자가 그렇게 묻자, 남자는 커다란 손도끼를 휘휘 돌리며 잔뜩 신이 난 목소리로 응수했다.

"어떻게 하긴! 가진 거 다 내놓으면 목숨만은 살려 주마, 하고 약속했지. 그러더니 마차의 방석 밑에 꼬불쳐 둔 지폐까지 모조리 다 쓸어 내놓더군. 이히힛, 병신 같은 놈."

"오오, 그래도 말을 잘 듣는 녀석이었구나. 괜한 힘 쓰는 수고는 덜었겠네. 그래, 그러고 나서 풀어 준 거야?"

"풀어 주다니, 넌 날 뭐로 보는 거냐? 나 살려라 도망가는 걸 도끼를 던져 그대로 맞춰버렸지."

"킥, 이 미친놈. 만약 그 새끼를 살려 줬다고 대답했으면 내가 네 뒤통수에 도끼를 던져 버렸을 거야."

놈들의 킬킬거리는 웃음소리가 끊임없이 울려 퍼졌다.

"감히 우리에게 신고도 하지 않고 이 숲에 발을 들여놓다니. 진귀한 술을 이웃나라에 가져다 팔 거면 당연히 우리에게도 그 이익을 나눠 줘야지!"

"맞아. 그 술이 유통기한이 짧든 말든, 그래서 이 숲을 가로질러야 하든 말든 그건 우리가 알 바 아니지. 그런데 돈이랑 보석은 그렇다 치고, 그 술은 어쨌어?"

그러자 사내는 시커먼 이를 드러내며 쯧 하고 혀를 찼다.

"이 양심도 없는 새끼, 뭐 그런 것까지 나눠 먹으려고 하냐! 당연히 내가 다 마셔버렸지!"

그렇게 말하고 그는 또다시 손에 든 무기를 거센 바람 소리가 나도록 휙휙 휘둘렀다. 웬만한 아이 머리통만 한 도끼날에는 이미 검게 물든 핏자국이 잔뜩 배어 있었다.

카이트의 손에 이끌려 올라간 나무 위에서 바라본 일행은 총 예닐곱 명 정도. 전부가 남자였다.

그들의 머리는 마치 헐벗은 민둥산처럼 죄다 싹 밀어져 있었는데, 정수리 위에는 커다란 십자가가 낙인같이 찍혀 있었다.

얼굴 생김새는 하나같이 기괴하기 짝이 없었다.

귀와 코가 베어진 것은 기본이고, 심지어는 눈알 한쪽이 빠져 달아난 이도 있었다.

"저건 설마, 노르덴 숲의 슈냅판?"

카이트의 손에 이끌려 올라간 나무 위에서, 윤수는 터져 오르려는 비명을 간신히 억눌렀다.

슈냅판 무리.

일명 산적이었다.

각종 흉악한 범죄를 담당하는 건 물론이고 심지어는 식인을 일삼기도 하는 페어라센의 골칫덩이들.

물론 그들 역시 윤수의 손에서 탄생한 책 속의 장치였다.

"맞아."

"으윽."

제 대답에 겁을 집어먹은 그녀의 어깨를 다시 꽉 끌어안으며 카이트가 낮게 속삭였다.

"그냥 지나가게 둬. 마주쳐봤자 좋을 게 없으니."

다행스럽게도 늦지 않게 꽤나 커다란 나무 위로 올라올 수 있었다. 넓어 봤자 한 사람 정도가 겨우 다리를 펴고 앉을 만한 곳에서, 윤수는 카이트의 무릎 위에 간신히 제 몸을 의탁한 채였다.

사실 그의 품에 안겼다 해도 과언이 아닐 정도로 지나치게 밀착된 이 자세가 부끄러워 죽을 것 같았지만, 지금은 다른 방도가 없었다.

"……조용히 있어."

어금니를 꽉 문 채 조용히 읊조리는 카이트의 턱에는 어느새 바듯한 힘이 실려 있었다.

그것을 생생히 느낀 윤수는 가만히 고개를 끄덕였다.

카이트는 그런 그녀를 향해 마음속으로 남몰래 혀를 내둘렀다. 슬쩍 한번 본 것만으로 저놈들이 누군지 대번에 눈치챈 이 마녀에게 새삼스럽지만 감탄을 금치 못했기 때문이었다.

'정말로 모르는 게 없군. 일일이 설명해 줄 필요도 없어서 아주 편리해.'

그는 그렇게 생각하며 가슴속에 차오르는 희열을 애써 삼켰다.

이 세계에 관해서라면 뭐든지 알고 있는 여자가 자기 손안에 있다는 사실은 카이트에게 더할 나위 없는 짜릿함을 선사해 주었다.

그의 입가에는 금세 묘한 미소가 가득 피어올랐다.

그걸 숨기지 않고 기꺼이 만면에 드러낸 이 붉은 머리 남자는 조금 더 느긋하게 몸을 뒤로 기댔다.

산적을 따라다니는 '그것'들만 아니라면, 그들이 아무리 떼로 나타난다 해도 상관없었다. 어차피 카이트에겐 적수가 되질 않으니. 그는 그저 이 여자와 얽혀 귀찮은 일들이 발생하는 것이 싫을 뿐이었다.

책의 작가, 이 세계를 직접 만들어낸 장본인을 누구와도 공유하고 싶지 않은 게 조금 더 솔직한 심정이고 말이다.

그리고 물론 그런 카이트의 생각을 알 리 없는 윤수는, 그저 아래를 구경하느라 온 정신이 팔려 있었다.

모든 걸 제 손으로 써내려간 건 맞지만, 그렇다고 해서 존재하는 전부를 세세히 묘사한 것은 아니었다.

그저 '저주가 가득한 노르덴 숲의 흉악한 산적들'이라고만 설명했던 부분이 이렇게 생동감 있게 살아 움직이는 걸 본 건 그녀에게도 꽤나 충격적인 경험이었다.

두려움으로 잔뜩 오그라들었던 심장이 흥분으로 둥둥 울렸다.

그들은 하나같이 어딘가 불편해 보이는 다리를 질질 끌며 점점 가까이 다가왔다.

윤수는 행여나 숨소리가 들릴까 봐서 입술을 깨물었다.

전리품을 가득 가지고 돌아간다는 사실이 몹시 기쁜지, 와자지껄 떠드는 목소리들이 바로 나무 아래를 통과하던 찰나였다.

"어?"

맨 뒤에서 말없이 일행을 따르던 남자가 발걸음을 우뚝 멈췄다.

"왜 그래? 츠바인?"

"대장, 이상해."

츠바인이라고 불린 사내는 그렇게 말하더니 무언가 냄새를 맡듯 코를 킁킁댔다.

물론 다른 슈납판들과 마찬가지로 그 역시 어디 하나 성한 곳이 없는 흉측한 외모를 지니고 있었지만, 대신 츠바인은 일행 중 유일하게 코가 온전히 붙어 있는 자였다.

"대체 무슨 일이야?"

앞서 가던 거구의 남자가 고개를 갸웃하며 다가왔다.

왜, 왜 저러지?

그저 조용히 지나가기만을 바랐던 불청객들의 돌발적인 행동에 윤수가 저도 모르게 카이트의 검은색 옷깃을 양손으로 단단히 틀어쥘 때였다.

"어디에선가 좋은 냄새가 나."

"좋은 냄새?"

"응, 계집애 분내 같기도 한, 맛있는 냄새."

아뿔싸.

동시에 카이트의 미간이 짙게 구겨졌다.

저 자신도 그 냄새의 정체가 무엇인지 이미 파악했기 때문이었다.

윤수를 품에 안았을 때, 그도 같은 향기를 맡았다.

문제의 원인은 아마도 아침에 하녀가 가져다준 새 승마복.

성의 몇 안 되는 일꾼 중 한 명인 그녀는 이 옷에 나름대로 각별한 신경을 썼음이 틀림없었다.

3황자와 함께 갑자기 나타난 이 여자가 마녀라는 소문이 온 성에 가득 퍼졌으니, 뭐든지 좋은 것으로 대령하지 않으면 안 된다고 생각했던 거다.

따라서 지금 윤수의 주위에 녹진녹진 퍼져 있는 이 달콤한 냄새의 주범은, 페어라센의 여성들이 평소 즐겨 쓰는 여러 가지 향유 중에서도 최고급품에 속하는 바닐라 오일.

그것을 하녀가 주름 하나 없이 다려놓은 옷 구석구석에 꾹꾹 찍어놓은 탓에, 살랑거리며 피어오른 향기가 바람을 타고 내려가 늘 썩은 고기만 헤집고 다니던 슈냅판의 후각을 자극시킨 것이리라.

"아무래도 이 나무인 거 같은데."

"츠바인, 너 진짜 그 말에 책임질 수 있겠냐?"

"이거 왜 이래, 대장? 우리들 중에 제대로 된 냄새를 맡을 수 있는 건 나뿐이란 걸 대장도 모르진 않잖아? 전에도 나 없이 냄새나는 독버섯을 먹었다 모두 죽을 뻔 했던 걸 그새 잊은 거야?!"

'하지만 코가 잘려지기 전 용케 도망친 놈이 있을 줄은 몰랐는데.'

카이트는 나무 위를 살피는 사내를 바라보며 입술을 깨물었다.

이 어두컴컴한 숲에서 활개치고 다니는 산적의 상당수는 감옥에서 탈출한 죄인이었는데, 그들은 형벌로 인해 신체의 많은 기능을 대부분 상실한 상태였다.

특히나 페어라센은 범죄를 무척이나 엄격하게 다스리는 나라 중 하나였다. 감옥의 간수들은 때론 죄를 진 장본인보다 더 잔인했다.

특히 그 죄가 무거우면 무거울수록 죄수는 더더욱 인간 이하의 대접을 받았다.

그들은 흉악범들이 들어오면 제일 먼저 시력을 빼앗고, 다음으로 코나 귀를 베어냈으며, 급기야는 달려서 도망가거나 나무를 탈 수 없도록 반드시 다리의 힘줄을 끊었다.

그리고 그것은 윤수도 너무나 잘 아는 사실이었다.

"……소란 피우면 안 돼."

"물론이지."

그렇게 당부한 카이트가 무안할 정도로 그녀는 매우 침착했다.

제아무리 용을 써도 저 슈냅판들은 나무 위로 올라오진 못할 것이다. 게다가 그들의 시력은 거의 앞을 못 보는 장님 수준이니, 나뭇가지에 걸터앉아 있는 자신들은 한데 뭉쳐져 있는 무성한 이파리쯤으로 보일 거고 말이다.

그리고 만에 하나 설령 발각되는 경우가 있다 하더라도 같이 있는 이 남자는 황국 최고의 검사인데 뭐가 걱정인가?

책 속에서 등장해 봤자 단 몇 줄에 불과한, 그래서 엑스트라급조차 될 수 없는 숲의 산적들에게 당하고 말 정도의 실력이라면 시리즈 최고의 악역이라는 타이틀도 내놓아야겠지.

하지만 그는 무엇이 그리 초조한지 계속해서 입술을 깨물었다.

'저놈들이 이 근처에서 계속 맴도는 건 확실히 곤란한 일이지.'

카이트의 눈에 스쳐 지나간 정체 모를 불안한 기운을 눈치채지 못한 윤수가 대수롭지 않다는 듯 운을 떼웠다.

"난 정말 아무렇지도 않으니 긴장 풀라구. 너도 저런 놈들이 무서울 리 없잖아?"

심지어는 이렇게 그를 달래며 되레 미소를 짓는 여유를 보이기까지. 그러나 자신의 웃음이 섣부른 오만이자 무지한 오판이었음을 깨닫게 된 건, 그로부터 얼마 지나지 않아서 일어난 일 덕분이었다.

카이트와 윤수가 나무 위에서 속닥거리는 사이, 무리의 우두머리 격으로 보이는 남자가 어느새 나무 밑으로 바짝 다가왔다. 그는 팔을 번쩍 들더니 예상할 틈도 없이 커다란 도끼의 칼등으로 둥치를 거세게 내리쳤다.

콰앙!

푸드덕. 푸드덕.

그 충격에 바로 머리 위에 앉아 있었던 새 두 마리가 황급히 날아갔다.

"훗……!"

무섭지 않은 것과 화들짝 놀라는 것은 어디까지나 별개의 문제였다.

입술을 꽉 깨물어보았지만 도저히 막을 수 없는 얕은 비명이 윤수의 목구멍에서 터져 나오려던 찰나.

"쉿."

카이트가 그녀의 얼굴을 황급히 제 가슴으로 끌어당겼다.

단단하고 따뜻한 곳에 숨이 막히도록 파묻히자, 그와는 어울리지 않는 은은한 향기가 코끝을 살며시 적셨다.

"흐음, 아무도 없는 거 같은데? 인마, 츠바인. 너 저번처럼 또 환각 상태에서 덜 깨어난 거 아니야?!"

"이상하다. 분명 냄새가 났는데."

"이 미친놈아! 그러기에 그 꽃 좀 작작 처먹으랬지 내가!"

"쯧쯧, 저 구제불능. 후각이 살아 있으면 뭐해? 꽃에 중독돼서 허우적거리는 주제에."

주위를 두리번거리던 동료들이 하나둘씩 그를 비난하기 시작했다.

"뭐, 이 병신이 어디다 대고 미친놈이래!? 난 꽃을 처먹었으면 당당하게 꽃 처먹었다고 말한다! 그리고 오늘은 정말 하루 종일 안 먹었어. 덕분에 지금은 완전히 멀쩡하다고. 나처럼 냄새도 못 맡는 놈들이 어디서 큰소리야?"

"그렇지만 네가 회까닥 돌아서 애먼 짓 한 게 한두 번이어야지!"

산적들은 발돋움을 한 채 연신 나무 위를 쳐다보며 온갖 욕설을 내뱉었다.

그사이 윤수는 절 안고 있는 카이트의 벌어진 팔 틈으로 슬쩍 고개를 내밀어 아래를 내려다보았다.

나무를 오를 생각은 못 하고 그저 땅 위에서 발을 구르며 씩씩 대고 있을 뿐인 사내들의 모습이 눈에 들어왔다.

'그럼 그렇지.'

그런 그들을 바라보는 윤수의 입가에 다시 한 번 여유로운 미소가 돌았다.

슈냅판들은 나무를 못 타.

그녀에게 있어서 이것은 누가 멋대로 내 소설에 손을 대지 않은 이상, 달라질 건 아무것도 없다는 사실을 재차 확인한 귀중한 순간이었다.

덕분에 놀란 가슴은 빠르게 진정되어 갔다.

'헉, 근데 내가 지금 뭘 껴안고 있는 거야?!'

제정신이 돌아오자마자 윤수는 자신이 카이트의 허리를 있는 힘껏 껴안고 있음을 알아챘다.

얼굴이 타는 것처럼 뜨거워져, 차마 고개도 들지 못하고 찰싹 붙어 있는 상체를 얼른 떼어낼 때였다.

"대장! 어떡할까? 나무를 베어 볼까?!"

약이 바짝 오른 듯한 사내의 목소리가 귓전에 내리꽂혔다.

잠깐. 그렇다고 해서 이야기가 또 이렇게 돌아가면 곤란한데.

윤수는 이번엔 제가 알아서 양손으로 입을 틀어막았다.

그러자 그때까지 줄곧 저를 미동 없이 안고 있던 팔이 어깨 위로 쓰윽 이동했다.

"마녀, 넌 내가 말할 때까지 절대로 여기서 내려오지 마."

날렵해 보이는 모양새와는 달리, 굉장히 무거울 것임에 틀림이 없는 차가운 검 손잡이를 가만히 쥐는 카이트의 손이 눈에 들어왔다.

쾅! 콰앙!

요란하게 울리는 소음에 맞춰 나무가 한없이 흔들렸다.

'왜 내가 빈손으로 이곳엘 왔을까. 성 밖은 마치 게임 속처럼 온갖 위험한 요소가 가득하다는 것을 누구보다 잘 알고 있었으면서.'

윤수는 부피가 크고 휴대하기 어렵다는 이유로 둘둘 말린 양피지를 방 한구석의 탁자 위에 놓고 온 것을 죽도록 후회했다.

물론 지금 당장 그것이 수중에 있다 해도 딱히 떠오르는 뾰족한 수는 없었지만, 그래도 아무런 준비도 하지 않고 털레털레 카이트를 따라나선 건 명백한 잘못이었다.

점점 안색이 창백해지는 윤수를 향해 카이트가 안심하라는 듯이 살짝 눈짓을 보냈다.

그러고는 놈들의 시커먼 도끼와는 비할 바 없이 맑고 아름다운 검을 조심스럽게 빼어든 찰나.

"잠깐!"

한 사내의 만류에 의해 우렁차게 울리던 도끼질이 멈췄다.

"응? 왜요, 대장?"

모두의 시선이 그의 얼굴로 향했지만 남자는 무언가 깊은 생각에 빠진 듯 한동안 대답하지 않았다.

그런 그를 바로 머리 위에서 숨을 죽이며 지켜보던 윤수의 심장도 소리 없이 난동을 부렸다.

"저 안쪽에서 갑자기 바람이 거세게 불어온다. 이거 영 심상치가 않은데."

그의 입술이 열리더니 떨리는 목소리가 조심스럽게 흘러나왔다. 그 말에 여기저기서 히익, 하는 신음소리가 새어나왔다.

"하지만 대장, 이제 막 베기 시작했는걸."

"그러니까 이 큰 전나무를 어느 세월에 다 베냐고. 게다가 만약 위에 아무것도 없으면 어떡할래?"

그의 음성이 점점 은밀하게 잦아들면 들수록, 그 속의 수상쩍은 떨림이 더욱 노골적으로 진동했다.

"하지만 진짜로 향기가 풍겼다니까?"

"글쎄 그 진짠지 가짠지 모를 향기로 인해 이렇게 하염없이 시간을 지체해도 되는 건지 난 잘 모르겠단 말이다. 안 그래도 실컷 사냥하고 난 뒤라 전리품은 모자람 없이 챙겼잖아. 욕심 부리지 말자고! 영 감이 안 좋다."

산적들이 술렁거리기 시작했다.

"……그러고 보니 여기는 확실히 저주의 땅 한가운데야. 죽어서 유령이 된 자들조차 머물기 꺼려하는 곳이라고."

하지만 뒤따르는 츠바인이라는 사내의 격렬한 항의도 만만치는 않았다.

"그렇지만 그건 분명 다 썩어가는 이 축축한 숲에서 절대로 혼치 않은 계집애의 살 내음이었는걸. 생각해 봐. 여자라고, 여자! 그것도 평범한 사람은 평생을 가도 절대 맡아 볼 수 없는 고급스러운 향기를 지닌! 그 정도면 지금 훔쳐온 것들을 죄다 내버려도 아깝지 않을 수확 아니야? 내가 앞은 못 봐도 냄새 하나는 개처럼 잘 맡는다고요!"

가만히 그의 말을 듣고 있던 윤수는 부지불식간에 몸을 부르르 떨었다.

그렇게 해서 납치한 여자를 어떻게 하려는지는 불을 보듯 뻔했다.

하지만 다행히 산적 일행들은 그에게 동조하기보다는 되레 불만을 쏟아 냈다.

"난 무조건 대장 의견에 찬성! 아무리 숲에서 떠돌며 살아가는 우리들이라지만, 여긴 너무 으스스해!"

"나도 이런 위험한 곳에 더는 머물고 싶지 않아! 게다가 난 무엇보다 대장의 감을 믿는다구. 덕분에 우리가 목숨을 부지할 수 있었던 게 대체 몇 번이야?"

그러자 커다란 덩치를 지닌 대장이란 자가 고개를 끄덕였다.

"좋아. 모두 피곤이 극에 달하기도 했고, 우선은 이 자리를 뜨는 게 급선무인 거 같다."

그 말에 츠바인을 제외한 모든 인원이 환호성을 질렀다.

"옳소! 이런 쓸데없는 일로 늦장 부리다 마물들에게 개죽음 당하긴 싫어. 특히 요즘은 저주의 힘이 상상을 초월해서 계약되지 않은 놈들까지 죄다 기어 나오고 있잖아!"

"그래, 맞아. 이렇게 많은 인원이 한군데에 머물면서 온기를 뿜어내는 건 정말 어리석은 짓이지. 그놈들 먹잇감 되는 것이 소원이라면 모를까, 그게 아니라면 얼른 자리를 떠야 해."

잠깐, 마물? 내 소설에 마물이라니? 게다가 먹잇감이라는 건 또 무슨 소리야.

난생처음 듣는 이야기에 윤수의 두 눈이 위로 크게 올라갔다.

"뭐, 다들 그렇게 말한다면야……."

결국 개코 츠바인이 항복했다.

그는 기형적으로 굽어진 어깨를 움찔 떨며 머리를 긁적였다.

"뭘 꾸물거려! 어서 움직이자!"

순식간에 산적들을 덮친 것은 짙은 불안감과 끝이 보이지 않는 깊은 공포심이었다. 다급한 발걸음과 허둥거리는 몸짓. 윤수의 고개가 점점 더 갸우뚱하게 기울었다.

숲의 도적들이 겁내는 것은 페어라센 황국의 기사단이나 감옥의 간수들, 그도 아니면 자신들보다 더 무자비한 성격으로 명성을 떨치는 3황자밖에는 없었다.

그것이 본인이 써내려 간 이야기의 전부인데, 저들은 지금 대체 무엇을 저리 겁내는 거지?

"빨리 안전한 곳으로 가자고!"

그 말을 끝으로 산적들은 절뚝이는 발을 일사불란하게 움직였다. 좀 더 깊은 숲의 안쪽으로 사라지는 그들을 바라보며 윤수는 카이트를 향해 다급히 입술을 열었다.

"대체 저 사람들 왜 저래? 게다가 마물이라니, 그건 또 뭐야?"

하지만 마음이 다급해진 건 산적 무리뿐만이 아닌 듯했다.

"우리도 여기 계속 있으면 위험해. 슈냅판들의 온기를 기가 막히게 알아차리고 따라 오는 놈들이니 일단 자리를 피하자. 숲 밖으로 빨리 나가는 게 최선이니까, 어서 서둘러!"

방금 사라진 산적들과 별 다를 것 없어 보이는 카이트의 행동에 윤수도 당황하기 시작했다.

"잠깐, 그럼 페라트 씨가 말했던 위험이란 것이…… 단순히 슈냅판들을 가리키는 게 아니었어? 마물이라는 게 대체 뭔데? 내가 장담하는데, 적어도 이 세계에는 그런 것이 있을 리 없어."

하지만 카이트는 이미 그 물음에 대답해 줄 여력이 없는 듯 보였다.

윤수도 더 이상 묻지 않았다. 지금은 궁금증을 해소시킬 때가 아니라는 걸 본능적으로 깨달았기 때문이다.

그녀는 입을 꾹 다문 채 아래쪽 가지에 발을 지탱한 채 제게 내민 그의 손을 맞잡았다.

그런데 그 순간.

"으악! 사람 살려!"

누군가의―방금 전 자리를 뜬 일행의 한 사람임에 틀림없는―비명이 저 멀리 깊은 산 속에서부터 바람처럼 휘돌아 나왔다.

"어어?!"

카이트보다 조금 더 높은 곳에 위치한 윤수가 먼저 그것을 목격했다.

흐느적거리는 사지(四肢)를 지녔지만 나는 듯 달려오는 재빠른 움직임.

그건 마치 검은색의 날렵한 짐승, 아니 흡사 고속도로에서 이리저리 펄럭거리며 날리는 커다란 검은 비닐과도 같았다.

"저, 저게 뭐야?"

이 묘한 생명체는 나무 위의 인기척을 알아채고는 어느새 바람과도 같이 빠르게 그들의 아래로 다가왔다.

그러고는 산적들과는 달리, 뱀처럼 나무를 기어오르기 시작했다.

"빠르다, 엄청 빨라!"

이들을 난생처음으로 목격한 윤수는 뒷목이 바짝 굳어 올랐다.

기겁하여 나뭇가지 사이를 억지로 비집으며 몸을 일으키자, 나뭇잎들이 우수수 흩날렸다.

바로 아래쪽에 서 있던 카이트의 붉은색 머리카락 사이로, 그리고 넓고 단단한 어깨 위로 초록색의 조그마한 잎사귀들이 눈처럼 내려앉았다.

"참 나, 뭐? 이 세계에 마물 같은 건 없다고?"

그것을 몇 개 털어 내다 말고, 카이트는 윤수를 비웃기라도 하듯 그녀가 한 말을 혼자 조용히 읊조렸다.

그러고는 날카로운 눈빛으로 밑에서 쉬익거리며 격한 호흡을 뿜어내는 놈들의 움직임을 짧게 살피고는 검을 뽑아내어 크게 휘둘렀다.

그건 너무나 순식간에 벌어진 일이라 윤수도 제대로 보지 못했다.

그의 어깨 위에 몇 장 남아 있던 잎사귀들이 살짝 흔들린다 싶더니, 커다란 은빛 검이 소리도 없이 허공을 가르는 그 장면을.

"깩!"

동시에 짧고 괴상한 비명과 함께 검은색의 무언가가 땅으로 쿵, 소리를 내며 떨어졌다.

"허어."

윤수는 저도 모르게 감탄사를 내뱉었다.

과연 페어라센의 최강 검술사라는 수식어답게, 3황자의 실력은 너무나 출중했다. 몸에 붙은 나뭇잎 하나 떨어뜨리지 않고, 커다란 장검을 자유자재로 휘두르는 제 캐릭터의 근사한 솜씨에 괜히 본인의 마음이 뿌듯해지려는 찰나.

"여기도 있다!"

어느새 반대편에서 꿈틀거리며 올라오는 마물 한 마리를 포착한 윤수는, 저도 모르게 그놈을 발로 냅다 차버렸다.

"깨깩."

카이트가 즉시 검을 돌리며 위로 곧추세웠다.

"깩!"

그 끝으로 마물이 퍽 하는 소리와 함께 박혀들었다.

그는 윤수가 앉아 있는 위쪽을 조금도 쳐다보지 않았다.

그럼에도 불구하고 긴 꼬치에 고기를 꿰듯, 위에서부터 떨어진 마물을 훌륭하게 받아내는 카이트의 실력에 윤수의 벌어진 입은 다물어질 줄을 몰랐다.

"이봐, 다 좋은데 내 머리 위로 던지지는 마."

"우와아. 멋지다, 너."

저를 향해 내뱉는 그녀의 감탄사가 계속해서 머리 위에서 울려 퍼졌다.

특별히 멋있게 보이려고 일부러 그런 것은 아니고 그저 평소대로 행동했을 뿐이었다. 그러므로 새삼스레 칭찬을 받을 이유 따위는 더더욱 없었다.

그런데 왜 이렇게 쑥스러울까?

관자놀이 근처가 뜨거워진 카이트는 괜히 가렵지도 않은 코끝을 긁적였다. 그런데 그때.

"헉……! 야아, 오, 올라와. 빨리 이리로 올라와!"

위에서 불쑥 튀어나온 그녀의 손이 그의 옷깃을 마구잡이로 잡아 당겼다.

"왜 그러는 거야, 또. 대체 무슨 일…… 이런, 젠장!"

말을 끝까지 다 하지도 못하고 카이트는 욕설을 내뱉고 말았다.

저 멀리서부터 시커먼 메뚜기 떼처럼 몰려오는 검은 빛깔의

마물들. 커다란 구름과도 같이 잔뜩 뭉쳐져 있는 모양새로 보건
대, 족히 백 마리는 넘고도 남았다.

이번에는 그도 그것을 똑똑히 보았다.

"빨리 위로 올라가야 해!"

다급한 목소리와 함께 카이트가 허겁지겁 손을 내밀었다.

저 정도의 규모라면 저 혼자서 상대하기에는 절대로 역부족
일 터. 그러니 공연히 어리석은 짓 하지 말고, 나무 위에서 그들
이 지나가길 얌전히 기다리는 수밖에는 없었다.

"저 많은 놈들이 어디서 저렇게 쏟아져 나오는 거야!?"

저보다 배는 무거운 그를 낑낑거리며 끌어올려주느라 윤수의
입에서도 더운 숨이 쏟아졌다.

"나중에 말해 줄 테니 일단은 더 위로 올라가! 좀 더 지면하고
떨어져 있으면 최소한 들키진 않을 거다."

"으, 마치 유조선에서 흘러나온 기름으로 온통 뒤덮인 검은 바
닷물 같아……!"

그건 실로 훌륭한 비유였다.

물론 카이트는 유조선에서 흘러나온 기름 같은 건 본 적이 없
지만, 해변에 밀어닥치는 파도가 새까맣게 변한다면 꼭 저런 모
양새를 띨 거라고 그 역시 마음속으로 깊이 동의하지 않을 수가
없었다.

"후우."

좀 더 튼튼하고 안전한 위쪽 나뭇가지에 도착했을 때 비로소

카이트는 헉헉거리며 숨을 쉬었다.

땀을 비 오듯 쏟아내는 것은 윤수도 마찬가지였지만, 그녀는 아랑곳 않고 계속해서 마물들을 향해 입을 쩍 벌린 채였다.

"나 저런 건 처음 봤어. 대체 저게 뭘까? 어디서 생겨난 놈들이지?"

"기가 막히는군. 이 세계를 창조한 마녀님이 모르시면 대체 누가 압니까, 네?"

일부러 존댓말로 비아냥거리는 심술궂은 목소리.

그런 카이트를 향해 윤수도 지지 않고 맞받아쳤다.

"내가 쓴 거 아니거든요?"

그녀는, 억울했다.

꼭대기로 가까워질수록 뾰족해지는 나무의 특성상, 그들이 올라와 있는 곳은 아까와는 비할 바 없이 더욱 좁고, 불편했다. 하지만 저 아래 땅 위에는 마치 해안가를 습격한 기름띠처럼 검고 징그러운 마물들이 우글우글해서, 그녀는 제게 또다시 무릎을 내준 3황자의 성의를 기꺼이 받아들이기로 했다.

'……내 무릎 위에 이 남자를 앉힐 수는 없으니까.'

그렇게 생각하며 붉어진 양 볼을 들키지 않도록 필사적으로 고개를 숙였다.

"빌어먹을. 슈냅판 놈들이 근처를 서성이는 바람에 이게 무슨 꼴이야."

그러다 잊고 있었던 생각 하나가 퍼뜩 떠오른 것은 불만스러움이 가득한 카이트의 중얼거림 덕이었다.

"저 이상한 놈들을 불러낸 게 그 산적들이야?"

그녀의 말에 카이트가 가만히 고개를 끄덕였다.

"그래, 따지고 보면 그렇지. 결국 그들이 검은 저주를 완성시킨 놈들이니까. 참고로 말하자면 오늘은 운이 아주 좋은 날이란 것을 알아 둬."

"진짜 이 숲에 마물이 있다는 말이야? 어떻게 그런 일이 있을 수가 있지?"

혼잣말로 중얼거리는 윤수를 카이트는 한참 동안 고요한 눈빛으로 바라보았다.

"얼마 전 네 입으로 뭐라고 했지? 널 신이라 불러 달라 하지 않았나? 그런데 그 신조차 알지 못하는 창조물이 존재하다니, 참 희한하군."

그는 팔을 뻗어 쭉 기지개를 켜며 심드렁한 목소리로 대꾸했다. 그러다 순식간에 태도를 바꿔 굳은 얼굴로 마치 제게 신신당부라도 하듯 말을 이었다.

"잊지 마라. 오늘처럼 이렇게 무방비하게 숲에 들어온 것은 자살 행위나 다름없다는 걸. 그 누구도 이런 무모한 짓은 하지 않아."

그녀는 저도 모르게 변명하듯 입술을 달싹였다.

"저건 정말 내가 만든 게 아니야."

"뭐?"

"내 소설에 마물 같은 것은 등장하지 않아. 심지어는 그 비슷한 설정조차 없다고. 난 그저…… '저주받은 노르덴 숲 속은 한낮에도 햇빛이 들지 않았다'라거나, 혹은 '그 안에서 살아가는 흉악한 범죄자들로 구성된 산적들'이라고만 설명했는걸."

"흐음."

필사적으로 해명하는 윤수의 말을 가만히 듣고만 있던 카이트는 잠시 무언가를 생각하는 듯 입술을 꾸욱 깨물었다. 그러다가 무언가 알겠다는 듯 느른히 팔짱을 끼고서 그녀를 향해 되물었다.

"방금 전 뭐라고 했지?"

"뭐가?"

"네가 한 이야기 말이야. 다시 한 번 말해 봐."

황자의 뜬금없는 주문에, 윤수의 고개가 옆으로 살짝 기울어졌다.

"흉악한 범죄자들로 구성된 산적들?"

"그 전에."

"한낮에도 햇볕이 들지 않는 저주받은 노르덴 숲?"

그러자 그가 만족한다는 듯 소리 없이 웃었다.

"그래, 바로 그거로군."

"햇볕이 들지 않는 저주받은 노르덴 숲 속, 저주받은 노르덴 숲, 저주받은…… 아!"

알 수 없는 카이트의 행동에 제가 한 말을 몇 번이고 소리 내어 곱씹어보던 윤수의 입에서도 탄성이 터졌다.

"설마, 저주……?"

믿기 어렵다는 듯 눈을 깜박거리는 그녀를 향해 카이트가 친절하게도 말을 덧붙여 주었다.

"내가 어릴 때는 저런 놈들이 없었어. 마물들이 생겨나기 시작한 것은 근래에 벌어진 일이고, 그들을 불러낸 건 검은 저주의 계약을 맺은 슈냅판들이라는 소문이 거의 기정사실화 되었지."

"저주의 계약?"

"그래. 아직까지 무엇 하나 명확하게 밝혀진 건 없지만, 검은 저주의 계약을 맺은 자들은 자신의 체온을 빼앗기는 조건으로 저 괴물들을 불러낼 수 있게 되었다고 들었다."

와, 그렇다면 일종의 소환수 같은 건가! 이런 설정도 금시초문 인데.

황자의 말을 들으며 윤수는 조용히 목구멍으로 침을 삼켰다.

"하지만 너도 방금 보았다시피 저주는 이제 점점 통제를 벗어나 제멋대로 날뛰고 있어. 그 덕에 황궁 기사단들이 골머리를 앓고 있다고. 그리고 내 성에도……."

거기까지 말하다 카이트는 아차 싶었는지 황급히 입을 다물었다. 하지만 아직도 마물과 저주가 가져온 혼란에 정신이 팔린 윤수는 다행히도 그의 마지막 이야기를 듣지 못한 모양이었다.

"그럼 정말로 내가 쓴 이야기 탓에…… 그러니까, 단지 '저주'

라는 단어 하나로 이런 일이 발생했다는 거야?"

"아무리 작은 공간이라 해도 벌어진 틈새가 있으면 씨앗은 얼마든지 싹을 틔울 수 있는 법이다. 그러니 앞으로는 부디 유념하도록 해."

그녀의 이마를 가볍게 톡, 하고 두드리며 카이트가 농담 반 진담 반으로 그렇게 얼렀지만 윤수는 더 이상 아무런 대꾸도 할 수 없었다.

줄거리를 만들기 위해 지면을 부러 할애해 써내려간 굵직한 사건 이외에도, 아주 작은 설명, 혹은 보잘것없는 묘사가 지닌 엄청난 파급력을 실감한 탓이었다.

그녀는 가만히 고개를 들어 바로 앞에 있는 카이트의 잘생긴 얼굴을 찬찬히 뜯어보았다.

"왜 그러지?"

그 분위기가 어색했는지 그가 휙 고개를 돌렸지만, 윤수의 시선은 한참 동안 카이트에게서 떠날 줄을 몰랐다.

"이곳에서 죄인이 받는 형벌 중 대표적인 게 바로 시력을 빼앗는 거지? 그러니 반역자로 몰린 널 쫓아온 괴한들 역시 네 눈을 먼저 공격한 거고."

떨림을 동반한 작은 숨소리.

카이트는 놀란 눈빛을 숨기지 않은 채 천천히 고개를 들어 그녀의 하얀 얼굴을 바라보았다.

또다시 불어온 바람에 조용히 흩날리는 머리카락과 그 아래에 빛나고 있는 붉은 눈동자 하나가 소름 끼치도록 아름다웠다.

만약 왼쪽 눈을 다치지 않았더라면 얼마나 더 근사한 남자였을까, 하고 저도 모르게 안타까워할 정도로.

"그 안대를 벗게 해 줄게."

목 끝까지 차오르는 묘한 감정을 꾹꾹 눌러 삼키며 윤수는 부지불식간에 소리 내어 말했다.

"……뭐?"

"소원대로 널 황제로 만들어 줄 뿐만 아니라, 다친 네 왼쪽 눈도 가능하면 고쳐주고 싶다는 소리야. 아니, 반드시 그렇게 해주겠어."

대체 왜 이런 기분이 드는 걸까.

앞을 잘 보지 못하던 산적들과 한쪽 눈에 안대를 쓴 3황자가한데 겹쳐서 보이기 시작했다.

사실 밤에 잠들기 전 이것저것 생각나는 대로 휘갈겨 쓴 몇 줄의 문장일 뿐이었다. 그것이 정말로 누군가의 괴로운 현실이 될줄 알았더라면 절대로 그런 행동은 하지 않았을 텐데.

그러니까 지금 느끼는 이 안쓰러운 감정은 죄책감에서 비롯된 것임에 틀림없었다. 결코 고의는 아니었다 해도 결국 제가 저질러 버린 일이라는 것은 변함없는 사실이니까 말이다.

"그것참 고맙군."

하지만 고작 턱을 한 번 움찔해 보인 게 전부일 정도로 카이트의 반응은 무뚝뚝하기 그지없었다.

마치 한 줄도 채 읽혀지지 않고 그대로 휴지통으로 직행한 러브레터를 쓴 장본인처럼, 제 성의를 민망할 정도로 멀리 날려 버린 그를 향해 알 수 없는 섭섭함을 느낄 때였다.

"그런데 언제까지 여기에 앉아 있을 거지?"

"응? 뭐가?"

"슬슬 일어나지 그래. 깡말랐다고 생각했는데 은근히 무겁군."

"으앗, 미안!"

어느새 카이트는 머리 뒤에 느긋이 깍지를 끼고 등을 기댄 편안한 자세를 취한 상태였다. 그러고 보니, 자신은 벌써 꽤나 오랜 시간 동안 카이트의 몸을 의자 삼아 앉아 있었다. 마치 다정한 연인처럼 그의 무릎 위에서 동그마니 웅크린 채 있는 제 모습이 보이진 않지만 눈에 생생했다.

"아마도 지금쯤 페라트 녀석이 말을 잡았을 거다. 어서 성으로 돌아가서 네가 아까 말한 또 다른 통로에 대해 어디 한번 들어보지."

그러고 보니 그 구멍 이야기를 하던 참이었다.

윤수는 황급히 고개를 끄덕였다.

"아, 맞다. 근데 말이야……."

무언가 어려운 할 말이 남았는지 조심스럽게 말문을 열었지만 그녀는 또다시 입을 닫고 말았다.

이 세계에 또 다른 통로가 존재한다는 것.

그리고 그곳에 대한 비밀을 알고 있는 자가 저 말고도 또 있다는 걸 과연 어떻게 풀어내면 좋을까?

왜인지 이유는 아직 알 수 없으나 윤수는 카이트가 또 다른 좌절과 분노를 맛보는 것을 더 이상 원치 않았다.

그러한 연유로 조금씩 마음속에서 말을 고르던 찰나.

"확실히 못 박아 두는 게 나을 것 같아 이야기하는 건데, 내 눈이 닿지 않는 곳에서는 계속 족쇄를 채울 거다. 그뿐만 아니라 감시인도 둘 것이고. 네 스스로를 얼마든지 변화시킬 수 있다는 걸 안 이상, 널 편히 놔둘 수는 없어. 그러니 그 부분은 포기해."

어느새 그의 얼굴에는 싸늘한 표정이 서려 있었다.

따듯했던 체온과는 달리 그저 차갑기만 한 눈빛을 바라보며, 윤수는 가만히 고개를 끄덕였다.

평소 같았으면 발끈했겠지만 지금은 어찌 된 셈인지 마음이 그저 조금 우울했다.

"알았어. 마음대로 해."

"어서 내려가자. 중간까진 잡아 줄 테니까."

어느새 마물의 무리들은 다 어디로 갔는지 마치 썰물처럼 빠져나간 후였다.

그녀는 저를 쳐다보지도 않고 내민 카이트의 손을 잡고 조심스럽게 아래로 한 걸음 내디뎠다.

"어두워서 잘 안 보이는데……."

"내가 밟은 곳을 따라 밟으면 되잖아. 애도 아니고 이런 걸 일일이 말해 줘야 하는 건가?"

목소리와 말투는 퉁명스럽기 그지없는데 왜 더욱 힘주어 손을 잡는 건지 모르겠다고 생각할 때였다.

낮에도 햇볕이 잘 들지 않는 숲. 어느새 머리 위를 순식간에 덮은 것은 시커먼 먹구름이었다. 그리고 뺨에 한 방울 떨어진 빗줄기가 꽤나 아프다고 생각한 순간, 이내 고개를 조금도 들 수 없을 정도로 거센 비가 후두두둑 떨어지기 시작했다.

"젠장! 오늘 일진 한번 더럽게 사납군."

다른 사람들에게는 더할 나위 없이 상냥하면서 제게는 그저 냉정하고 퉁명스럽기만 한 황자, 카이트의 입에서 험한 욕설이 기어코 터져 나왔다.

쏴아아—

금방 그칠 줄 알았던 비는 끝도 없이 쏟아졌다.

설상가상으로 어느새 해마저 뉘엿뉘엿 길게 넘어가는 시각.

삽시간에 짙은 어둠이 내려앉았다.

"으으. 엄청나게도 퍼붓네. 이렇게 된 이상 이 비를 다 맞으면서 걸어가는 수밖엔 없는 거지?"

머리카락을 타고 뚝뚝 흐르는 물줄기를 비틀어 짜내며 윤수가 큰 소리로 외쳤다.

"걸어가긴 어딜 걸어 가. 저걸 보고도 그런 소리가 나오는 건 아니겠지?"

아까부터 나무의 중간쯤에서 도통 움직일 생각을 하지 않던 그가 손가락으로 어딘가를 가리켰다.

"아니, 저게 뭐야?"

눈에 들어온 것은 땅 이곳저곳에 산발적으로 고여 있는 물 웅덩이였다. 원래 숲은 나무가 많아 폭우가 와도 안심이라고 알고 있었는데, 그것도 지형에 따라 다른 모양이었다.

진흙투성이의 더러운 구덩이에 나뭇잎들이 둥둥 떠 있는 것을 보니, 걸어서 이곳을 빠져나가기란 아무것도 모르는 윤수의 눈에도 매우 녹록지 않아 보였다.

"오랜 시간 동안 물을 머금은 낙엽이 그대로 썩어 있는 곳들은 이렇게 많은 비가 내리면 거의 늪처럼 변하지. 보이나? 저기 납작한 바위 옆에 생긴 시커먼 웅덩이 말이야. 저런데 다리가 한번 빠졌다 하면 그걸 빼내는 데에만 온 밤을 지새워야 할지도 모른다고."

"과연 페라트 씨가 이 칠흑 같은 어둠 속에서 우리를 잘 찾을 수 있을까?"

물기를 흠뻑 머금은 나무줄기는 매우 미끄러웠다.

발을 헛디디지 않으려고 있는 힘껏 옆의 가지를 잡고 있는 그녀의 손이 애처로울 정도로 달달 떨렸다.

"아니. 페라트도 못 와. 이런 날 말을 타는 건 미친놈이나 하는 짓이다."

"그럼?"

그녀의 목소리에 좀 더 깊은 근심이 담겼지만, 카이트는 아무렇지 않다는 듯 차분하게 대꾸했다.

"오늘은 여기서 밤을 지새워야지."

"……뭐라고?!"

말문이 막혀버린 윤수는 그저 두 눈을 몇 번이고 깜박였다.

"설마 나무 위에서?"

"그래, 그 설마다."

성에서는 마치 노예처럼 발에 족쇄를 채워놓더니, 이제는 폭우가 쏟아지는 숲 속의 나무 위에서 노숙을 하자고?

"여기서 어떻게……."

"그럼 진창길에 내려가서 눕든지."

허허, 참 나.

벌어진 입에서 저도 모르게 너털웃음이 터졌다.

이곳을 만든 작가로서 모두가 절 신처럼 경배하고 떠받들어 줘야 한다는 소리는 아니다. 그런 것은 바라지도 않는다.

하지만 일반적인 차원이동물 소설의 경우를 보면 보통 이럴 때 정신을 차리면 눈앞에 울고 있는 유모가 있다든지, 알고 보니 자신이 약혼자까지 있는 지체 높은 백작가의 고매한 영애라든지, 그렇던데!

대체 나는 왜 이래?!

누구를 향해 풀어야 좋을지 모를 울분이 차올랐다.

*　　*　　*

다물어지지 않는 입으로 연신 씩씩거리며 숨을 내쉬는데, 그 순간 마치 물 풍선이라도 터진 듯 커다란 물줄기가 정수리를 타고 어깨 위로 주르륵 흘러내렸다.

"으아, 차가워!"

손으로 이마를 가리고 위를 쳐다보자 두 그루의 나무 사이에 긴 다리를 자랑하듯 걸치고 서서 잔가지를 휙휙 모아대는 카이트의 모습이 보였다.

"사람 머리 위에서 물을 뿌려대면 어떡해?!"

그녀가 투덜대자, 혀를 나지막이 차는 소리가 들려왔다.

"싫으면 혼자서 밑으로 내려가든지."

그도 지지 않고 응수했다. 안 그래도 찌푸려진 윤수의 미간은 더더욱 구겨졌다.

그러고 보니 이렇게 온통 젖은 건 저뿐인 듯하다.

"어휴, 성질하고는. 올라간다, 올라가. 올라가면 될 거 아니야."

그러자 기다렸다는 듯 그가 무릎을 굽혔다.

"잡아."

윤수는 고개를 팩 돌리며 제게 내민 카이트의 팔 대신 옆의 나뭇가지를 단단히 그러쥐었다.

어차피 도와줄 거 좀 더 상냥하게 도와주면 어디가 덧나나, 하는 마음에 괜히 부아가 치밀었다. 게다가 또 무슨 구박을 당할지 모른다.

"흥, 나 혼자서도 충분해."

"그래? 하지만 나무 타는 것에 매우 서툴러 보였는데."

"글쎄, 혼자 못 올라갈 것도 없다니까!"

하지만 그리 자신만만하게 외친 것도 잠시뿐.

바로 머리 위에 있다고 생각했는데 윤수는 카이트가 있는 곳
에 도달하기까지 족히 수십 분 이상을 낭비해야만 했다. 그리고
그동안 그는 정말 단 한 번도 저를 도와주지 않았다.

다시 한 번 못 이긴 척 손을 슬쩍 내밀어주는 정도의 매너는 바
라지도 않았지만, 아무리 그렇다 해도 눈길 한 번 주지 않다니!

"의외로 푹신하군."

심지어는 먼저 털썩 눕기까지.

여기 아래쪽에 아직 사람 있다고!

대체 누굴 닮아서 성격이 저 모양인지 몰라.

매달리고 미끄러지길 수십 차례. 욱신거리다 못해 저려오는
팔을 분노를 담아 꾹꾹 주무르며 윤수는 다시금 이를 갈았다.

제가 살던 한솔 빌라로 돌아가는 그날까지, 아무리 생각해도
그와 친해질 일은 없을 것이다. 절대로 말이다!

*　　　*　　　*

"으앗, 따가워."

입에서 튀어나오는 불평 어린 한숨에 맞춰 그녀의 몸이 이리

저리 뒤척였다.

하늘을 향해 높게 뻗어 있는 나무 중간에 카이트가 임시로 만든 잠자리는 마치 새둥지와 같아서 의외로 아늑했다. 하지만 그녀는 노숙 자체가 처음인 데다가, 나무 위에서의 하룻밤 같은 건 평소 상상도 해 보지 못했던 일이기에 쉽사리 잠을 청할 수가 없었다. 게다가 전나무의 잎사귀는 그 끝이 매우 뾰족해서 움직일 때마다 피부에 따끔거리는 자극을 주었다.

"앗, 따가워. 앗."

이 건방진 잎사귀들이 무릎 뒤 여린 살을 또다시 심술궂게 콕콕 찔러왔다. 미간을 구기며 다리를 벅벅 긁자, 임시로 만든 침상이 그녀 쪽으로 기울어졌다.

그 영향으로 얼기설기 엮은 나뭇가지 위에 고여 있던 빗물이 또다시 등 뒤의 옷 속으로 쪼르륵 흘렀다.

"으앗, 차가워!"

수선도 이런 수선이 없었다.

덕분에 긴 다리를 모로 꼰 채 팔짱을 끼고 조용히 눈을 감고 있던 카이트의 입에서 결국 불평이 터져 나왔다.

"제발 입 다물어. 잠 좀 자자고!"

상체를 확 일으키며 버럭 짜증을 내는 그의 눈이 잔뜩 충혈되어 있었다. 정말 피곤하긴 피곤한 모양이다.

"미, 미안해. 내가 이런 곳에서 자는 건 처음이라서……."

윤수는 잔뜩 젖은 옷가지를 비틀어 짜며 계면쩍은 듯 이마를 붉적였다.

소매를 타고 흘러내리는 물을 바라보던 카이트는 크게 한숨을 쉬었다. 아마 그녀는 잘 모르겠지만, 그는 이렇게 마음 편히 누워 본 것이 굉장히 오랜만이었다.

저를 처단하겠다며 달려들었던, 정체를 알 수 없는 놈들에게 며칠 동안이나 쫓겼을 때에는 잠시 눈을 감고 선잠을 자는 것조차 사치였다.

어디에선가 어둠을 찢고 튀어나온 칼날에 목이 잘릴지도 모른다는 공포가 늘 심장을 쥐고 놓지 않은 탓에 그는 오랜 시간 제대로 먹지도, 자지도 못했다.

그러다 결국 한쪽 눈을 잃고 이상한 세계로 떨어졌던 그날.

그는 다시 눈을 감으며 조용히 상념에 잠겼다.

페어라센의 황궁에 비하면 매우 작지만, 어디에서도 보지 못한 네모반듯한 건물들이 휘황찬란하게 줄지어 서 있는 모습은 아마 죽어서도 잊지 못하리라. 그러나 그것보다도 더욱 경악스러웠던 것은 바로 형제들의 비밀이었다. 떨어지던 순간 머릿속에 흘러들어온, 마치 악마의 속삭임 같았던 그녀의 목소리.

……그래, 자신이 황국의 문제아로 전락하는 동안 다른 형제들은 훌륭하게 다시 태어났다.

그걸 안 순간, 마치 활활 타오르는 불길에 삼켜진 것 같은 뜨거운 충격이 그의 전신을 감쌌다.

빌어먹을. 또다시 분노가 머리끝까지 치솟았다.

뭐라도 좋으니 공을 세우고 싶어 열심히 연마한 검술은 오히려 그를 공포의 대상으로 몰아가는 데에 한몫 단단히 거들었다.

어느새 사람들은 자신을 괴물 보듯 대했다.

물론 이렇게 된 것도 전부 다 거스를 수 없는 필연이었으리라.

"3황자와 눈이 마주치면 저주에 걸리고 만대요!"

"머리카락이 붉은 건 사람을 많이 죽여서라죠? 쓰러져 간 자들이 흘린 피에 검은 머리카락이 붉게 변한 거라면서요. 아아, 끔찍해라."

그들은 부풀려진 괴 소문을 마치 사실처럼 수군댔다.

덕분에 그날 전국을 갑작스럽게 강타한 지진에 3황자가 목숨을 잃었을지도 모른다는 소문이 하룻밤 새 일파만파 퍼져 나간 건 당연하다면 당연한 일. 그러니 기절한 마녀를 안고 성으로 돌아온 날 모든 하인들이—심지어는 심복 페라트마저—혼비백산하여 놀란 것도 무리는 아니었다.

"흐, 흐윽! 역시 살아계셨군요, 주인님……!"

카이트와 재회한 페라트는 기쁜 나머지 목 놓아 울었다.

커다란 지진이 일자 적들이 우왕좌왕 흩어졌다.

그 틈을 타 겨우겨우 도망친 건 오로지 페라트 한 사람뿐이었다.

땅속으로 꺼진 3황자의 마지막 모습을 목격한 그는, 비탄에 젖어 목숨을 내놓다시피 한 거센 항명서를 준비하고 있었다. 수신자는 페어라센 황국의 수도, 비옥한 토지와 각종 천연자원이 풍부한 그곳에 커다란 성을 지어 살고 있는 운켄트니스 황제였다.

황국을 구성하고 있는 그 어떤 건축물보다 아름답고 웅장한 황제의 성은 이 나라 권력의 중심부로써, 그걸 과연 어느 황자가 물려받는가를 두고 백성들은 저마다 내기를 걸었다.

가장 유력한 후보는 황제와 함께 본성에서 지내고 있는 1황자였다. 그는 매우 고지식했고, 다소 융통성 없는 성격이었지만 비상할 정도로 머리가 좋았다.

물론 주인공이 된 이후부터 해당되는 이야기다.

"하하."

그것을 생각하니 또다시 웃음이 새어 나왔다. 도무지 믿어지지 않을 정도로 어이가 없는 일들을 여럿 겪다 보니 저도 모르게 생긴 버릇이었다.

쉬운 암산조차 제대로 하지 못했던 멍청이. 그것이 1황자의 예전 모습이었다. 하지만 그랬던 형은 어느새 무역업의 대가가 되어 있었다.

변한 1황자는 주변국에서 유능한 기술자들을 황국으로 대거 이주시켜, 땅속에 잠자고 있던 귀한 원석들을 아름다운 보석 알로 만들게 했다. 그리고 이것들은 다시 주변국으로 날개 돋친 듯 팔려나갔다. 광물 자체를 팔았던 것보다 수십 배나 비싼 가격을 달고서.

그뿐만 아니라 많은 라이벌들을 제치고 엄청난 재산을 보유하고 있는 귀족 영애와 결혼까지 해냈으니, 이건 그야말로 유능한 장수에 천군만마를 보태준 격이었다.

덕분에 페어라센은 부국(富國)으로서의 영광을 되찾았고, 1황자는 이 나라에 커다란 풍요를 가져다준 일등 공신이 되었다.

그리고 그런 형의 대항마는 바로 아래 동생인 2황자였다. 혼자서는 말도 못 탔던 한심한 무뢰배.

성격은 게을렀고 다소 엉덩이가 가벼웠지만, 뛰어난 창술 솜씨 및 마상 무예에 능통한 실력을 보인 덕에 그는 단숨에 기병대 기사들의 우상이 되었다. 그 덕분에 남장을 한 채 오랫동안 기사단장을 맡았던 백작가의 아가씨와 짝을 이뤘고 말이다.

당시 황국의 재물 창고는 무역에 소질을 보인 1황자 덕택에 매일 진귀한 물건들로 가득 차 있었는데, 2황자는 그걸로 군인의 월급을 인상시켰다. 그러자 똑똑하고 신체 건강한 젊은이들이 앞다투어 황국의 군사로 취업하길 희망했다.

훌륭한 인재가 늘어나니 나라의 군대 또한 이루 말할 수 없이 강해졌다. 국경의 경계를 강화하고, 도망친 죄수나 흉악범 따위를 자비 없이 잡아들였다.

흉흉한 분위기 탓에 해가 지면 외출을 삼갔던 백성들은 치안이 안정된 것을 크게 기뻐했고, 운켄트니스 황제는 무적에 가까운 군대를 가질 수 있는 것에 몹시 만족해했다.

하지만 형들이 그런 용감무쌍한 활약을 펼칠 동안, 카이트의 이름은 단 한 번도 오르내리지 못했다.

어디 그것뿐이랴?

틈만 나면 실수 연발에 심지어는 황제의 목숨을 노리고 있는 것이라 오해를 살 정도로 위험한 사고를 치기 일쑤니, 차기 권좌 다툼에 참전하기는커녕 목숨조차 보장받을 수 없는 위태로운 상황으로까지 몰리게 된 것도 당연하다.

뒤로 넘어져도 코가 깨진다는 말은 뭘 해도 운이 따라주지 않는 자신을 두고 하는 말 같았다. 그러다 보니 어느새 서열에서 저만치 밀려나 버렸고 그것도 모자라 악행을 일삼는 자로 모두에게 손가락질당했다.

그의 눈썹이 또다시 꿈틀댔다. 아직 채 다스리지 못한 거센 분노로 인해 속에서는 다시금 욕지거리가 치민다.

'그래서 내가, 대체, 무얼 잘못한 걸까.'

수천 번도 넘게 곱씹어보았지만 도무지 해답을 찾을 수 없었던 물음. 그러니 이 모든 게 누군가 지어낸 이야기대로 흘러갔을 뿐이라는 사실을 접했을 때는.

……그야말로 미치지 않은 것을 하늘에 감사드리고 싶을 정도였다.

"한번 깨면 또다시 잠을 청하기가 어렵지? 나도 그렇더라."

그녀는 말도 없이 계속해서 낮은 한숨을 내쉬고 있는 제가 불편한지, 끊임없이 눈치를 보며 마음에도 없는 미소를 억지로 지어내고 있었다.

"흐음."

또다시 의미를 알 수 없는 갑갑함이 카이트의 목구멍을 타고 넘어갔다.

이상한 말이긴 하지만 지금까지 누구보다도 열심히 살아온 삶에 정작 자신의 의지는 조금도 들어가 있지 않았다.

그 망할 사실을 떠올리면 머리끝까지 열이 뻗쳐서 어떻게 되어 버릴 것 같지만, 놀랍게도 이 모든 걸 만들어 낸 존재가 제 눈앞에 있었다. 그게 다행인지 불행인지는 나중 문제였다.

"미안해. 이제 수선 피우지 않고 조용히 있을게."

시무룩한 목소리.

사실 여자는 생각만큼 썩 그리 대단해 보이지 않았다.

툭하면 꽥꽥대는 것이 꽤나 성가셨고, 허둥대는 모습은 바보 같았으며 또 예상 외로 퍽 자존심이 강한 듯싶었다.

"엣취!"

그뿐만 아니라 비루먹었다고 말해도 될 정도로 저렇게 말라비틀어진 육체라니. 아무리 곱게 자란 귀족가의 여식이라 해도 어릴 때부터 승마를 비롯한 각종 야외 활동에 참여하는 건 기본 중의 기본. 그러니까 이따위 비 좀 맞았다고 해서 저렇게 오들오들 떠는 건 늘 탄탄하고 건강한 몸을 자랑하는 이곳 페어라센의 여자들에게는 절대로 있을 수 없는 일이란 말이다.

"……."

"엣취, 에엣취!"

이놈의 눈치 없는 재채기! 계속된 황자의 침묵에 윤수는 심장이 터지기 일보 직전이었다.

그녀는 코를 홀쩍거리는 것을 최대한 자제하며 또다시 황급히 사과했다.

"시, 시끄럽지? 미안, 조금 추워서."

순간 카이트의 눈동자가 부싯돌 사이를 가르고 피어오른 불꽃처럼 빛났다.

어찌 되었든 이 조그마한 마녀를 만난 건 저를 불쌍히 여긴 하늘이 주신 기회가 틀림없으리라.

그는 입술을 꽉 다문 채 조용히 대답했다.

"괜찮아."

따라서 누구에게도 빼앗기지 않을 것이다.

저 여자는 아주 이용 가치가 높은, 지금으로서는 무엇보다 소중한 존재이니까.

……그런데 만약 그녀가 먼저 제게서 도망치려 한다면?

뚜두둑.

거기까지 생각하자 손안에 무심코 쥔 나뭇가지가 어느새 형체조차 알아보기 어려울 정도로 부서져 내렸다.

그때는 몇 번이고 잡아서 두 번 다시는 잊지 못하도록 생생히 새겨 주리라. 그녀가 먼저 제안한 아군이라는 말이 자신에게는 과연 어떤 의미를 지니고 있는지 말이다.

악역으로 전락해 버렸지만 아직도 자신은 페어라센의 차기 황제가 되고 싶다는 꿈을 단 한 번도 손에서 놓아본 적이 없다.

그러기 위해서는 그녀가 반드시 곁에 있어야 했다.

가진 힘을 선보일 기회조차 없었던 제게는, 무엇보다 절실한 사람. 솔직하게 말하자면, 여자를 데리고 숲으로 온 건 결코 그녀를 돌려보내주는 것에 협력하겠다는 뜻이 아니었다.

그건 오히려 모든 위험을 감수해서라도 반드시 황제가 되고야 말리라는 본인의 각오였다.

"……아군이라는 말의 속뜻을 부디 착각하지 마라."

입에서 저도 모르게 이런 말이 튀어나왔다.

속삭이듯 중얼거리는 혼잣말일 뿐이었는데, 곁에서 윤수가 눈치 빠르게 되물었다.

"지금 뭐라고 했어?"

카이트는 얼굴 만면에 퍼진 날카롭고 뾰족한 가시와도 같은 사나운 기운을 황급히 지우고는 천연덕스럽게 미소를 지으며 답했다.

"아무것도 아니다."

마치 하얀 재같이, 아무것도 느껴지지 않는 무미건조한 미소였다.

Chapter 3
악역, 아인젠카이트와 마녀, 바서

'어떻게든 무사히 살아서 이 세계를 빠져나가야 해. 카이트를 황제로 만들어 주는 건 그 누가 뭐래도 내가 여길 벗어난 다음의 일이야.'

아까부터 줄곧 입을 다문 채 나뭇가지를 뚝뚝 꺾고만 있는 카이트의 옆얼굴을 흘끗 훔쳐보며 윤수는 또다시 마음속으로 조용히 되뇌었다.

물론 녀석의 진로(?)에 협력하겠다고 약속했지만, 그것도 어디까지나 '원래의 일상으로 돌아간다면'이라는 전제가 윤수에게는 깔려있었다. 그런데 그렇게 하려면 무슨 수를 써서든 카이트의 신뢰를 얻어내야만 했다.

자신을 반드시 황제로 만들어 줄 것을 믿어 의심치 않아야, 그는 비로소 아낌없는 협조를 약속할 테니 말이다.

하지만 카이트는 유독 단단하게 닫힌 마음의 소유자였다.

시간을 들여 노력한다고 해서 열릴지 어떨지 모를.

거기까지 생각이 미친 윤수가 답답한 나머지 얕은 한숨을 내쉴 때였다.

"잠이 안 오나?"

다시 잠을 청하고 있는 줄로만 알았는데, 어느새 저를 똑바로 쳐다보고 있는 그의 눈이 들어왔다.

"조금."

"나무 위에서의 노숙은 해 본 적이 없나 보군."

그건 굳이 대답할 필요도 없는 질문이었다.

사실 요즘에는 그런 경험이 있는 사람을 찾는 게 더 힘들지 않을까.

말이 나왔으니 말인데 제가 어떻게 쉽게 잠을 청할 수 있겠는가. 설령 이곳이 나무 위가 아니라, 푹신하고 안락한 침대라 해도 말이다.

아까 숲에서 실제로 산적들을 마주친 일도 그랬지만, 특히 언급조차 하지 않았던 마물들이 지금 저렇게 제멋대로 활개 치고 있다는 것은 윤수에게는 큰 충격이었다.

한마디로 설명할 수 있는 단어를 꼽아보자면, 여기엔 아마도 '나비 효과'라는 말이 가장 적합하리라.

나비의 날갯짓에서 나오는 작은 바람이, 저 멀리까지 가면 거센 폭풍으로 변모할 수도 있다는 그 이론 말이다.

'휴우.'

윤수는 계속해서 속으로 한숨을 삼켰다.

제가 만들어 낸 악역이 눈앞에서 설치는 모습을 보는 것부터 시작해서 소설 속으로의 차원 이동, 게다가 작가인 자신도 처음 맞닥뜨린 새로운 설정까지.

이 짧은 시간에 일이 일어나도 너무 많이 일어났다.

게다가 아까부터 누구 하나를 그대로 잡아먹어도 이상하지 않을 정도로 험악한 표정을 한 채 앉아 있는 카이트의 눈치까지 보느라, 그야말로 온 심신이 피로로 녹아 없어질 지경이다.

"으에……."

순간 또 재채기가 튀어나오려 했다.

윤수는 그걸 얼른 손으로 틀어막으며 고개를 절레절레 흔들었다.

'재채기도 제대로 못 하고 아주 죽을 맛이네.'

덕분에 아까부터 몰래몰래 그의 옆얼굴을 얼마나 많이 노려봤는지 모른다.

아니, 솔직히 말하면 봐도 또 보고 싶긴 했다.

못된 말만 골라 하는 저 입을 다물면, 사실 카이트는 꽤나 근사한 외모였기 때문에.

아침 햇살을 받은 듯 강렬한 색을 띠는 머리카락과 보기만 해도 뜨거운 열정이 이글이글 타오르는 것 같은 눈동자는 감탄을 절로 불러일으켰다.

하지만 그럼에도 불구하고 그는 영원한 솔로였다.

물론 지금까지 전개된 이야기 속에서 말이다.

여심을 기가 막히게 공략하는 외모를 지녔지만 정작 여자를 모르는 순진한 악역.

이것이 3황자의 인기 요소로써, 덕분에 그는 많은 여성 독자들의 마음을 사로잡을 수 있었다. 게다가 키도 체격도 검술 실력도 무엇 하나 빠짐없이 죄다 우월한 것은 사실 따지고 보면 전부 제 덕분 아닌가?

이야기가 나왔으니 말인데, 사실 3황자는 대단히 뛰어난 인물이었다.

그도 그럴 게 막판 보스가 강하면 강할수록 그것을 뛰어넘고야 만 주인공들이 더욱 돋보일 테니까.

그러니 그것으로 조금은 위안받아도 좋으련만.

하지만 그는 저를 죽도록 미워하는 게 분명했다. 가끔씩 대놓고 쳐다보는 눈동자에서 그걸 읽을 수 있었다.

'으아아, 추워.'

꽤나 많은 비를 맞은 탓에 손발은 물론이요, 온몸이 얼음장처럼 차가웠다. 그렇지만 감히 춥다는 말조차 하지 못했다. 왜냐하면 스스로가 죽을죄를 지은 죄인처럼 여겨졌기 때문이다.

'에이, 괜히 서럽다.'

울적해진 마음을 애써 숨긴 채 얼음장 같은 팔을 몰래몰래 문지르고 있는데.

머리 위로 무언가가 풀썩 떨어졌다.

"덮어."

"응?"

"들고 있기 귀찮아서 말이다."

그렇게 말하며 그가 건네준 것은 본인이 언제나 두르고 다니는 검은색 망토였다.

넌 왜 들고 있기조차 귀찮은 걸 매일 같이 몸에 휘감고 다니냐?

그렇게 반문하고 싶었지만, 그 말을 하는 대신 윤수는 손을 저으며 사양했다.

"아니, 난 괜찮……."

"난 빈말 같은 거 모른다. 네가 괜찮다고 하면 그 즉시 회수할 거니까 그렇게 알도록."

"하지만 너도 추울 텐데."

"진짜 안 추운가 보군. 그럼 내놔."

그렇게 말하며 카이트는 다시 제 망토 위로 손을 뻗었다.

그러자 윤수는 그 끝을 놓치지 않겠다는 듯 온 힘을 다해 부여잡으며 다급히 외쳤다.

"아니야! 추워! 실은 얼어 죽기 일보 직전이었다고!"

그녀는 아무 군말 없이 제 어깨 위로 망토를 야무지게 둘렀다. 그러자 그제야 만족했다는 듯 카이트의 입술에 둥근 호선이 그어졌다. 그의 두 눈이 다시 조용히 감긴 것을 확인한 윤수는 고개를 절레절레 흔들었다.

진짜 저놈의 입만 빼면, 정말, 괜찮은 남자일지도 모르는데!

그의 망토는 크고 따뜻했다.

덕분에 어깨 근처를 웃돌던 한기는 죄다 가셨지만 그것과는 별개로 쉬이 잠이 오지 않았다.

윤수는 어둠 속에서 조용히 눈을 깜박였다.

저를 방해하는 것은 그게 무엇이든지 죄다 뚫어버리겠다는 기세로 쏟아 붓던 비는 어느새 전부 그쳐 있었다.

촘촘히 드리워진 나뭇가지 사이로 조각조각 이어져 있는 맑은 밤하늘이 눈에 가득 들어왔다.

"……자?"

"……."

"진짜 자나 보네."

"……."

대답 대신 들려오는 고른 숨소리. 그는 정말 깊이 잠들어 있는 듯 했다. 그래도 영 안심이 안 되어 눈앞에 수차례 손을 흔들어 보고, 미동이 없는 걸 확인한 뒤에야 스르르 몸을 일으켰다.

이곳에 들어온 지 며칠도 채 지나지 않았지만 족히 두 달은 지난 듯한 느낌이 들었다. 너무 많은 일이 한꺼번에 일어난 탓에 도무지 상황 판단을 제대로 해 낼 수가 없다.

하지만 어둠 속에서도 윤수의 눈동자는 반짝이고 있었다.

그녀는 폐부 가득히 크게 숨을 들이마셨다.

시리도록 차가운 공기가 몸 안으로 스며들자 머릿속에 잔존해 있는 혼란이 마치 필터로 거른 것처럼 깨끗하게 여과되어 사라지는 것 같다.

"괜찮아. 나는 반드시 돌아갈 수 있어."

마음속에 줄곧 담아두었던 결심을 입 밖으로 내뱉자 절로 속이 후련했다.

그래. 죽어도 있을 수 없는 일이지만 나는 내가 쓴 책 속에 갇히고 말았다.

그것이 어떻게 일어날 수 있었는지 아무리 생각해도 이해할 수 없다면, 차라리 현실을 인정하는 방법이 편했다.

그뿐만 아니라 악역이었던 3황자 주인공 만들기 프로젝트에 이미 작가로서도 동의하지 않았는가. 그리고 가장 중요한 건 이 세계의 비밀에 대해 알고 있는 것은 오로지 저뿐이라는 거다.

굳이 실리를 따져보지 않아도 이건 그야말로 엄청난 장점이었다.

"내 예상대로라면 분명 그곳에 통로가 남아 있을 거야. 거기로 빠져나가면 돼."

하지만 과연 그 통로까지 생각대로 무사히 갈 수 있겠느냐는 또 다른 문제였다. 그러니 일단 날이 밝으면 제가 아는 정보를 카이트에게 모조리 털어놓으리라 마음먹었다.

그의 세계에 들어온 만큼 황자의 협력보다 중요한 건 없었다. 그녀에게 있어서 이러한 다짐은 스스로 신뢰를 구축하기 위한 첫 걸음인 셈이다.

"너 정말 자는 거 맞지?"

윤수는 마지막으로 그의 숙면을 체크했다.

그러니 이왕 일이 이렇게 된 거, 모처럼 얻은 기회를 마음껏 만끽하자.

뭐든 즐기지 않으면 손해라는 것 또한 외할머니로부터 전수받은 삶의 가치관이었다.

황자가 깨지 않도록 조심조심하며 그녀는 살그머니 몸을 일으켰다. 서로 잔뜩 모여서 안쪽을 단단히 엄폐해 주고 있는 부드러운 잎사귀 사이로 얼굴을 쏙 내밀자, 바깥의 풍경이 한눈에 들어왔다.

"우와아."

달빛이 시원하게 내리 쪼이는 낯선 땅의 밤.

그걸 보고 있자니 얼마 전 가끔 안부를 묻던 사이의 작가로부터 걸려온 전화가 생각났다.

그 통화의 요지는 간단했다.

그것은 다름 아닌 자신이 쓴 시대극 하나가 드라마로 제작될 거라는 소식을 자랑하기 위함이었다.

그런 의미에서 로맨스 판타지는 조금 불리했다.

영상 제작 가능성이 제로에 가깝다 해도 과언이 아니니.

하지만 그럼에도 불구하고 윤수는 절대 다른 장르에 눈길조차 준 적이 없었다.

왜냐하면 로맨스 판타지가 좋으니까!

그래도 한 번쯤은 제 이야기대로 실제 인물들이 움직이는 모습을 보고 싶다고 생각한 적이 있었다.

그리고 지금 이 순간.

그 어떤 것과도 비교할 수 없는 감동이 물밀듯 밀려왔다.

제가 만든 세계가 이토록 생동감 넘치게 눈앞에서 살아 숨 쉬고 있는데 드라마나 영화 제작이 대수인가?!

감개무량이라는 것은 바로 이런 걸 지칭하는 단어이리라.

3황자의 영토는 풀 한 포기 없는 황량한 들판이 전부라지만 오히려 그래서 더 아름다웠다.

쓸데없는 낙서 따위를 싹 지운 넓고 깨끗한 화판에, 자연의 무늬를 그려 넣듯 흘러가는 구름의 그림자.

이 소름 끼치도록 아름다운 풍경에 홀려버린 걸까.

본인이 약간의 고소공포증이 있다는 것도 잊고, 윤수는 팔을 뻗어 머리 위 나뭇가지를 단단히 잡았다. 좀 더 탁 트인 곳으로 올라가고 싶었다.

양손으로 매달리듯 가지를 잡고, 오른발까지 올렸으니 이제 왼발만 올리면 되는 순간. 마치 물귀신처럼 아래에서 스윽 뻗어나온 손이 그녀의 발목을 움켜쥐었다.

"으아악!"

덕분에 윤수의 몸이 주르륵 미끄러져 내려왔다.

"……도망치면 가만 안 둔다고 했을 텐데."

아직 잠에 취한 듯, 저 아래 땅만큼 낮게 가라앉아 있는 목소리였다.

"넌 지금 내가 도망치는 걸로 보여? 어떻게 하면 이 높은 나무에서 더 위로 올라가 도망칠 수 있는지 네가 한번 보여 주지 그래?"

"그럼 대체 어디를 가려는 거지?"

놀란 가슴을 진정시키던 그녀가 지지 않고 쏘아붙이자 그제야 한결 누그러진 음성이 들려왔다.

"그저 이곳의 너른 풍경이 보고 싶었을 뿐이야. 잠도 쉬이 오지 않고."

윤수의 말에 카이트는 얕은 한숨을 쉬며 몸을 일으켰다.

그러고는 불과 몇 초도 걸리지 않아 그녀가 한참 동안 끙끙거려 겨우 올라갈 수 있었던 그 높이에 훌쩍 도달했다.

"손, 잡아."

황송하게도 허리까지 굽혀 제게 내민 팔을 바라보며 윤수가 마구 손사래를 쳤다.

"아, 아니야. 너 피곤하다며. 일부러 잠까지 깨워가며 굳이 부탁하려는 건 아니었…….."

"빈말 안 한다."

짧은 한마디에 그녀의 입은 어느새 자동적으로 꼬옥 다물어졌다. 덕분에 괜한 토를 다는 수고로움을 던 윤수는 냉큼 그의 손을 잡았다.

"와아아."

그 덕에 얼마 지나지 않아 거의 꼭대기까지 다다를 수 있었다.

기지개를 켜면 닿을 것 같은 착각이 들 정도로 커다란 달이 머리 위에 흔들흔들 달려 있었다.

그런 그녀의 감탄사가 듣기 좋았던 듯 그는 난생처음 보는 부드러운 표정으로 고개를 끄덕이며 답했다.

"나도 좋아하는 광경이니까. 잠을 포기해도 좋을 만큼."

카이트의 말에 가슴 깊이 동의하며 윤수는 넋을 잃고 두 눈 가득 풍경을 담았다.

땅에 비치는 둥근 달그림자는 길쭉한 전나무들의 삐죽삐죽한 그것과 겹쳐져 마치 하나의 온전한 태양이 지상에 박혀 있는 것은 아닌가 하는 착각마저 불러일으킬 정도였다.

"지금 바라보고 있는 방향이 남쪽. 저 멀리 산등성이가 보이는 곳이 동쪽이고 그 반대편이 서쪽. 네 등 뒤는 북쪽."

간결한 설명을 마친 카이트는 잠시 입을 다물고 생각에 잠기는 듯하더니 이내 다시 말을 이었다.

"여기서부터 남쪽 끝까지는 말을 타고 약 일주일 정도를 가면 닿을 수 있어. 중앙 수도에 자리 잡은 황제의 성까지는 고작 3일이면 충분하지. 그뿐만 아니라 각각의 황자들이 관리하는 영토가 따로 있는데……."

"아마 동쪽의 대지가 2황자일 거고 수도에 살고 있는 1황자는 남쪽의 땅을, 그리고 3황자와 막내 공주는 각각 북쪽과 서쪽을 하사받았지."

"그래. 잘 알고 있네. 대단한걸."

조금의 막힘도 없이 술술 대답하는 저를 보고 카이트가 혀를 내두르자, 윤수가 샐쭉한 목소리로 대꾸했다.

"내가 누군지 잊지 말라고."

"아하, 이거 마녀께 큰 실례를 저질렀군."

그것을 마지막으로 둘은 한동안 아무 말이 없었다.

훤하게 쏟아져 내리는 달빛 덕분에 시린 눈을 잠시 깜박이고 있는데, 카이트가 갑자기 생각났다는 듯 고개를 휙 돌리며 물었다.

"그러고 보니 네 이름이 뭐였지?"

"응?"

"마녀, 너도 이름이 있을 것 아닌가."

이걸 웃어야 할지 울어야 할지.

보통 미안해하는 것이 당연한 상황에서도 그는 더할 나위 없이 당당했다.

윤수는 저도 모르게 버릇대로 가만히 계산해 보았다.

황자를 만나서 일련의 사건을 거친 후 여기까지의 흐름을 글로 옮기자면 사실 연재분으로는 10회가 훌쩍 넘는데, 이제야 가지는 자기소개의 시간이라니.

……가만, 그러고 보니 이걸 다시 소설로 옮기면 정말 내가 여주인공인 건가?

"윤수, 아니 그냥 바서라고 불러 줘."

그녀는 황급히 말을 바꾸었다. 이제 와서 새삼스럽게 '이윤수'라는 본명으로 불리는 것이 어쩐지 조금 부끄러웠기 때문이다.

"흐음. 뭐, 나쁘진 않군."

"그, 그래? 좋은 이름 같아?"

이것은 필시 칭찬이라고 생각해 잠시 볼을 붉혔을 때였다.

"빈말로라도 예쁘다고는 말할 수 없지만 부르기 편리해서 좋다."

"……고맙다."

그의 진지한 표정과 말투에 윤수는 전투력을 상실했다.

저렇게 쓸데없이 솔직한 남자는 아마 어디에서도 찾기 힘들 거다.

그러나 삐쭉 튀어나온 입은 곧 제자리를 찾아 들어갔다.

계속해서 탁 트인 경치를 마음껏 감상하기에도 짧은 시간이었다.

"우와, 별 좀 봐! 엄청 크게 보여!"

"그래, 기분 좋지?"

아이처럼 좋아하는 그녀를 향해 카이트가 싱긋 웃어 보였다. 그 역시 이 여유로움이 좋은지, 매우 행복해 보이는 미소가 그의 얼굴에 활짝 피어있었다.

그걸 목격한 윤수는 두 손으로 자신의 눈을 마구 비볐다.

내가 지금 뭘 본 거지?

이 전에 보여 준 유령같이 싸늘한 억지 미소와는 달랐다.

이런 카이트는 그녀도 처음이었다.

책 속에서의 그는, 단 한 번도 그렇게 웃은 적이 없었다.

하지만 그 미소 덕분일까?

그녀의 마음에도 춥고 불안했던 기운이 싹 달아나고, 따듯한 봄바람 같은 훈풍이 차오르는 것 같았다.

"이런 밤하늘은 여기가 북쪽의 대지이기 때문에 가능한 거다. 황제의 성이 있는 중앙 지역 근처만 가도, 별빛 같은 건 제대로 볼 수가 없지."

"왜?"

"거기는 황국 최대의 인구 밀집 지역이야. 다들 나무나 갈탄 같은 것을 연료로 때기도 하고, 심지어는 24시간 동안 계속해서 불을 피우고 있는 공장 같은 곳도 즐비하니까."

"아아. 그렇구나."

저 역시 잠을 포기할 만큼 좋아하는 풍경이라던 그 말은 사실인 거 같았다. 선잠에서 깨어난 얼굴에는 아직 피곤함이 가득해 보였지만, 황자의 붉은색 눈빛만큼은 매우 또렷했다.

"아까는 매우 추워하는 것 같았는데. 이젠 괜찮은가?"

게다가 갑자기 자상하기까지.

"으응, 덕분에. 고마워."

윤수는 그렇게 말하고 재빨리 앞을 바라보았다.

3황자에 대해 모르는 것은 없다고 자부하던 저이지만, 이렇게 행복한 표정으로 별을 헤아리는 모습은 무척이나 낯설기 짝이 없었다.

이처럼 카이트가 의외의 면모를 보여주면 보여줄수록, 윤수의 기분도 묘하게 변해 갔다.

사실 그를 등장시킬 때는 막상 이런 놈이 황제가 되면 이 나라도 끝장이라는 식의 묘사가 많았다.

하지만 카이트란 인물은 생각보다 매사 진지했고, 저와는 다르게 삶에 몹시 악착스러웠다.

그래서 더 미안한 마음을 들게 만들었다.

그녀는 겸연쩍게 코끝을 긁으며 황급히 화제를 돌렸다.

"수도에 있는 운켄트니스 황제의 성도 실제로 볼 수 있다면 좋겠다. 아, 물론 기회가 왔을 때나 가능한 이야기겠지만."

"황제의 성? 왜 그런 게 보고 싶은 거지?"

"왜긴. '황제의 성은 한 번 본 자는 그 위용을 죽어서도 잊지 못할 정도로 화려하고 아름다운 궁'이라고 썼으니까 그렇지. 그런데 정말 그래?"

사실 이쯤 되니 윤수는 제가 만든 페어라센이라는 나라의 구석구석이 궁금하기 그지없었다. 마치 줄곧 TV로만 보아 왔던 유명한 관광지를 처음으로 방문한 사람처럼 말이다.

하지만 어찌 된 일인지 카이트는 입이 붙은 사람처럼 침묵을 유지했다.

왜 그러지? 그녀는 멋쩍게 뒷목을 쓰다듬었다.

"왜, 왜 그래?"

"……."

그는 여전히 아무 말이 없었다. 대신 자신의 허리에 꽂혀 있는 장검을 눈앞에 꺼내어들고는 한참을 바라보았다.

"참 아름다운 검이야."

윤수는 저도 모르게 진심 어린 목소리로 그것을 칭찬했다.

그 말이 기분 좋았는지 고개를 얕게 까닥하는 카이트의 입가에 아주 약간의 미소가 서렸다.

물론 눈 몇 번 깜박이는 사이 곧 없어지고 말았지만 말이다.

그는 화려한 검의 손잡이를 조심스레 쓰다듬었다.

온갖 보석이 알알이 박혀 있는 그 가운데에는 멋들어진 필체로 무언가가 커다랗게 새겨놓아져 있었다.

그건 바로 검을 하사한 그의 아버지, 운켄트니스 황제의 이름이었다.

아버지란 사람에게 받은 처음이자 마지막 선물.

"글쎄, 변하지 않은 예전 그대로의 모습이라면 여전히 아름답겠지."

애써 숨기려는 기색이 역력하긴 했지만, 카이트의 목소리에는 감출 수 없는 서러운 떨림이 배어나와 있었다.

"응?"

"……황제 폐하의 분노를 산 죄로 수도의 성에서 쫓겨난 걸 잊은 건가?"

그 말을 끝으로, 카이트는 바득 소리가 날 정도로 어금니를 깨물었다.

"아……."

윤수는 짧게 신음했다.

설마 우는 건 아니지?

그렇게 묻고 싶을 정도로 그의 턱 아래가 가늘게 떨리고 있었다.

그러고 보니 그랬다.

그 에피소드는, 어렸을 때는 영특한 천재로 명성을 떨치며 부친의 사랑을 듬뿍 받던 카이트가 슬슬 악역으로써의 두각을 나타내기 위해 미움 받는 오리 새끼가 되어가던 시절의 이야기였다.

"저놈은 처음부터 없었던 자식인 셈 치겠어! 아니, 차라리 태어나지 않았으면 좋았을 뻔했구나. 꼴 보기 싫으니 내 눈앞에서 썩 꺼지거라!"

황제는 평소에는 자상했지만 유독 카이트에게만 저런 폭언을 서슴없이 일삼는 아버지였다는 걸 그녀도 기억하고 있었다.

윤수는 서글픈 그의 기분을 어떻게든 위로해 주고 싶어 부러 경쾌한 목소리로 말을 이었다.

"그렇다고 해서 네가 황제의 성에 출입할 권리가 사라진 건 아니지 않아? 황가의 사람인 너를 누가 감히 막겠어. 게다가 그때 이후로 황제가 딱히 널 대놓고 핍박했던 장면, 아니 그런 일은 없는 걸로 알고 있는데……."

카이트가 제아무리 실수를 저질렀다고는 하지만, 황제의 태도 역시 지나치게 야박한 것도 사실이었다. 어쩌다 실수를 저질렀다고 해서 특별히 귀애했던 자식을 한순간에 쓸모없는 놈으로 만들어 버리는 부모는 아마도 거의 없을 테니까.

하지만 적어도 그에게는 그런 일이 일어나야만 했다.

왜냐하면 카이트는 악역. 즉, 미움 받아야만 가치가 있는 존재였기 때문이었다.

거기까지 생각했을 때, 윤수는 떨리는 그의 어깨를 쓰다듬어 주고 싶은 충동을 참아내기 위해 주먹을 꽉 쥐었다.

죄스러운 마음이 불어난 계곡물처럼 그녀의 안을 삽시간에 채웠다.

"단지 폐하의 역정을 샀을 뿐, 황궁에 갈 수 없는 건 아니라고?"

윤수의 말을 그대로 따라 읊으며 카이트가 코웃음을 쳤다. 그는 그녀가 자신에 대한 이야기를 제대로 기억하지 못하는 것도 무리는 아니라고 생각했다.

"이봐, 네가 잊은 모양인데 난 황궁은커녕, 수도에도 발을 들여놓을 수 없어. 발각되는 즉시 극형에 처해질 테니까."

"뭐?"

그녀의 눈동자가 쉴 새 없이 흔들렸다.

제게 있어 이 이야기는 마물을 처음 만났을 때만큼이나 생소한 상황이다.

"수도에 못 들어가? 어째서?"

"어째서라니. 그건 오히려 내가 네게 묻고 싶은 질문이다."

하지만 그것은 그의 오해였다.

지금까지 흘러온 일련의 이야기들 중, 카이트 인생의 방향을 결정짓는 큼직한 사건들은 모두 그녀의 손으로 써내려간 것은 맞다. 하지만 그렇지 않은 부분도 엄연히 존재한다는 건 카이트도, 윤수도 아직까지는 모르고 있었다.

"아무튼 난 황궁은 물론 수도를 둘러싼 성벽조차 넘을 수 없지. 그곳은 모반을 꿈꾼다고 낙인찍힌 서자 출신의 황자 따위가 감히 발을 들여놓을 곳이 아니라고."

"하지만 매해 정해진 시기에 황제는 반드시 모든 황자들을 전부 만나주어야 하잖아? 내가 분명 그렇게 썼는데!"

"아아, 무슨 바람이 불었는지 딱 한 번 불러 주었던 그때를 말하는 건가. 그래, 그랬던 적이 있었지. 하지만 그게 마지막이었다. 그 후로는 아버지의 얼굴을 바로 앞에서 마주한 적이 단 한 번도 없다."

"뭐라고?"

윤수의 목소리가 또다시 높게 올라갔다.

그러니까 운켄트니스 황제는 윤수가 책을 쓰면서 스쳐 지나가듯 가볍게 서술했던 그 한 번의 만남 이외에는, 카이트를 절대로 만나려 하지 않았다는 소리다. 그것도 자신의 의지로.

"그는 기본적으로 겁쟁이거든. 아들 중 유난히 난폭하다고 소문난 한 놈이 자신에게 해를 끼칠까 봐 늘 두려워하는 나약하고 무능한 황제.”

“그래서 그때 이후로 정말로 한 번도 널 만나 준 적이 없단 말이야?”

책 내용의 흐름상으로만 본다면 그게 벌써 10년도 더 된 일일 텐데!

저도 모르게 목소리가 올라갔다. 무언가가 울컥하고 차오른다.

“그래. 그리고 나 역시 괜한 오해는 사고 싶지 않다. 안 그래도 사방이 적인데, 일부러 환영받지도 못할 곳에 기웃거릴 필요가 없잖아?”

“그래도…….”

“황제도 지금은 많이 늙으셨겠지.”

허어.

윤수는 황망함에 계속해서 입술을 다물지 못했다.

제가 쓴 대로 굴러간 이야기인 건 맞지만, 대신 존재하는 모든 것들의 보이지 않는 부분까지 의도대로 된 것은 아닌 듯싶었다.

캐릭터들은 어디까지나 자신의 의지가 있었고, 모든 일거수일투족을 일일이 지시하듯 써 주지 않는 이상 그들은 자력으로 나름의 삶을 꾸려나가고 있음을 윤수는 그제야 어렴풋이 이해할 수 있었다.

그렇다면 공식적으로 악역을 담당했던 이 남자는…….

그 생각을 하니 저절로 호흡이 빨라졌다.

원래부터 죽도록 미움 받는 캐릭터로 설정이 되어 있었기 때문에, 행여나 작가인 자신의 손이 미치지 않는 곳에서 더욱 괴롭힘 당했던 것은 아닌지.

"뭐, 상관없어. 어차피 아버지 따위 처음부터 없었던 것으로 여기고 있었으니까."

카이트의 목소리는 어느새 나무의 꼭대기 위에서 기세 좋게 휭휭 불어대는 바람만큼이나 차가워져 있었다.

그렇다면 또 어떤 천대를 받았을까?

몰랐던 이야기에 귀를 기울이면 기울일수록 심장 한구석이 따끔거려 견딜 수가 없었다.

하지만 그가 알려 준 정보대로라면 도저히 간과할 수 없는 인물 하나가 윤수의 머릿속을 아프게 강타하고 지나갔다.

"그렇다면 라우는? 아, 아니 라우브루스트 여사."

그 이름을 입에 올리는 윤수의 입술이 저절로 파르르 떨려 왔다.

본디 황궁에서 잡일을 도맡아 했던 하녀 출신이었던 라우브루스트.

바로 그의 어머니였다.

"우리 어머니는……"

먼 곳을 아련하게 응시하는 눈빛과 따뜻한 그리움이 절절 묻어나는 목소리.

이미 대답은 듣지 않아도 알 것 같았다.

"그래, 그건 내가 반드시 황제가 되어 그 성에 입성하고야 말 거라고 다짐해 온 또 하나의 이유이기도 하지. 바로 황궁에서 살고 계신 어머니를 만나기 위해서."

그의 말이 끝나자마자, 윤수의 입에서는 믿을 수 없다는 듯 큰 탄성이 터졌다.

"뭐어?"

운켄트니스 황제의 정실부인인 젤른로스 황비가 중병에 걸린 틈을 타 황제의 마음을 사로잡은 여인, 라우브루스트.

아니, 그런데 왜 그 여자가 거기 있어? 원래 카이트와 같이 살고 있어야 하는데?

그리고 보니 북쪽 성에 있어야 할 그의 어머니가 보이지 않았다.

윤수의 머릿속이 조용히 바빠지기 시작했다.

"어머니는 원래부터 무척 마음이 약한 분이었다."

어, 아닌데? 제가 모시던 황비님이 병으로 쓰러지자 그 틈에 간 크게도 황제를 꼬셔 버린 천하의 여우인데?

"게다가 출산 후 몸이 무척 약해지셔서 나를 제대로 돌보는 데 많이 힘들어하셨지."

잠깐만. 아들을 그저 황제의 관심을 사기 위한 수단으로 삼은 여자 아니었어?

덕분에 카이트가 이렇게 난폭한 성정의 황자로 자라난 것에 누구보다 큰 일조를 한 비정한 엄마 아니었냐고.

윤수는 계속해서 입을 뻐끔거렸지만, 정작 아무 말도 해 줄 수 없었다.

어머니 이야기를 할 때면 마치 다른 사람처럼 애잔해지는 그 눈빛 때문이었다.

"라우가…… 아니 너희 어머니가 그래서 지금 황궁에 가 있단 말이야?"

"어머니는 황제 폐하와 떨어져서 이 먼 북쪽에 있어야 하는 것을 굉장히 슬퍼하셨다. 그러던 찰나, 황궁에서부터 사신이 왔었지. 황제의 곁에서 여생을 보내시지 않겠냐는 제안을 하더군. 물론 어머니는 기쁘게 받아들이셨고. 이 모든 게 전부 다 얼마 전의 이야기야."

"컥."

윤수는 기어코 헛기침을 터뜨렸다.

이것도 시리즈의 완결 이후 일어난 일임이 분명했다.

더 이상 작가의 개입이 없으니, 캐릭터들은 각자 알아서 자신의 인생을 꾸려갔으리라.

"아니 아무리 그래도 그렇지, 친아들을 이 삭막한 북쪽 성에 버려둔 채 저 혼자서 호의호식하겠다고 황궁에…… 아, 미안."

황급히 제 입을 틀어막은 윤수를 눈치 채지 못하고 카이트는 계속해서 이야기를 이어 갔다.

"어머니는 딱 한 번이라도 좋으니 내가 황제의 자리에 앉는 것을 보고 싶다고 늘 입버릇처럼 말씀하시는 분이었다. 그게 아니면 죽어서도 원통하여 눈을 감을 수 없다고 말이야."

다소 느린 말투긴 하지만 그 어느 때보다도 단단한 음성이 귀에 쉬지 않고 흘러들어왔다.

"그러나 너도 알다시피 내게 그런 기회는…… 그 어떤 몸부림을 친다 해도 아무것도 주어지지 않았어. 정정당당하게 힘을 보여 줄 수 있는 길이 죄다 막혀 버렸으니 나 역시 그 어떤 수단과 방법을 가리지 않을 수밖에."

윤수는 그런 그의 말을 그저 경청하고만 있었다.

라우 여사가 본디 어떠어떠한 성격의 여자였다고 말해 줄 생각 같은 것도 하지 않았다.

사실은 아무도 너의 편이 없다는 비밀 아닌 비밀을 굳이 상기시켜 줄 필요가 뭐 있겠는가. 이미 수없는 아픔이 고스란히 전해져 온 터다. 그걸 느낀 마음이 썩 좋질 않았다.

잔인하고 야만스럽다고 무리에서 낙인찍혔던 자가 사실은 많은 아픔을 묵묵히 감내한 외로운 사람일지도 모른다니.

알 이유도 없었고, 딱히 알고 싶지도 않았던 진실을 마주하는 건 그다지 유쾌한 일이 아니었다.

그나저나 친아들이 쫓기다가 죽을 뻔했다는 걸 알았으면서도 그를 이곳에 홀로 버려두고 저 혼자 황제의 성으로 기쁘게 가버린 엄마라고?

윤수의 입안에 쓴물이 감돌았다.

그녀는 카이트의 모친에 대해 누구보다 잘 알고 있었다.
아들인 그조차 알지 못하는 여러 사실을 말이다.

『모성애라고는 눈곱만큼도 없는 것이 바로 저 3황자의
모친이었다.』

윤수는 자신이 쓴 이 한 줄의 문구를 머릿속에 몰래 떠올렸다.

*　　*　　*

황제에게는 총 네 명의 자식이 있었다.

1황자 오튼과 2황자 바인은 전부인이었던 젤른로스 황후와의
사이에서 낳은 아들들이고, 하녀 라우브루스트에게서는 3황자
카이트와 막내 프롤라인 황녀를 얻었다.

이처럼 라우브루스트는 하녀 출신이라는 신분의 차를 극복하
고 그의 씨를 잉태하는 데 성공했지만, 황제가 일찍 세상을 뜬
전 부인에 대한 애틋함을 여전히 버리지 못했기에 불행히도 황
후의 칭호는 얻지 못했다.

그 사실을 세상에서 가장 치욕스럽게 여기는 그녀는 철저히
자기 자신밖에 모르는 여자였다.

황제와의 사이에서 아들인 카이트와 딸 프롤라인을 낳았지
만, 그녀에게 그나마 자식 취급을 받은 것은 카이트뿐이었다. 왜

냐하면 딸인 프롤라인 황녀는 죽었다 깨어나도 황제의 자리에
는 오를 수 없었기 때문이었다.

덕분에 프롤라인은 누구의 관심도 받지 못한 채 홀로 쓸쓸히
자라났다. 게다가 그녀는 제 유일한 친오빠인 카이트를 누구보
다도 무서워하는 사람 중 한 명이었는데, 딱히 계기가 있었다기
보다는 프롤라인에게 있어 카이트가 너무나도 무뚝뚝한 오빠였
던 탓이 컸다.

그리고 카이트에게 프롤라인은 매일 울기만 하는 너무나 유
약한 여동생이었고 말이다.

그랬던 오누이였으니 크면 클수록 그 사이가 점점 데면데면
하게 벌어져서 지금은 거의 남남처럼 지내는 실정이었다.

'올해로…… 딱 스무 살이 되었지.'

윤수는 차기작의 주인공이 될 뻔한 이 얌전한 황녀를 떠올렸
다.

워낙 여리여리하고 가냘픈 이미지였던 그녀가 누구보다 강인
한 한 사람의 여성으로서 우뚝 서는 스토리를 구상했건만.

하지만 지금은 프롤라인 황녀를 신경 쓸 때가 아니었다.

북쪽 성을 떠나 멋대로 황제의 성에 들어간 그의 모친. 그녀는
소설 속 자신이 맡은 캐릭터 이미지를 누구보다 충실히 따르고
있는 것일까? 그도 아니면 아들인 3황자를 황제로 만들기 위해
무언가를 스스로 결정한 걸까?

이 세계의 중요한 비밀은 저만이 알고 있는 것임에는 틀림없

지만, 책의 완결 후 흘러갔던 시간들과 딱히 써내려갈 필요가 없었던 내용 사이사이에 캐릭터들이 행했던 독자적인 행동은, 작가인 자신이 아무리 예측해 보려 애써도 알 수가 없었다.

윤수는 그 점을 또 한 번 가슴에 깊이 새겼다.

이 세계에 남겨져 있는 다른 연결 통로로 무사히 가기 전까지, 또 어떤 인물과 맞닥뜨릴지 전혀 예상이 되질 않는다.

그러니 무엇 하나 허투루 넘길 수는 없었다.

"왜 그러지?"

"아, 아무것도 아니야."

씁쓸한 미소를 금치 못하고 있는 저를 카이트는 미심쩍은 눈으로 줄곧 살폈지만 그녀는 굳게 입을 다물었다.

"그러고 보니 너에게도 가족이 있겠지?"

그는 줄곧 속에 숨겨두고 있었음이 분명한 어머니 이야기를 털어놓고 보니, 윤수에게 인간적인 관심이 생긴 모양이었다.

"그래, 있어."

"결혼은 했나?"

"응? 아니. 이 나이에 벌써 무슨 결혼이야."

"대체 그 나이까지 결혼도 못 하고 뭐했지?"

아니! 이 녀석이, 이 건방진 녀석이!

소설 속 나이로 치자면, 20대 초반인 황자는 저보다 한참 연하였다.

윤수의 목 언저리 부근이 붉게 변했다.

"뭘 벌써 결혼을 해? 20살 성인이 되는 그때가 바로 결혼 적령기라는 건 네 세계에서나 그렇지, 내 쪽은 달라."

"진짜인가? 핑계가 아니고?"

이게!

윤수는 그의 팔뚝을 마구 때리려다 말고 슬그머니 손을 내렸다. 어느새 그와 무척이나 친근한 사이가 된 것 같아 어쩐지 기분이 묘했다.

"아무튼 아니라고. 뭐, 우리 부모님은 얼른 시집이나 갔으면 하는 눈치지만."

"흐음."

그 이야기를 끝으로 주거니 받거니 하던 대화가 잠시 끊겼다. 무슨 생각을 하는지 전혀 알 수 없는 카이트의 무표정한 옆모습을 바라보며 윤수가 간절한 목소리로 말했다.

"내가 없어진 것을 알면 온 집안이 발칵 뒤집어질 거야. 그러니 우리 부모님 쓰러지기 전에 더더욱 빨리 돌아가야만 해, 나는. 내 말 알겠지?"

계속된 부모님 생각에 저절로 가슴이 울컥 아파온 그 때였다.

"걱정 마라. 이번 일만 끝나면 내 검을 걸고 널 무사히 돌려보내 줄 것을 약속할 테니."

그녀의 손 위로 따뜻하고 보드라운 기운이 화악 덮쳐 왔다.

두 눈을 크게 뜬 채 고개를 내리자, 카이트의 커다란 손이 제 손을 감싸고 있는 것이 시야에 들어왔다.

그는 다른 한 손에 빼어든 검의 끝을 상대의 발아래로 향하게 만들었다.

페어라센의 검사들이 행하는 약속과 맹세의 의미였다.

"네 가족들에게는 무척이나 미안하게 생각하고 있다."

"그, 그래……."

진심 어린 그의 사과에 윤수는 그렇게 대답하는 게 고작이었다. 카이트는 한동안 잡은 손을 놓지 않은 채 묵묵히 고개를 숙이고만 있었다.

잠깐, 왜 멋대로 캐릭터 붕괴를 시키는 거야.

넌 이런 느낌이 아니라고. 3황자 아인젠카이트는 원래 야만적인 남자라는 걸 잊지 마!

그렇게 마음속으로 외치며 이제 그만 손을 빼려 했지만, 그는 요지부동이었다.

얼굴에 확확 열이 오르기 시작했다.

너무 뜨거운 나머지 손부채질이라도 하지 않고는 못 견딜 지경이다.

"와, 씨! ……별! 그래, 별 한번 더럽게 크네!"

당황함을 숨기려다 보니 평소 잘 쓰지도 않는 거친 말까지 튀어나오고 말았다.

다른 사람도 아닌 카이트와 이런 로맨틱한 상황에 놓여 있는 게 윤수에게는 무척이나 어색한 일이었다.

단둘이 밤을 지새우는 것도 모자라, 이렇게 끝내주는 풍경 속에서 함께 별이 지는 것을 헤아리다니.

맞잡은 서로의 손 안으로 땀이 스몄다.

카이트의 체온이 특별히 높은 걸까, 그도 아니면 내가 진짜 열이 나는 상태인가 하는 알쏭달쏭함이 점점 더 강하게 자라날 때였다.

"결혼 하니까 생각이 났는데, 이 나라의 연인들은 사랑의 증표로 상대방의 성을 자신의 이름에 붙이곤 하지. 이것도 네가 살던 곳의 풍습을 그대로 가져 온 건가?"

"그건 아니야. 전혀 달라."

"그렇군. 유감이네. 내 이름을 주고 싶은 연인을 만난다는 건, 이런 나에게도 몹시 낭만적으로 다가왔거든."

대화가 점점 묘한 쪽으로 흐르기 시작했다.

아아, 이것 참.

이 손이라도 놓고 말했으면 좋겠는데.

꼴깍—

윤수의 목구멍 안쪽에서 노골적으로 침이 넘어가는 소리가 들렸다.

황자의 손은 거친 흉터로 가득했지만 대신 몹시 따듯했다. 그 안에서 손가락을 꼼지락거리면 기다렸다는 듯 점점 강하게 잡아 온다.

"그러고 보니 네게 묻고 싶은 게 있었다."

"마, 말해."

윤수는 벌써 눈을 마주치지도 못할 정도로 그를 한껏 의식하고 있음을 깨달았다.

저를 뚫어지게 바라보고 있는 강렬한 붉은색 눈동자에서 애써 시선을 돌리며, 그녀는 제가 또 카이트에게 무슨 잘못을 저질렀는지를 온 사력을 다해 떠올리고 있었다.

두 형들과는 비교조차 되지 않을 정도로 영특했던 황제 후보를 이 나라 최고의 무서운 악역으로 재탄생시켰고, 아버지의 역정을 사 어린 나이에 황궁에서 쫓겨나도록 만들었으며, 또 이렇게 근사하게 장성할 때까지 키스는커녕 단 한 번의 첫사랑, 아니 그 흔한 짝사랑조차 해 보지 못한 남자로 설정해 버린 것…….

이런, 젠장.

잘못한 게 한두 가지가 아니잖아.

'앗, 잠깐만. 남자?'

순간 윤수의 두 눈이 벼락에라도 맞은 사람처럼 번쩍 뜨였다.

"지금부터 내가 묻는 것에 솔직하게 대답해 주겠다고 약속해."

"으, 으응."

있잖아, 카이트. 네가 몰라서 하는 말인데, 주인공들 다음으로 조연 커플의 로맨스는 종종 등장할 수 있어도, 악역의 러브 라인까지 써주는 소설은 여태껏 없었다구!

그녀는 그렇게 소리치고 싶은 걸 참아가며, 침을 꿀꺽 삼켰다.

사실 지금까지는 단순한 캐릭터로만 여겼는데, 화내고 웃고 울며 부딪치다 보니 황자는 실제로 살아 있는 한 명의 어엿한 청년이었다.

그렇다. 3황자는 남자다.

그것도 검을 휘두를 때는 인정사정 봐주지 않는 페어라센 최
강의 상남자.

그녀는 흘끗 카이트에게로 시선을 돌렸다.

그러고는 제 얼굴을 잡아먹을 듯 바라보는—어쩐지 그렇게
보이는 그의 눈빛에 화들짝 놀라고 말았다.

"묻고 싶은 게 뭔데?"

"그러고 보니 왜 그랬지?"

"……뭘?"

유독 둥글고 큰 그녀의 두 눈이 더욱 휘둥그레 떠졌다.

이건 분명 조금 위험한 상황이었다.

지금껏 줄곧 의식하지 못하고 있었던 것이 이상할 정도로 말
이다.

기본적으로는 냉정한 기질을 지니고 있지만 가끔은 욱하는
면도 있는 것 같은데, 그런 그가 이상한 마음을 먹으면 그때는
정말 큰일이다. 어쩐지 평소 하지도 않는 사과를 다 해가며 낭만
적인 연인 운운하는 것이 영 심상찮더라니.

그렇게 생각하는 윤수의 목 뒤로 자잘한 소름이 돋았다.

뿐만 아니라 이곳에는 그 어디에도 저를 보호해 줄 데가 없는
것은 물론, 이 한 몸 의탁할 곳조차 없지 않은가.

다른 주인공들을 찾아가 내가 너희들을 만든 작가라고 밝혀

봤자 미친 사람 취급만 받을 테고, 그러니 더더욱 카이트 외에는 아무도 의지할 자가 없었다.

물론 황제의 자리를 걸고 거래를 했으니 쉽사리 죽이지는 않겠지만, 혹시 이 녀석이 아주 나쁜 짓을 하면 어떡하지?

그녀는 아무도 모르게 슬금슬금 옆으로 발걸음을 옮겼다.

괜한 걱정으로 커진 염려는 풍부한 상상력에 힘입어 엄청난 기우를 낳았다.

애써 불안한 마음을 털어보려 해도 소용이 없었다.

그녀의 머릿속에는 이미 화를 참지 못해 폭발하는 카이트의 모습이 그림처럼 그려졌다.

'불행히도 나는 사랑하는 여인을 만나보지도 못한 채 이미 결혼 적령기를 훌쩍 넘기고 말았지! 악역을 떠넘긴 것도 모자라 날 모태 솔로로 만들어?! 정말 지독한 짓을 했어, 넌. 절대로 용서 못 한다.'

만약 그가 저런 식으로 분을 못 이겨 달려들면 재빨리 미안하다 말하고 사죄의 의미로 무릎을 꿇자.

아니, 아니다.

대체 무엇으로 환생할지 두렵지도 않느냐며 협박을 하는 편이 더 나을까!?

그런 갈등을 하던 순간.

카이트가 갑자기 낮은 탄성을 내질렀다.

"흐음. 아무리 생각해도 알 수가 없군."

"으응?"

안 그래도 두근거리던 윤수의 심장이 덕분에 더욱 작게 졸아들었다.

"이왕지사 마녀를 만났으니 묻는 건데 말이야."

"뭔데……?"

"대체 날 왜 그렇게 써놓은 거지?"

올 게 왔구나.

윤수는 두려움에 가득 찬 두 눈을 마구 깜빡였다.

"뭐, 뭐, 뭐가?"

그뿐만 아니라 드물게 말을 더듬기 시작했다.

"……이봐, 너 어디 아픈가?"

카이트는 고개를 갸우뚱거리며 한 걸음씩 멀어지고 있는 그녀의 곁으로 스윽 다가갔다.

"왜 그렇게 몸을 떠는 거지?"

그렇게 말하며 잡고 있던 손을 확 잡아당기려는 순간.

"그냥 거기서 이야기해!"

팔을 잡으며 그녀가 버텼다.

"대체 왜 그러는 거야?"

사실 그는 아까 이야기했던 연인의 징표―서로의 이름에 상대방의 성을 붙이는 페어라셴의 관습을 줄곧 떠올리고 있었다.

덕분에 평소 늘 궁금해 했던 것이 떠올랐다.

바로 '아인젠카이트'라는 이름에도 부여된 의미가 있을까 하는 거였다. 마녀는 무슨 생각으로 나의 이름을 지어 준 것일까, 단지 그게 알고 싶었을 뿐인데.

왜 저러나 싶을 정도로 새하얗게 질린 채 파들거리는 그녀의 모습이 심상치 않아 보였다.

덕분에 윤수는 그의 걱정을 단단히 샀다.

이 여자가 아파도 어딘가가 몹시 아픈 모양이었다.

카이트의 미간 사이가 와작 구겨졌다.

외부 세계에서 온 마녀가 병이라도 걸리면 큰일이다. 혹시 이곳의 약 따위는 듣지 않을 수도 있으니까 말이다.

아무래도 열이라도 재보는 편이 나을까 싶어 그녀의 이마 위로 제 이마가 닿을 때까지 고개를 내리던 순간.

갑자기 거센 비명이 터졌다.

"꺄아악!"

화들짝 놀란 틈을 타 손을 잽싸게 뿌리친 윤수는 나무 뒤쪽으로 쪼르르 도망치며 외쳤다.

"으…… 내가 다 잘못했어, 미안! 너, 너처럼 근사한 남자를 모태 솔로로 만들어 버리다니…… 진짜 미안해! 그간 키스, 아니 뽀뽀도 한 번 못 해보고 참 외로웠지? 다시 한 번 사과할게……!"

"……뭐라고?"

윤수의 주절거림을 멍청히 듣고 있던 카이트의 얼굴이 벌겋게 달아오른 건 그로부터 수 초가 지난 후였다.

"야한 짓을 하고 싶으면 나중에 황제가 되어서 추, 충분히 할 수 있도록 써 줄 테니까."

대체 이 여자가 무슨 말을 지껄이는 거야!

카이트는 애꿎은 얼굴을 거칠게 쓰다듬었다.

그는 모르고 있겠지만, 이마 끝까지 걷잡을 수 없이 죄다 빨개져 있었다. 평생 단 한 번도 생각해 본 적 없는 야릇한 내용을 쉴새 없이 지껄이는 마녀 때문에, 카이트는 그야말로 혼이 쏙 빠져달아났다고 해도 과언이 아니었다.

'도대체 저리 부끄러운 이야기를 어떻게 이토록 스스럼없이 할 수 있는가!'

붉어진 얼굴을 손으로 쓱쓱 몇 번이고 문질러 보았지만, 그녀는 입을 멈출 생각이 없어 보였다.

"지쳐 쓰러질 때까지!"

"누가 그따위 교양머리 없는 짐승 같은 짓을……!"

하지면 윤수는 계속해서 제 변호도 할 겸, 어떻게든 그의 기분을 맞춰 주지 않으면 안 된다는 일념하에 매우 노력하는 중이었다.

"사실 요즘은 로맨스 판타지에 역하렘이 유행이긴 하지만…… 아니다, 까짓것 남성향 라노벨의 주인공으로 써주면 되잖아? 제목은…… 으음, 그래. 〈수백 명의 황비들에게 둘러싸여 버렸습니다〉, 같은 거 어때? 괜찮지? 그러니까 이왕 지금까지 열심히 참은 거, 조금만 더 참아, 응?"

"수백 명의 황비……?"

이제 그는 견딜 수 없을 정도로 얼굴이 화끈거렸다.

"나는 뭐든지 이뤄 줄 수 있어. 네가 하고 싶은 것 전부를 다. 물론 절륜한 황제도 문제없다고!"

이제 보니 마녀의 또 다른 문제는, 상상력이 너무나 풍부하다는 것에 있었다.

카이트의 심장이 거의 난동을 부리는 수준으로 쿵쾅댔다. 연인은커녕, 성의 하녀들 외에 그 어떤 여자와도 말조차 섞은 적 없었던 그였다. 물론 그것도 자신이 악역이었기 때문이라는 사실은 아직 미처 모르고 있었지만.

"정말 미쳤군. 아직 날 신뢰하지 않는다는 건 상관없지만, 대체 사람을 뭐로 보는 거지? 나는 황족이다. 그런 사사로운 욕구 따위에 흔들리지 않아!"

하지만 그녀는 여전히 듣고 있지 않았다.

"황제 자리 받고 추가 옵션으로 꼭 절륜남으로 만들어 줄게. 그러니 제발 용서해 줘."

"이 여자가 진짜…… 내가 언제 그따위 소원을 바란다고 했나?"

"괜찮아, 난 네 맘 다 이해한대도."

"필요 없다!"

이쯤 되면 수치심에 얼굴이 터진다 해도 이상하지 않았다. 마녀는 음흉하기까지 했다.

"이건 내 성의니까 사양하지 마. 그러니까 나만은 네게 그런 대상이 되어선 안 돼. 알겠지? 그래, 지금부터는 나를 부디 페라트처럼, 너와 뜨거운 우정을 나눌 수 있는 남자로 생각하는 게 어때?"

"이봐, 잠깐. 그쪽으로 너무 가지 마. 위험해……!"

"위험하긴 네가 제일 위험…… 꺄아악!"

뒤를 보지도 않고 주춤주춤 뒷걸음질 치던 그녀의 몸이 기우뚱하고 크게 흔들렸다. 귓가를 찢는 비명과 함께 아래로 몸이 훅 미끄러진 윤수의 팔을 다급히 잡으려다, 카이트도 그만 균형을 잃고 발을 헛딛고 말았다.

"으악!"

쿵, 쿠웅.

픽—!

"윽, 아!"

"크윽……!"

푹신하면서도 단단한 곳에 몇 번이고 몸을 텅텅 부딪혀가며 그들은 사이좋게 아래로 굴러 떨어졌다.

"어헉!"

첨벙 소리를 내며 더러운 진흙탕에 먼저 입수한 것은 카이트였고, 윤수가 그 위를 기다렸다는 듯 덮쳤다.

가슴에 그녀의 몸이 정통으로 내리꽂히자 절로 컥 하는 신음 소리가 터져 나왔다.

"너 진짜……."

죽고 싶은가?!

차마 뒷말을 잇지는 못했지만 저를 노려보는 카이트의 눈은 그렇게 말하고 있었다.

둘 다 똑같이 진흙을 뒤집어쓴 꼴이 참으로 볼만했다.

여기저기 부딪힌 온몸이 아팠지만 윤수는 찍 소리도 못 하고 괜히 얼굴을 쓱쓱 문질렀다.

"하, 그런 발칙한 상상을 했을 줄이야. 설마 내가 널 여자로 볼까 봐 걱정했나?"

"그게…… 아니, 사실 그렇잖아. 깜깜한 숲 속에서 지나다니는 사람은 아무도 없는데 너는 무, 무기까지 가지고 있으니까."

윤수는 민망함을 이기지 못하고 웅얼거리듯 변명을 이어갔다.

"……내 명예를 위해 미리 말해 두는데."

이를 악문 채 흘려보내는 듯 조용한 음성이었지만, 그 속에는 이미 씩씩거리는 분노가 가득 실려 있었다.

"내 이상형은 적어도 한눈에 여자란 걸 알아볼 수 있는 여자다. 알겠나! 이런 짧은 머리에 대책 없는 사고뭉치가 아니라!"

카이트는 아직도 제 위에 다소곳이 앉아 있는 윤수에게서 시선을 떼지 않은 채 버럭 소리를 질렀다.

"밤새 이러고 있지 않을 거라면 썩 비켜!"

"미, 미안해."

"젠장, 아파 죽겠군!"

그렇게 말하고 카이트는 결국 먼저 몸을 벌떡 일으켰다.

"아야얏. 으, 미, 미안."

그의 위에서 데굴데굴 굴러 떨어지면서도 윤수는 참을 수 없는 민망함에 오로지 미안하단 말만을 되풀이 했다.

덕분에 원래의 색으로 돌아오긴 할까 우려될 정도로 빨개지고야 만 카이트의 얼굴을 미처 알아채지 못한 그녀는, 그저 겸연쩍은 얼굴로 코끝을 긁을 뿐이었다.

온몸이 다 진흙투성이가 되어 버린 두 사람은 결국 나무 위로 다시 올라가지 못하고 그나마 마른자리 위에서 해가 뜨기를 기다렸다.

"근데 이러고 있다가 또 마물이라도 나타나면……."

"계약을 한 자들이 아니면 잠든 마물이 깨어날 일은 없다고 했잖아. 대체 몇 번이나 말해 줘야 하는 거지?"

제 말을 끝까지 듣지도 않고 싹둑 잘라 버리는 그는 여전히 퉁명스러웠다.

온몸이 온통 축축했고 움직이는 관절마다 뻐근한 통증이 느껴졌지만 그보다 아픈 것은 상처받은 마음이었다.

이거 생각하면 생각할수록 슬쩍 부아가 치민다. 날 더러 여자로 보이지도 않는 사고뭉치라니!

물론 소설 속에 등장하는 인물은 엑스트라조차 평범한 사람이 없었다. 어쨌든 황제를 한 번에 유혹할 만큼 그의 어머니는 대단한 미모의 소유자였고, 황가(皇家)의 구성원들을 모두 포함해 성 안에 있는 사람이라면 계단의 먼지를 터는 하녀조차 예뻤다.

그러니까 이건 변명이 아니라 정말 억울해서 말하는 건데, 자신은 절대로 못 봐줄 정도의 외모는 아니라고 생각한다.

물론 근거 없는 자신감이라고 하면 할 말은 없지만.

그래도 이 세계 여자들이 죄다 필요 이상으로 발육과 미모가 좋은 건 사실이다.

그것도 따지자면 다 내 덕분인데!

사실 말이 나왔으니 말인데, 소설이나 만화 속 캐릭터들을 어찌 저 같은 현실 인물과 비교할 수 있겠는가?

큰 키와 긴 다리를 기본으로 탑재한 조각 같은 몸매에 아기 같은 피부, 조막만 한 얼굴이 이곳에서는 보통 축에 속한다지만 그건 어디까지나 여기가 소설 속이기 때문이다.

그러니까 카이트 같은 남자는 현실에서는 절대로 있을 수도, 만날 수도 없는 존재 그 자체란 말이다.

"이제 슬슬 성으로 돌아가지. 저 멀리서 동이 터오니까, 조금 뒤면 길이 훤히 보일 거다."

하지만 윤수의 이런 마음을 알 길이 없는 카이트는 말을 끝마치자마자 벌떡 몸을 일으켜 저 혼자 발걸음을 떼었다. 그녀는 뒤에 남은 절 신경도 쓰지 않은 채 저벅저벅 앞으로 걸어가는 그의 뒷모습을 바라보며 고개를 가만히 가로저었다.

3황자를 차기작 주인공으로 썼으면 정말 꽤나 곤란한 상황이 벌어졌을지도 모른다는 생각이 들었기 때문이었다.

저런 남자가 여자주인공에게 다정한 사랑을 속삭이거나, 혹은 뜨거운 밤을 열정적으로 불태우는 모습을 보여줄 수 있을까?

로맨스 판타지에서 '로맨스'라는 단어는 빼버리고 오로지 '판타지'뿐이라면 또 몰라도 말이다.

그렇다면 장르는 역시 먼치킨물이나 영지물?

하지만 그러한 생각에 빠진 것도 잠시.

점점 더 멀어지는 뒷모습에 퍼뜩 정신이 들었다.

"어어, 나도 같이 가아!"

하지만 카이트는 조금도 뒤돌아보지 않았다.

조금 야속한 마음으로 그녀는 그의 발걸음을 후다닥 따랐다.

＊　　＊　　＊

"좋은 아침입니다, 여러분. 무사히 돌아오셨군요……!"

성문을 열자 제일 먼저 반색을 하며 나타난 것은 밤새 잠을 자지 못한 듯 붉게 충혈된 눈을 한 페라트였다.

하지만 두 사람의 몰골을 확인한 그는 현명하게도 와락 뛰어들 기세를 바로 접었다.

"……일단 두 분 다 목욕부터 하실까요?"

딱 벌린 입을 다물지 못한 채 몸을 한쪽으로 비켜서는 페라트 옆으로 카이트가 고개를 끄덕이며 발걸음을 재촉했다.

그가 성 안으로 들어오자 일렬로 도열해 있던 하인들이 남녀노소 할 것 없이 허리를 숙였다.

황폐한 토지 위에 홀로 외롭게 서 있는 가난한 북쪽 성.

그래도 좋으니 이곳에서 일을 시켜달라며 찾아온 사람들이니만큼, 하인 중 과거에 처절한 사연이 없는 자는 아무도 없었다. 그야말로 황가(皇家)에서 버려진 황자에게 딱 어울리는 고용인들이었다. 그렇기에 하인들과 카이트 간의 유대 관계는 더할 나위 없이 끈끈했다.

하지만 요즘은 그런 하인들도 카이트를 두려워하고 있었다.

왜냐하면 자신들의 귀에도 들려오는 이야기가 있었기 때문이다.

물론 페라트가 입단속을 철저하게 시키고 있기는 하지만, 괴한들에게 한쪽 눈을 잃고 말았다는 사실부터 시작해서, 마녀에게 영혼을 팔아 다시 태어났다는 황당무계한 소리에 이르기까지 온갖 말들이 떠돌았다.

특히나 소문의 내용이 괴이하면 괴이할수록 그것은 하루가 멀다 하고 일파만파 퍼져나갔다. 그리고 그게 사실이라는 걸 입증이라도 시켜주듯, 황자는 이상한 여자와 함께 보란 듯이 살아 돌아왔다.

그러나 하인들의 밤잠을 설치게 만드는 이유는 그것뿐만이 아니었다.

그가 페어라센에서 잠시 자취를 감춘 새, 3황자는 어느새 반역자의 상징으로 알음알음 자리 잡고 말았다.

'카이트 님이 설마 그런 짓을 저지르셨을 리가 없어.'

물론 3황자를 누구보다 가까이 지켜본 그들은 대부분 이런 생각을 지니고 있었다. 하지만 황제의 전복을 꿈꿨다는 그 누명을 벗기 전까지 3황자는 어쨌든 대역죄인 취급을 받게 될 터. 그러니 그를 위해 일했던 자신들의 운명도 한 치 앞을 알 수 없으리라.

게다가 마녀라고 불리는 여자가 비밀리에 성에서 머물게 된 것 역시 너무나 수상쩍은 일이었다.

정말 카이트 님이 저 마녀를 이용해 엄청난 일을 저지르려는 건 아니시겠지!

그런 생각으로 모두가 숨도 제대로 쉬지 못하는 가운데, 카이트는 찐득한 진흙이 뚝뚝 묻어나는 발걸음을 성큼성큼 내디뎠다.

"죄송합니다. 주인님. 도망간 말들은 죄다 붙잡긴 했지만, 그 뒤 억수처럼 쏟아지는 비 때문에 다시 돌아갈 수 없었습니다. 발자국도 전부 지워져서 저까지 섣불리 움직였다간 길을 잃을 것 같아서요."

"그럴 거라고 생각했다."

"그런데 간밤에는 대체 어디 계셨습니까? 좀 주무시긴 하셨나요?"

"너 같으면 몰골이 이런데 잘 수 있었겠나?"

카이트는 제 눈치를 살살 보던 페라트에게 괜히 목소리를 높인 후, 더욱 빠른 걸음으로 씩씩거리며 제 방을 향해 걸어가 버렸다.

마녀 덕분에 얼굴에는 아직도 뜨끈한 열기가 가득해서, 우선은 찬물을 좀 뒤집어써야겠다는 생각을 했다는 것은 오로지 카이트 본인만이 알고 있으리라.

홀로 남은 윤수를 위해 카이트 대신 명령을 내려준 것도 페라트였다.

"자, 어서 마녀님을 욕실로 안내해 드리십시오."

그 말에 여전히 겁먹은 듯한 표정의 하녀들이 일사불란하게 움직였다. 페라트는 피곤한 얼굴을 하고 있는 윤수를 향해 차분하게 말을 이었다.

"우선은 씻고 뭘 좀 드십시오. 그 후에 앞으로의 계획에 대해 이야기 좀 해 볼까요?"

"어떤 계획인데요?"

"마녀님을 무사히 원래 세계로 돌려보내는 것과 당신이 그 기회를 악용해 절대로 도망치지 못하도록 만드는, 그런 철저한 계획이지요."

그 순간 손에 말라붙은 진흙을 국수 반죽처럼 죽죽 떼어 내던 윤수의 미간이 살풋 찌그러졌다.

그 누구도 제 편이 없기는, 저 역시 마찬가지였다.

직장에서 아무리 많은 입방아를 타고 오르내렸어도 혼자라는 사실이 누구보다 편했던 자신인데, 어째서 지금 이 순간 묘한 서운함을 느끼는 건지 모를 일이었다.

"잠깐 악용한다니. 나는 그러니까…… 협력자라고요. 특히 3

황자에게는 절대로 없어서는 안 되는 협력자."

"협력자요?"

뒤돌아 걸어가려던 페라트의 몸이 그 순간 우뚝 멈추어 섰다. 그는 윤수를 향해 천천히 몸을 돌렸다.

"양피지의 힘을 깨달으신 후 당신이 제일 처음 적은 소원이 무엇이었는지 그새 잊으신 건 아닙니까?"

"네?"

윤수는 여전히 어안이 벙벙했다.

"누구도 당신을 따라잡지 못하게끔 빠르게 달아날 수 있는 능력을 소망한 게, 정말 협력자로서 필요한 것이었나요?"

"……."

생각지도 못했던 날카로운 지적에 윤수의 말문이 막혔다.

물론 진짜로 3황자에게서 벗어나기 위한 목적으로 적은 것은 아니었다지만, 어쨌든 '도주'는 그녀가 무의식적으로 가장 먼저 바랐던 소원임에 틀림없었다.

지금 이 순간에도 가장 이루고 싶은 건 역시 이 세계로부터의 탈출이었으니까.

그 속마음을 단숨에 간파한 페라트의 눈빛은 마치 과녁을 향해 쏘아지는 화살처럼 거침이 없었다. 그리고 그것은 얼어 버린 송곳처럼 그녀의 심장 한가운데를 꿰뚫고 들어왔다.

"마녀님. 잊지 마십시오. 당신이 비록 이곳을 만든 분이라 해도, 저는 누구보다 카이트 님의 안위를 최우선으로 생각하는 남자입니다. 당신이 협력자인지 아니면 방해자인지는 모든 것의 결과를 보면 알게 되겠지요. 아시겠습니까? 소설에 등장하는 여러 인물 중에서도 행복한 결말을 위해서라면 반드시 필요한 것이 있기 마련이죠."

페라트는 그 외에는 아무것도 묻지 않았다.

간밤에 어디에서 무얼 했는지, 카이트와 별일은 없었는지 등에 관한—예상 가능한 모든 걸 말이다.

필요한 것.

그 말은 윤수를 또 다른 의미로 오싹하게 만들었다.

철저한 계획이라는 건 자신을 소모품처럼 철저하게 이용할 것이다, 라는 말을 돌려 한 것에 지나지 않았다.

수백 장으로 이루어져 있는 소설 속에서 한 페이지 남짓한 분량으로 겨우 등장하는 게 전부인데도, 하필이면 결말 부분에서 주인공을 위해 기꺼이 죽어야만 하는 불행한 엑스트라.

그녀는 본인이 그렇게 될지도 모른다고 생각했다.

"혹시 제 이야기가 분수에 지나쳤다면 사죄드립니다. 그럼, 실례하겠습니다."

허리를 굽혔다 핀 페라트의 입가에는 어느새 특유의 냉정한 미소가 돌아와 있었다.

그걸 바라보던 윤수의 기분은 또다시 몹시 묘해지고 말았다.

손끝에서부터 시작된 알 수 없는 저릿한 감각이 전신에 퍼져 올랐다.

페라트 때문에 가라앉았던 마음이 조금이나마 풀린 것은 온몸을 녹일 것 같은 따듯한 목욕물 덕분이었다.

"으아, 하. 시원해. 흐아, 시원하다……."

욕조에 몸을 담그자 구수한 추임새가 연신 튀어나왔다.

흔히들 묘사하는 것처럼 바닥에 반짝반짝한 금칠이 되어 있거나 값비싼 옥과 산호 조각 등으로 만든 분수가 위풍당당하게 세워진 호화로운 곳은 아니었지만, 그래도 넓은 욕실의 벽에 아로새겨진 조각들이 꽤나 아름다워서 그녀는 몹시 만족스러웠다.

숲속에서 밤새 노숙을 했더니 지금의 이런 행복이 너무나 호사스럽게 느껴진다.

게다가 아까 슬쩍 엿들은 하녀들의 말로 미루어 보건대, 원래여긴 아무나 쓸 수 있는 곳이 아닌 것 같았다.

성의 주인이 특별히 허락하지 않는 이상 발을 들일 수 없는, 즉 황족만을 위한 장소.

그러니까 그런 곳을 날 위해 양보했다 이거지?

헤실헤실 올라간 입가만큼이나 3황자에 대한 평가가 조금 높아지려는 찰나, 카이트가 심술궂게 내뱉은 고함이 윤수의 마음속을 다시금 쾅쾅 때렸다.

"내 타입은 적어도 한눈에 여자란 걸 알아볼 수 있는 여
자다!"

"그래도 본질이 어디 가겠어? 젠장, 그 녀석은 입만 열면 사람
기죽이는 주특기를 가지고 있음에 틀림없어."

아닌 게 아니라 황자는 알면 알수록 구박 하나는 기가 막히게
잘하는 남자였다. 하지만 그런 것에 특히 단련된 맷집의 소유자
하면 또 나 이윤수 아닌가.

'여직원 무리가 행하던 온갖 구박에서도 살아남은 나다!'

그렇게 생각하니 고개가 절로 끄덕여졌다. 결의에 가득 찬 손
길로 욕조의 물을 얼굴에 찰박찰박 끼얹었는데, 저 멀리 서 있는
무리가 눈에 들어왔다.

"그나저나 오늘도 또 저기서 저러고 계시네."

그녀의 마음을 불편하게 한 것은, 욕조 근처에도 다가오지 못
하고 입구 옆에 바짝 붙어 선 여인들이었다.

모두가 카이트의 명을 받아 페라트가 특별히 엄선한 시녀들
이었다.

그녀들을 의식한 순간 윤수는 저도 모르게 몸을 웅크렸다.

공중목욕탕이라면 또 몰라도, 사람이 일면도 없는 타인 앞에
서 자신의 목욕 순서를 낱낱이 공개한다는 게 얼마나 쑥스러운
일인가.

윤수는 하녀들을 향해 조심스럽게 입을 열었다.

"그러지 말고 어서 다른 일들 보셔요. 바쁘실 텐데……."

"아닙니다."

"아니 글쎄, 정말 나가셔도 괜찮다니까요."

"그럴 수는 없습니다. 페라트 님께서 불호령을 내리실 거여요."

윤수가 재차 채근하자 그중 가장 우두머리 격으로 보이는 금 발 여자 한 명이 화들짝 놀라 손사래를 쳤다.

"그럼 차라리 옆으로 오시지 않겠어요? 그러고 계시면 마치 사람들 앞에서 강제 목욕 시연을 당하는 강아지가 된 듯한 기분 이 든다고요."

하지만 그녀들은 여전히 요지부동이었다.

그 모습을 보아하니 하녀들에게 있어 윤수는 그야말로 보스 급 몬스터, 아니 마녀로 여겨지는 것 같았다.

그도 그럴 것이 죽은 줄로만 알았던 황자가 땅을 헤치고 홀쩍 등장한 데다가, 그의 품에 안겨 갑자기 나타난 본인이 이세계에 서 온 정체불명의 마녀라고 하니, 겁을 집어먹지 않는 것이 되레 더 이상하리라.

"해치지 않아요."

"그, 그런 게 아니라 저희는 그저……."

여전히 우물쭈물대고 있는 여자들을 향해 윤수는 엣헴하고 헛기침을 했다.

그러고는 오늘도 저를 구경만 하고 있을 거라면 꼭 한번 던져 보리라 마음먹었던 멘트를 들으라는 듯 읊었다.

"목욕 중인 마녀의 피부를 만지거나 그 물에 손을 담그면, 내일 아침 턱이 조붓해지면서 얼굴이 갸름해질 텐데, 참으로 아쉽네. 여자한테 참 좋은데 설명할 방법이⋯⋯."

"정말인가요?!"

그렇게 말하자마자 흥분을 참지 못하고 맞받아치는 누군가의 목소리가 들렸다. 장본인이 황급히 입을 막아버린 탓에 누가 말한 건지 보지는 못했지만, 대신 윤수는 반짝이는 그녀들의 눈동자를 놓치지 않고 알아차렸다.

"사양 말고들 오세요. 얼굴이 작아지고 싶지 않습니까? 아름다움을 유지시켜 드리지요."

그러자 하녀들이 차츰차츰 앞으로 걸어 나왔다. 그러더니 이내 제 곁으로 우르르 몰려들었다.

역시 모든 여자들이 작은 얼굴이 되기를 소망하는 것은 만고불변의 진리라니까.

어쨌든 나중에 3황자의 소원을 들어줄 때 그녀들도 빠트리지 않고 챙겨 줄 셈이었다. 그녀는 약속을 지키는 사람이니까.

"어쩜, 정말 피부가 좋으세요. 체구는 조금 작은 편이긴 하지만, 그래도 덕분에 엄청 날씬해 보이세요!"

"게다가 이 비단결 같은 머리카락은 어떻고! 단발인 게 너무 아쉬울 정도라니까. 저, 정말 악랄한 마녀가 아니란 말씀이시지요?"

"자, 이것도 한번 써 보시지요. 요하네스 베리의 향과 클레터 로제의 엑기스를 섞은 아로마 오일이랍니다. 황제 폐하의 성에서는 발에 차일만큼 흔한 것이지만, 이곳에서는 아주 귀한 물건이어요."

게다가 여자들의 영원한 관심사인 미용에 관한 화제는, 윤수에 대한 두려움을 조금 더 낮춰주는 데 매우 효과적이었다.

생각해 보면 누군가에게 먼저 마음을 열고 손을 건네는 것이 제 인생에서는 거의 처음 있는 일이 아닌가 싶었다.

온 사방을 가득 채운 향기로운 훈증 탓일까, 그도 아니면 실로 오랜만에 타인과 이처럼 사사로운 대화를 나눈 탓일까.

언제나 외부와 선을 그은 채, 그걸 누군가 넘어오진 않을지 늘 경계를 일삼았던 날 선 마음에 이루 말할 수 없는 따스함이 스몄다.

"그래요? 황제의 성에는 이런 게 많다니, 역시 수도에 있는 황궁은 이곳과 달라도 아주 다른가 보군요. 여러분들은 그곳에 가 보신 적이 있나요?"

윤수가 모른 척 묻자 젊은 시녀 하나가 그 즉시 촉새처럼 대답했다.

"그럼요. 기본적으로 저희 같은 일꾼들은 대부분 한 지역에만 눌러앉아 있는 게 아니라 일자리를 찾아 이곳저곳을 떠돌기 마련이거든요. 아무래도 황제 폐하가 계신 중앙의 수도, 프라흐트볼에는 취직할 곳이 꽤나 많죠. 물론 급여는 궁의 하녀 일이 제일 좋은 편이긴 하지만……."

"수도 프라흐트볼!"

익숙한-본인이 만들었으므로-지명이 귀에 들리자 윤수가 탄성을 질렀다.

"마녀님은 아직 프라흐트볼에 가 보신 적이 없으신가요? 엄청나게 복잡하고 활기찬 도시예요. 상인의 부탁으로 물건을 싣고 떠나는 마부에게 3크마(Crma) 정도를 몰래 줘어 주면 종종 태워 준답니다. 물론 짐칸에 자리가 났을 때 이야기지만요."

순간 두 눈이 반짝 빛났다.

"3크마를 벌려면 얼마나 일해야 하는데요?"

까르르 울려 퍼지는 웃음소리와 함께 여자들의 수다는 계속 되었다.

"어쩜, 이토록 세상 물정에 어두우신 것을 보니 정말 마녀님이 맞나 보군요. 아이 참, 보통 주급이 30크마 정도잖아요. 물론 수 도나 황궁의 일은 그것보다 좀 더 높고요."

"아, 그래요."

윤수는 일부러 관심 없는 척 심드렁한 목소리로 대답했다.

크마가 페어라센의 화폐라는 것은 물론 잘 알고 있었다. 그것 역시 제가 만든 거니까. 하지만 실질적인 물가가 대략 어느 정도 인지를 도통 가늠할 수가 없다는 게 문제였다.

그러고 보니 오늘 새벽이슬을 맞으며 성으로 돌아왔을 때, 커다란 성문밖에 아주 이른 아침부터 각종 행상들이 즐비하게 모여 있던 것을 보았다. 그중 한 여인의 광주리 안에 있는 아이 얼굴만 한 빵 한 덩이 위로 1크마라고 쓰인 나무 팻말이 꽂혀 있었던 게 생각났다.

하녀의 주급에 그 빵의 가격을 대입하니 돈의 가치를 얼추 계산할 수 있었다.

흐음, 그러니까 주급의 십 분의 일 정도를 마부에게 주면 수도까지 마차를 얻어 탈 수 있다는 거지.

역시 이런 귀중한 정보를 얻기 위해서라면 무엇보다 현지인(?)과 친해지는 게 가장 중요한 법.

윤수는 속으로 조용히 콧노래를 불러가며 또다시 능청스레 물었다.

"그런데 왜 이 성에는 3황자밖에 없는 거죠? 분명 그의 어머니, 라우브루스트 여사도 함께 살고 있는 것으로 알고 있었는데."

모른 척 순진한 눈동자를 굴렸지만, 목소리에는 긴장감을 숨기기 위해 일부러 연기한 티가 이미 잔뜩 묻어나 있었다.

여기에 있는 모든 것이 제가 알고 있는 대로 제자리에서 착착 굴러가면 얼마나 좋겠느냐마는, 불행히도 그렇지 않다는 것을 깨달았다. 그러니 가장 위험하다고 생각되는 인물에 누구보다 마음이 쓰이는 건 당연한 일이었다.

자신이 그녀를 만들어 낸 장본인이라면 더더욱.

"아아, 그게 말이죠! 저희도 글쎄 깜짝 놀랐다니까요. 여사의 철천지원수인 1황자, 그러니까 오튼 님께서 손수 모셔 오라 했다나 봐요. 이곳 페어라센의 하늘과 땅이 모두 뒤집힌다 해도 그런 일은 없을 줄 알았는데. 오튼 님과 라우브루스트 여사의 사이는 개와 고양이보다 나쁘다 해도 과언이 아니거든요. 아무리 황궁이 크고 넓다지만 서로 마주치면 틀림없이 싸움이 일어날 게 뻔한데, 어떻게 두 분이 같은 곳에서 살 생각을 했을까?"

이게 또 무슨 소리야?

그저 어안이 벙벙했다. 이야기들이 마치 저들 멋대로 새끼를 치는 것 같아 어쩐지 매우 꺼림칙하다.

"여사와 그 조선 시대 선비 녀석…… 아니, 오튼 님은 왜 사이가 안 좋은데요?"

그래, 더 이상 숨길 이유가 어디 있으랴.

사실 1황자의 정체는 조선 시대의 유생이었다.

"그거야 당연하죠! 오튼 님은 가장 유력한 차기 황제 후보이니까요. 그러니 자신의 아들인 카이트 님이 황제가 되기를 오매불망 바라는 여사의 입장에서는 얼마나 눈엣가시겠어요?"

그럼 카이트의 친모는 되레 아들을 위해 황제의 성에 들어갔다는 말일까?

그녀의 머릿속이 복잡하게 돌아갔다.

"잠깐. 그럼 지금 그들은……."

생각지도 못한 이야기를 술술 쏟아 내는 하녀를 향해 윤수가 눈을 동그랗게 뜬 채 또다시 무언가를 물으려 할 때였다.

"어허, 도리스! 넌 쓸데없는 말이 너무 많구나!"

아마도 시녀장이 틀림없어 보이는 나이 든 하녀 한 명이 그녀를 엄하게 꾸짖었다. 덕분에 막 장전된 폭격기처럼 쏟아질 뻔했던 윤수의 질문난사는 시시하게 불발되고 말았다.

하지만 아예 성과가 없는 건 아니었다.

그녀들에게서 짧게나마 얻어 낸 토막 정보를 종합해 본 결과 느낄 수 있는 명확한 사실 한 가지는, 그 어떤 것도 무조건적인 단정은 하지 말아야겠다는 점이었다.

필요에 따라 각각 착하고 나쁘게 묘사했던 주변 인물들이 시시각각 변화된 모습으로 다가오지 않았나.

선하고 아름다운 청년이라고 묘사했던 페라트는 가끔씩 절향해 비수와도 같은 눈길을 보냈고, 탐욕에 눈이 멀어 아들을 나 몰라라 내팽개쳤던 라우 여사는 오히려 철천지 원수가 있는 황궁에 스스로 입궁을 자처하다니.

어느새 하녀들에게 몸을 편하게 맡긴 채 그녀는 골똘히 생각에 잠겼다.

그렇다면 그의 어머니 라우브루스트는 아군일까, 적군일까?

아직 아무것도 내린 답은 없었다.

하지만 라우 여사는 3황자의 냉혹한 면모를 보충해 주기 위해 긴급 수혈하듯 투여한 인물인 만큼, 아무래도 요주의로 분류하여 각별히 신경 쓰는 것이 좋을 것 같았다.

이곳을 창조한 마녀가 페어라센에 떨어지게 되었다는 사실을 알게 되면 욕심 많은 그 여자는 저를 영원히 놓아주지 않으려 할 지도 모르는 일이니까 말이다.

"자, 가시지요. 목욕을 마치셨으니 단장해 드리겠습니다. 사실 황자님께서는 벌써 준비를 끝마치고 집무실에서 기다리고 계신다고 해요."

듬직한 체구의 나이 든 하녀가 윤수를 채근하듯 일으켜 세웠다.

덕분에 그녀의 입술 끝이 살짝 굳어졌다.

막상 그에게 제가 알고 있는 비밀을 털어놓으려니 조금 긴장되기 시작했다. 하지만 그런 마음을 아는지 모르는지 시녀들의 숙련된 손길은 쉬지 않고 재빠르게 움직였다.

몸의 물기를 닦아주고 머리를 착착 말려주기까지, 윤수는 조금도 부끄러워할 틈이 없었다.

"명색이 마녀님이신데 이제 이런 낡은 평상복 말고 예쁜 드레스를 입으셔요."

아까 제게 쓸데없는 이야기를 한다며 꾸지람을 들었던 도리스라는 하녀가 가지고 온 것은, 반짝거리는 진주와 보랏빛 수정이 알알이 박혀 있는 하늘색 드레스였다.

그것을 윤수의 몸에 이리저리 돌려가며 입혀본 뒤에야 비로소 그녀들의 표정이 밝아졌다.

"어쩜 너무 잘 어울려요!"

오오, 그런가?

덕분에 조금 경직되어 있었던 마음이 풍선처럼 두둥실 올라갔다.

본인이 봐도 밝은 파란색의 옷감은 얼굴을 더욱 해사하게 만들어 주는 것 같았다.

게다가 경쾌하게 찰랑거리는 단발머리와 더할 나위 없이 잘 어울리는 대담하게 파인 보트넥이 가느다란 목선을 더욱 돋보이도록 했고, 어깨에서부터 골반까지 세로로 잡혀 있는 섬세한 옷 주름 덕분에 허리는 매우 날씬해 보였다.

커다란 거울을 통해 모습을 요리조리 확인하고 있는데, 뒤에서 수군대는 여인들의 목소리가 들려왔다.

"역시 도리스가 안목이 좋네."

"그렇죠? 가슴 쪽이 워낙 작게 나온 걸 일부러 골라왔거든요. 게다가 이건 기성복 중에서도 애초에 짧은 하체를 지닌 체형을 위해 만든 거래요. 이런 옷은 역시 마녀님밖에 소화 못 할 거 같아서."

"음, 마녀님은 성인 여성인 것 치고는 확실히 일반적인 체형이 아니긴 해. 이런 옷은 보통 숨도 못 쉴 정도로 상체 부분이 꽉 낄 텐데…… 하지만 마녀님은 아주 편안하시죠?"

슬슬 입가에 퍼지던 윤수의 미소는 거기에서 그대로 굳어지고 말았다.

아무래도 이 성에 살고 있는 모두는 사람을 상처 주는 데 천부적인 소질이 있는 듯했다.

"오셨습니까."

커다란 문이 조심스레 열리는 소리와 함께 등장한 윤수에게 페라트가 깍듯하게 인사를 건넸다.

"자, 이쪽으로 오시죠."

페라트는 서둘러 두꺼운 커튼 뒤로 그녀를 안내했다.

한 발자국 안으로 들어서자 허름한 북쪽 성의 안쪽이라고는 믿기 힘들 정도로 밝고 화려한 장소가 나타났다.

각 귀퉁이에는 에메랄드빛 대리석을 깎아 만든 큼지막한 꽃병이 놓여 있고, 중앙에는 널따란 테이블과 보라색 실크로 짠 장의자가 웅장하게 자리 잡았는데 바로 그곳에 카이트가 앉아 있었다.

그는 테이블 위에 긴 다리를 꼬아서 턱 올린 채로 팔짱을 끼고 있었다.

아직도 피곤이 가시지 않았는지 눈을 조용히 감고서.

"여기가 어디죠?"

"성에 방문자나 손님이 찾아왔을 때 잠시 머물게 해드리는 방이죠. 그냥 응접실 같은 곳이라고 생각하시면 됩니다. 그나저나 이제는 정말 페어라센의 여성이 되신 것 같습니다. 다른 세계에서 온 분이라고는 도저히 믿기지 않을 정도로 아름다우시군요. 그렇지 않습니까, 주인님?"

그제야 그의 눈꺼풀이 서서히 뜨였다. 페라트가 기껏 드레스를 칭찬했지만 그는 고작 슬쩍 한 번 곁눈질한 게 다였다. 그러더니 건너편 의자를 턱으로 가리켰다.

"앉아."

그 몸짓이 얼마나 자연스러운지 윤수는 저도 모르게 네, 하고 공손히 대답한 후 그곳에 얌전히 엉덩이를 붙일 뻔했다. 하지만 이내 정신을 차리고 마치 보란 듯이 일부러 온갖 소음을 내며 요란하게 의자를 빼고는 그 위에 털썩 소리가 나도록 주저앉았다.

"온갖 단장을 하느라 날 이렇게 기다리게 한 건가? 별로 크게 달라진 것도 없는 것 같은데 하녀들이 괜한 수고를 들였군."

"뭐?!"

"난 아직도 허리가 쑤셔서 말이야. 겨우 씻고 옷을 갈아입는 것이 고작이었지."

이, 이, 이 녀석이……!

그는 저 때문에 나무 위에서 한바탕 굴러 떨어진 일에 대해 아직도 원한을 가지고 있는 것이 틀림없었다.

구박을 견뎌내는 데는 자신 있다 생각했지만, 마치 자동으로 탑재된 듯 무차별적으로 쏟아지는 심술궂은 말의 폭격에 그녀는 저도 모르게 주먹을 꼭 쥔 손을 바들바들 떨었다.

그리고 그 사이를 페라트가 황급히 끼어들었다.

"그럼 다들 모이셨으니 얼른 본론으로 넘어가죠. 정리해 보면 카이트 님을 황제로 만들기 위해서는 마녀님만의 도구가 필요한데, 그걸 가지러 갈 수 있는 숲의 통로가 다들 아시다시피 그만 막혀버리지 않았습니까. 그러니 지금 가장 머리를 맞대야 할 부분은 바로 어떻게 하면 다시 마녀님의 세계로 건너갈 수 있겠느냐 하는 것입니다."

그러면서 그는 윤수를 향해 찡끗 윙크를 해 보였다.

더할 나위 없이 사람 좋은 웃음도 함께.

하지만 그녀에게 그것은 더 이상 예전처럼 자상하게 느껴지지만은 않았다.

"좋아요. 어차피 이곳에 떨어진 이상 돌아갈 수 있는 방법은 아무래도 여러분의 손에 달린 것 같으니, 내가 알고 있는 것을 죄다 솔직히 털어놓겠어요."

"호오. 마녀님이 알고 있는 전부를요?"

"그래요."

딱히 다른 선택지도 없지 않은가. 위험을 감수하고서라 집어들 수 있는 패는 오로지 하나뿐이었다.

"그거 기대되는군."

두 사람이 번갈아가며 마치 저를 놀리기라도 하듯 짓궂게 빙글빙글 웃었지만 그녀는 카이트를 향해 지지 않고 똑바로 시선을 보냈다. 그 용기에 잠시 마음속으로 감탄을 금치 못하던 찰나, 윤수가 갑자기 몸을 벌떡 일으켰다.

그녀는 테이블 위에 올려 있던 찻잔과 작은 화분 같은 것을 살며시 치우더니만 그 위를 덮고 있던 레이스 천을 돌돌 말았다. 그 후 페라트에게 부탁해 가져온 작은 백묵을 손에 쥐기까지.

카이트는 이 일련의 행동들을 줄곧 가만히 바라보고만 있었다.

"자, 이제부터 내 이야기 잘 들어."

모든 마음의 결정을 내린 윤수는 거친 나무의 표면이 그대로 드러난 테이블 위에 백묵으로 쓱쓱 커다란 그림을 그려가기 시작했다.

"오, 이건……."

그걸 바라보던 페라트가 믿기 힘들다는 듯 탄성을 내질렀다.

한 번도 이 세계에 온 적 없다는 그녀가 그려낸 건 페어라센의 전체 지도였다.

놀란 것은 카이트도 마찬가지인 것 같았다.

그의 눈은 마치 신들린 것처럼 거침없는 그녀의 손끝에 줄곧 고정되어 있었다.

"자, 다들 잘 알겠지만 이게 황국의 대략적인 모습이에요. 지금 우리가 있는 데가 바로 이곳, 북쪽이죠."

시원스런 손길로 그녀는 한 지점에 커다랗게 별을 그렸다. 그러고 보니 그 뒤에 그려놓은 커다란 도너츠처럼 생긴 게 바로 북쪽 국경과 맞닿아 있는—어젯밤 내내 갇혀 있었던 노르덴 숲인 듯싶었다.

"저 반대쪽은 당연히 남쪽이겠고, 이 왼편이 동쪽이죠. 그리고 여기가 바로 제2황자의 성이 있는 곳이라는 건 저 보다도 두 분이 더 잘 아실 거고요."

윤수는 다시 그쪽에 조그마한 성을 하나 그리고 그 주위를 작은 별들로 둥글게 둘러싸기 시작했다.

사각사각.

자잘한 별을 5개 정도 그리고 있을 때, 더 이상 참지 못한 카이트가 윤수를 채근했다.

"그 빌어먹을 도형은 이제 그만 좀 그려. 그래서 거기에 대체 뭐가 있다는 거지?"

"하여간 저놈의 급한 성질머리 하고는."

윤수는 손을 탁탁 털면서 그를 향해 눈을 하얗게 흘겼다.

"이 성의 지하에 내가 살던 곳과 연결되어 있는 카브(창고)가 하나 있어."

그녀의 말에 이번에는 카이트가 벌떡 몸을 일으켰다.

"뭐라고?"

쉬이 믿을 수 없는 건 페라트도 마찬가지인 것 같았다.

"그, 그게 사실입니까? 바인 님의 성에 마녀님의 세계로 갈 수 있는 또 다른 통로가 있다고요?"

"정말 믿기지 않는군. 나뿐만 아니라 페어라센의 그 누구도 이런 사실을 모르고 있을 텐데. 모두가 알면 그야말로 기절초풍하겠어."

"모르는 게 당연하지. 이건 아마 지금까지도 그 녀석만 알고 있는 비밀…… 그러니까 내가 그를 2황자에게 빙의시켰을 때 썼던 장치라서 말이야."

"네에?! 바인 님을 위해 썼다고요? 그럼 설마 그분도 마녀님과 같은 세계의 사람이었습니까?"

경악을 금치 못한 나머지 거의 숨도 쉬지 않고 속사포처럼 말을 쏘아 대는 페라트를 바라보며 그녀가 싱긋 웃었다.

아직 덜 마른 단발머리 끝에서 클레터로제의 상큼한 향이 풍겼다.

그러고 보면 이 두 사람은 1황자와 2황자가 다른 세계에서부터 환생되었다는 사실만 알았지, 그 자세한 방법에 대해서는 모를 수밖에 없었다.

저 냉정하고 이지적이던 페라트조차 혼란스러운 눈빛을 감추지 못했다. 그 역시 당연한 일이리라. 하지만 반면에 카이트는 무엇 때문인지는 몰라도 줄곧 아무 말 없이 그저 돌처럼 굳어 있었다. 그런 그의 침묵을 신경 쓰면서 그녀는 다시 조심스럽게 입을 열었다.

"죄다 말하자면 굉장히 긴 이야기지만, 간단히 요약해서 설명할게요. 결론부터 말하면 2황자는 나와 같은 세계의 사람이 맞아요. 이쪽 세계에서는 그저 일밖에 모르는 일 중독자였는데, 어느 날 회사의 사장이 제 조카의 취업을 위해 그를 아무 이유 없이 해고했다는 설정의 캐릭터…… 아니, 그런 사람이었거든요. 그래서 모든 걸 내려놓고, 본인의 삶조차 반쯤은 자포자기하고 있던 상태에서 좋아하는 술이나 진탕 마시다 죽는 인생은 어떨까 하는 생각을 했는데……."

"깨어나니 페어라센의 2황자였다, 이런 거군."

"어, 음. 뭐 그런 거지."

윤수는 얌전히 고개를 끄덕였다. 전례 없이 착 낮게 가라앉은 카이트의 음성에 어쩐지 또 기가 죽었다.

공교롭게도 1황자와 2황자는 원래 기존의 생을 별로 소중히 여기지 않거나 그 전 세계에 커다란 집착이 없었던 인물들이었다.

환생 및 빙의물의 특성상 본래 주인공은 삶에 힘겨워하거나 현실 도피를 하는 모습을 지녀야만 했다.

그래야만이 새로 부여받은 인생에 더 많은 의욕을 느끼고, 그 어떤 역경이 다가와도 헤쳐 나가고 마는 강인한 태도를 보여 줄 수 있었기 때문이었다.

하지만 3황자는 달랐다.

알고 봤더니 그는 아무리 힘들고 외로워도 제 원래의 삶에 대한 크나큰 애착을 지니고 있지 않은가. 스스로 용케 다른 세상으로의 차원 이동을 해냈음에도 불구하고, 오히려 여전히 이곳의 황제를 꿈꾸고 있다는 점을 봐도 그러했다.

윤수는 차분한 목소리로 말을 이었다.

"이 지하 카브는 노르덴 숲의 구덩이와는 아마 다른 성질의 통로일 거야. 그래도 이쪽 세계에서 줄곧 열려 있었던 건 사실이니, 어쨌든 내 세계로 돌아갈 수는 있겠지."

"그럼 네가 돌아가고 난 다음에는 어떻게 되지?"

"아마 닫히겠지. 왜냐하면 내가 올라오고 난 다음에는 분명 누구나 육안으로 확인할 수 있는 큰 구멍이 생길 텐데, 만약 또 도심 한복판에 그런 게 생기면 그 즉시 막힐 거야. 그건 나도 어쩔 수 없어."

"그렇다면 딱 한 번뿐인 기회라는 건가."

카이트는 턱을 괸 채 잠시 무언가를 생각하더니, 이내 다시 입을 열었다.

"하지만 2황자의 성에 그 통로가 아직도 존재한다는 보장이 있나?"

"내가 만들어 준 이후에, 그걸 부수거나 없애지만 않았다면 그대로 존재할 확률이 커."

"아, 카이트 님. 그러고 보니…… 혹시 기억나십니까?"

페라트의 푸른 눈빛이 반짝였다. 마치 그것은 빛날 때마다 똑똑한 두뇌의 회전력을 더욱 가속시키는 하나의 장치 같았다.

"무얼 말인가?"

"2황자께서 기사단의 대장이었던 도른 아가씨와 혼인을 한 후에 말입니다. 분명 성을 한 차례 대대적으로 수리했었던 적이 있었지요. 그때 도른 아가씨는 성의 지하에 검술장이나 대련장 같은 것을 만들자고 계속 졸랐었죠. 비가 와도 자신의 군대가 언제든 훈련을 할 수 있게요. 하지만 2황자는 새 신부의 청을 단 하나도 들어주지 않았죠? 아니, 들어주기는커녕 오히려 지하층을 폐쇄시켜 버리지 않았습니까. 덕분에 그녀는 머리끝까지 화가 났고요."

그러자 생각났다는 듯 카이트의 고개가 위아래로 끄덕여졌다.

"그래, 맞다. 게다가 무엇을 숨기려고 했는지 그 공사만큼은 제 손으로 직접 뽑은 작업자들만이 출입할 수 있도록 했었어. 그게 퍽이나 이상하다고 생각했었는데…… 만약 그게 정말 사실이라면…….”

“지하를 아예 막아 버린 걸까?”

자신은 처음 듣는 이야기에 윤수가 다급함을 숨기지 못하고 재차 캐물었다.

“응? 아예 카브를 없애 버린 거라면 어떡하지?”

무언가를 골똘히 생각하느라 여전히 침묵하고 있는 카이트를 대신해 페라트가 조용히 미소 지으며 대답해 주었다.

“당시 그는 그 공사를 하기 위한 자재의 일부를 이곳 북쪽의 땅에서 조달해 갔었지요. 그때 현장을 감독했던 관리자는 우리 쪽에 가능한 한 질 좋은 적철석을 사고 싶다고 요구했었습니다.”

“단지 지하를 부수는 공사를 한 거라면 그렇게 많은 광석이 필요하지 않았겠지. 이곳의 광산에서 캐내어간 암석의 양은 무언가를 없애기 위해서라기보다는 차라리…….”

“새로운 벽 같은 것을 세웠다는 편이 더 맞을 겁니다.”

두 사람은 사이좋게 번갈아 가며 대답했다. 그 말에 흥분한 윤수가 저도 모르게 탁자 아래에서 발을 콩, 하고 굴렀다.

“그러면 오히려 카브를 단단히 감추려고?!”

“……그럴 가능성이 커. 결혼한 상대는 줄곧 여자임을 숨기고 긴 세월 동안 기사단의 단장 역할을 훌륭하게 해낸 아가씨야. 덕분에 도른의 신분이 사실은 백작가의 영애였음이 밝혀진 이후에도, 상당수의 병사들은 계속해서 그녀에게 충성을 맹세하고자

했어."

"으웅, 그래서?"

본인의 손끝에서 탄생한 2황자 시리즈의 결말은 분명 도른과의 결혼에 골인하는 거였다.

그리고 한참을 쉬다 뒤의 외전을 쓰기 직전 3황자를 만나 이곳으로 끌려왔으니, 그새 이 안에서 벌어진 자세한 이야기가 몹시 궁금해 참을 수 없었다.

윤수는 테이블 위를 초조한 손길로 두드렸다.

그런 그녀의 마음을 읽기라도 했는지 카이트는 지체 없이 이야기를 이어 갔다.

"그들의 결혼 이후 2황자의 성에는 예전과는 비교도 할 수 없는 많은 사람들이 들락거리기 시작했다. 기사단의 습관대로 매일 아침 부단장들을 모아 놓고 조례를 했고, 군대의 파견 일정에서부터 운용 회계 및 병사들의 훈련 계획까지 무엇 하나 도른의 손을 거치지 않은 것이 없었어. 성에서 가장 큰 방을 손님용 응접실로 내줬음에도 불구하고 그녀의 결재를 기다리는 기사들로 그곳이 미어터질 지경이었다고 했으니까."

"그리고 그렇게 많은 병사들이 성 구석구석을 헤집고 다닌다는 게 바인 님 입장에서는 상당히 부담스러웠을 겁니다. 그러다 자신의 비밀이 들통이라도 나지 않을까 하고 말이죠."

친절하게 부연 설명을 해 주는 페라트의 목소리 역시 매우 경쾌했다.

그녀의 판단은 옳았다. 서로가 알고 있는 비밀을 공유하니 이제야 모든 퍼즐이 풀리는 느낌이었다.

"그럼 괜히 기다릴 필요도 없지 않나요?"

윤수는 더 이상 참을 수 없었다. 드디어 집으로 돌아간다!

"당장 2황자의 성으로 가죠. 어서 그곳으로 날 데려다 줘요!"

"잠시만요, 마녀님. 사실은 아직 못다 한 이야기가 남아 있습니다만……."

하지만 이미 잔뜩 흥분해 버리고 만 그녀의 귀에 페라트의 목소리가 들어올 리 만무했다.

"으으음."

그리고 동시에 카이트가 난처하다는 듯 긴 한숨을 내쉬었다. 어찌 된 셈인지는 몰라도 그는 몹시 겸연쩍은 얼굴을 하고 있다.

"물론 그토록 감추고 싶었던 장소라고 하니 분명 주변을 단단히 경계하고 있을 거라는 생각은 해요. 하지만 틈을 노리다 보면 분명 지하로 몰래 잠입할 수 있는 기회가 생길 거예요."

그리고 카이트를 향해 목청 크게 외쳤다.

"너 역시 곧 황제가 될 수 있다구! 내가 약속은 반드시 지킬 테니까!"

그러나 그는 무언가 아직 말하지 못한 비밀이 있는 듯 보였다.

"나는……."

쉽사리 입을 열지 못한 채 관자놀이를 긁적이고 있을 뿐인 카이트의 태도에, 그녀의 마음에도 짙은 불안의 기운이 스며 들어왔다.

"너 설마……."

그럴 리가 없을 텐데. 윤수는 제발 아니기를 희망하며 말을 이었다.

이 상황에서 생각할 수 있는 건 딱 하나뿐이었다.

"2황자의 성에도 발을 들여놓을 수 없다거나 뭐 그런 건 아니지?"

"음."

카이트는 짧게 호흡했다. 긍정도 부정도 아닌 묘한 신음.

하지만 강한 부정을 하지 않는다는 건 긍정이나 마찬가지였다.

"사실 내가 할 말은 아니지만, 너와 2황자 바인은 그나마 가장 사이가 괜찮았잖아!"

계속해서 거침없는 질타가 이어졌다. 카이트의 눈동자가 이리저리 갈피를 못 잡고 허공을 헤맸다.

"그게 그러니까……."

아무래도 겸연쩍은지 계속해서 쉽사리 대답하지 못하고 있는 그를 대신해 입을 연 것은 페라트였다.

"이게 다 주인님께서 참을성이 없으신 탓이죠, 뭐."

그의 눈 밑에는 어느새 짙은 그늘이 드리워져 있었다. 알 수 없는 불안감이 윤수의 전신을 감쌌다.

아니야, 아닐 거야.

"또 무슨 일이 있었던 건데!"

"참고로 말하는데, 그쪽이 먼저 시비를 건 거다."

"뭐?"

초등학생도 아니고 그쪽이 건 시비라니. 이건 또 무슨 어처구니없는 소리인가.

"본인 잘못으로 이혼한 주제에 애먼 사람을 괴롭혔으니까."

"이, 이혼이라니. 잠깐. 2황자와 도른 기사단장이 이혼을 했단 말야?"

이 믿을 수 없는 소식에 윤수의 입이 쩌억 벌어졌다. 성대한 결혼식을 치르고 행복해하는 두 사람의 모습으로 완결 원고를 넘긴 것을 생생히 기억하는데, 그새 이혼을 했다니.

번갯불에 콩 볶아 먹듯 빠른 만남과 헤어짐을 반복하는 것이 아무리 요즘 세태라지만 설마 이곳까지 그럴 줄이야.

"좀 참고 살아 보지!"

그녀는 속상한 나머지 저도 모르게 빽 소리쳤다. 그야말로 이혼 소식을 들고 온 조카 녀석을 바라보는 이모가 된 심정이다.

"그래도 그때 주인님이 좀 심하시긴 했죠."

"황자 너…… 대체 무슨 짓을 했기에?"

"별거 아니었다. 하도 내 탓을 하며 덤비기에 다시는 그런 일이 없도록 손을 좀 봐줬을 뿐이라고."

"손을 봐줘? 설마 너…… 2황자랑 치고받고 싸운 건 아니겠지?"

이번에는 밖에서 허구한 날 싸움이나 하고 돌아다니는 말썽

꾸러기 아들을 둔 엄마의 심정.

"당시 2황자께서는 거의 두 발로 걸어서 돌아갈 수 없는 지경 아니었습니까? 결국은 마부가 부축해서 마차에 실신 상태로 실려 가다시피 하셨잖아요. 그런 걸 손을 좀 봐줬다고는 말할 수 없죠."

비아냥거리는 페라트의 목소리에 윤수는 지끈거리는 이마를 손으로 감쌌다.

"설마설마했는데, 아아⋯⋯."

3황자가 아무리 페어라센이 내놓은 트러블 메이커라지만, 그나마 사이가 나쁘지 않았던 배다른 형까지 그렇게 두들겨 팰 줄은 몰랐다. 안 그래도 사방이 적인 마당에 이 남자는 왜 자기편이라는 것을 만들 줄 모르는 걸까?

"하지만 이혼이 내 탓이라는 모욕을 듣고도 가만히 있으라는 건가?"

"이혼이 카이트 탓이라니, 정말이야?!"

"그럴 리가 있나!"

그때의 울분이 떠오르는 듯 버럭 화를 내는 카이트를 막아서며 페라트가 나섰다.

"제가 설명해 드릴게요. 마녀님. 원래 도른 아가씨가 주인님의 소꿉친구였던 건 아시죠?"

물론이었다. 그녀는 카이트를 한 번 흘겨보는 것으로 대답을 대신했다. 그 마음 이해한다는 듯 페라트는 고개를 한 번 끄덕이고는 이야기를 계속 이어나갔다.

"그녀는 원래가 고매한 백작가의 영애지만, 어릴 때부터 굉장한 말괄량이였죠. 게다가 선머슴 같은 면이 강해서 다른 여자들처럼 다도를 즐기거나 자수를 취미로 하기보다는……."

"검술을 연마했다."

"맞습니다, 마녀님."

윤수가 말을 거들자 페라트가 입을 가리고 웃었다.

"역시 잘 알고 계시는군요. 아무튼 아가씨는 남장을 하고 기사단에 뛰어들어 결국 단장의 자리에까지 오르게 되었지만, 황국의 제일가는 검술 실력자라는 명예로운 칭호는 가지지 못했어요. 다름 아닌 여기 계신 카이트 님 때문에요. 덕분에 그녀는 무슨 건수만 있다 하면 종종 주인님을 찾아와 대련을 요청하고는 했죠. 물론 그때마다 번번이 패하긴 했지만……."

"아하."

그제야 알 것 같았다. 그러니까 2황자는 그걸 질투했던 거로군.

충분히 가능한 이야기다.

본래 2황자 시리즈의 이야기는, 바인의 몸에 빙의한 남자주인공과 말괄량이 기사인 여자 주인공이 처음에는 원수처럼 티격태격하다가 우여곡절 끝에 서로의 마음을 확인하고, 결국 결혼에 골인한다는 전개였다.

물론 2황자는 마상 무예에 매우 능통했지만 도른은 검술에 반쯤 미친 여기사니, 그녀가 남편 대신 카이트를 최고의 라이벌로

친 것도 무리는 아니리라.

"아무튼 바인 황자님은 틈만 나면 이곳 북쪽 성에 달려와서 주인님께 결투를 신청하는 부인을 별로 달가워하지 않았죠."

"아니, 그거야 뭐. 도른은 제 검 실력에 워낙 자긍심이 강한 타입이니까 그렇게 이해하면 되지 않을까 싶은데. 어? 잠깐만……."

윤수는 의혹 가득한 목소리로 재차 말을 이었다.

"카이트, 너 설마, 진짜로 도른을……."

저를 바라보는 그녀의 심상찮은 눈초리를 눈치챈 카이트가 테이블을 주먹으로 쾅! 내리쳤다.

말도 안 되는 소리 하지 말라는 듯 그의 목소리가 다급히 터져 나왔다.

"지금 무슨 말을 하는 거지?! 형의 부인이 된 사람의 청인지라 매번 곤욕스럽게 거절했지만 도른은 그야말로 막무가내였다고. 게다가 어릴 때는 친구였다 해도 자라고 나서는 별로 왕래도 없었어. 그녀는 내게는 형수님 그 이상도 이하도 아니었다!"

그 말이 사실이라는 듯 페라트가 고개를 마구 끄덕이며 첨언했다.

"그렇습니다. 그리고 그들의 결혼 생활이 삐걱거린 건 그 때문만은 아닙니다. 도른 아가씨께서는 여전히 제게 비밀이 많은 남편에게 무척이나 서운해 했었죠. 운켄트니스 폐하가 그토록 강인한 군대를 가지게 될 수 있었던 것도 8할 이상이 다 그녀의 덕분이었습니다. 덕분에 바인 황자에 대한 황제의 평도 이루 말할 수 없이 높이 올라가게 되었고요. 하지만 그럼에도 불구하고 2황자님은 도른 아가씨의 부탁을 거의 아무것도 들어주지 않았어요. 성의 지하에 작은 검술 연습장을 만들어 달라는 청도 단번에 거절당한 데다가…….”

페라트는 무엇을 생각하는지 잠시 말을 멈췄다가, 곧 다시 이었다.

“새 식구가 들어오자마자 마치 기다렸다는 듯 지하에 커다란 잠금장치를 만드는 그의 태도를 이해할 수 없었을 겁니다. 사실 저도 바인 황자님의 독특한 행보에 줄곧 의문을 지니고 있었죠. 마녀님 덕에 이제야 그 이유를 알 수 있었지만요. 아무튼 그 둘의 관계는 점점 삐걱거리게 되었어요. 그리고 2황자께서 하녀와 바람을 피운 걸 들킨 것도 하필이면 그 무렵이었고…….”

허. 여기서 더 놀랄 일은 없을 거라고 생각했는데, 윤수의 입은 점점 쩌억 열려 거의 턱이 땅바닥에 닿을 지경이었다.

“2황자가 바람을 피워요!? 이, 이 나쁜 놈이……!”

기껏 남자주인공으로 만들어 줬는데 감히 바람이라니!

눈앞에 있다면 한 대 단단히 후려쳤을 정도로, 그녀의 주먹은 제법 거칠게 떨리고 있었다.

“2황자가 여자를 좋아하는 건 페어라센에서는 그야말로 비밀 축에도 못 끼는 유명한 이야기지. 그건 네가 그렇게 만든 거 아닌가?”

카이트가 마치 힐난하듯 그렇게 묻자, 윤수는 억울한 나머지 고개를 마구 도리질 쳤다.

"아니. 난 대놓고 바람둥이라고 쓴 적은 없어! 생각을 해 봐. 상식적으로 이 여자 저 여자 집적대기 바쁜 바람둥이를 어떻게 남주로 만들겠어?! 난 다만 평소 여자에게 관심이 많은, 능글거리는 성격의 남자를 차용했을 뿐이야. 그래야만 강인하고 털털한 타입의 기사 단장 여주와의 로맨스 케미가 좋기 때문이지……."

이처럼 윤수가 하는 말은 가끔 카이트와 페라트에게는 알아듣기 힘든 경우가 있었다.

하지만 확실히 모든 것이 점점 명확해졌다.

"과연. 그래서 그는 여기서 제게 주어진 성격을 특별히 갈고닦았나 보군."

"그건 또 무슨 소리야?"

"하녀와 바람을 피운 것은 그 한 번이 아니었거든."

"……내 이 자식을 당장!"

흥분해서 씩씩거리는 윤수의 모습에도 아랑곳하지 않고 카이트는 연신 재미있다는 듯 킬킬댔다. 그렇지만 윤수는 더 이상 그와 싸울 힘이 남아 있지 않았다.

그저 할 수 있는 거라고는 다시 풀이 죽어 시무룩해진 표정으로 한숨을 내쉬는 것뿐이었다.

이쯤 되니 모든 계획을 전면 수정해야 될지도 모른다는 불길함이 머릿속을 지배했다. 하지만 그녀는 희망을 잃지 않으려 애쓰며 카이트를 향해 물었다.

"황자 넌 황제의 성은커녕, 수도에도 발을 들일 수 없다면서."

"그래. 근데 갑자기 그 이야기는 왜 꺼내는 거지?"

윤수는 잠시 고민했다.

사실 지금부터 하려는 이야기는 정말 솔직하게 털어놓아도 될지 어떨지 아직 확신이 서지 않았기 때문이었다. 하지만 그렇다고 해서 달리 물러설 만한 곳도 없지 않은가.

그렇게 결심한 그녀는 카이트를 향해 또박또박 말을 꺼냈다.

"좋아, 전부 이야기해 줄게. 사실 이 세계에 존재하는 연결 통로는 총 두 군데야. 아니, 그곳에 있는 건 연결 장치라고 이야기하는 게 맞으려나. 세워진 벽 같은 거니까 구덩이의 형태를 띤 건 아니거든."

"두 군데……?"

의자 깊숙이 묻었던 상체를 앞으로 쭈욱 빼며 자세를 바르게 하는 카이트의 표정이 금세 매우 진지해졌다.

"그래. 우연히 열린 노르덴 숲의 입구가 닫혔다면, 갈 수 있는 곳은 오로지 2황자의 지하 카브 아니면 황제의 성뿐이야."

"그렇다면 설마 운켄트니스 황제 폐하가 살고 계신 곳에도 마녀님이 장치를 만들어 놓으신 것인가요?"

페라트의 놀라운 목소리에 그녀가 고개를 끄덕여 보였다.

그 말은 사실이었다.

2황자의 지하 카브는 대한민국의 한 남자가 알 수 없는 세계로 떨어지면서부터 시작하는 소설의 초반을 장식해 주는 장치였다. 그 이야기를 먼저 꺼낸 것은 단지 그 부분이 비중이 높아서 먼저 생각이 났을 뿐, 사실 페어라센에는 총 2개의 차원 이동 장치가 존재했다.

다만 차이가 있다면 황제의 성 안에 세워놓은 벽은 그저 언젠가 활용할 수 있지 않을까 해서 막연히 정해 놓은 설정에 불과하다는 점이었다. 세밀하게 묘사해 놓은 2황자의 그것과는 달리, 언제 어떻게 사용할 수 있을지는 윤수 본인도 자세히 알지 못했다.

"2황자랑 그런 일이 있었다면 차라리 황제의 성을 공략하는 게 어때요. 그래도 아버지니까, 어쩌면 지금쯤 아들의 과오 같은 건 다 용서했을 수도……."

"절대로 안 됩니다."

하지만 그게 무엇인지 미처 전부 듣기도 전에 페라트가 황급히 윤수의 말을 잘랐다.

"황제의 성이라니. 죽어도 안 될 말입니다. 수도에 입성하기도 전에 황궁 경비단에게 목이 달아나고 말걸요."

"이것도 안 되고 저것도 안 되니 그럼 어쩌잔 말이에요?"

페라트를 향해 애처로운 눈빛을 보낸 건, 오로지 그의 담담한 눈동자에 실낱같은 기대를 걸었기 때문이었다.

그리고 그 기대에 부응하기라도 하려는 듯, 그가 빙긋 미소를 지으며 입을 열었다.

Chapter 4

꽃의 기사

"2황자님의 성에 갑시다."

기세등등하게 말한 것치고는 꽤나 김빠지는 이야기였다.

윤수는 저도 모르게 한숨을 포옥 내쉬며 페라트를 향해 항의하듯이 대꾸했다.

"잠깐만요. 형을 두들겨 패서 쫓아냈다는 이야기를 방금 전 제 두 귀로 똑똑히 들었던 거 같은데요. 괜히 찾아갔다가 환영은 커녕 포박이나 안 당하면 다행이겠네요."

하지만 그럼에도 불구하고 페라트는 여전히 자신만만한 미소를 지우지 않았다.

"물론 그렇긴 하죠. 하지만……."

그리고는 애꿎은 머리를 벅벅 헝클이고 있는 카이트를 바라보며 계속해서 말을 이었다.

"주인님, 한 달 후가 마침 에른테페스트죠. 기억하고 계십니까?"

"아아, 벌써 그 시기가 돌아왔군."

"에른테페스트는 페어라센 황국에서 열리는 각종 축제 중 제일 중요한 행사죠? 1년에 한 번씩, 동서남북을 돌아가며 열리는 가장 성대하고 위대한 축일. 그런데 그게 왜요?"

궁금함을 참지 못하고 윤수가 또 한 번 툭 끼어들었다. 하지만 페라트는 여전히 수수께끼처럼 알쏭달쏭한 말을 내뱉었다.

"아주 운 좋게도 이번 년도의 축제는 동쪽에서 거행됩니다. 바로 2황자 바인님의 성에서요. 그리고 그 축제를 위해 꼭 필요한 기사가 있어야 하지 않습니까? 일명 꽃의 기사."

"너 설마⋯⋯."

카이트의 눈살이 심상치 않게 구겨졌다. 하지만 페라트는 그게 바로 제가 원하는 반응이었던 듯 활짝 웃었다.

"제가 알기로는 이 페어라센의 황가에서는 오로지 단 한 명만이 그것을 수행해 낼 수 있을 텐데요. 안 그렇습니까, 카이트 님?"

"꽃의 기사?"

윤수는 턱을 괴고 열심히 두 눈동자를 굴렸다.

바로 기억나지 않는 것을 보면 그다지 중요한 비중을 차지했던 이야기는 아니었으리라. 그녀가 바삐 머릿속을 헤집는 사이, 페라트의 입가가 더욱더 의기양양하게 올라갔다.

"두 분, 잠시만 기다려 주시겠습니까?"

그렇게 말하고 자리를 비운 페라트는 얼마 지나지 않아서 다시 모습을 드러냈다. 그의 양팔 가득히 들려 있는 것은 둘둘 말려 있는 두꺼운 두루마리들이었다.

그것을 죄다 펴서 순서대로 테이블 위에 늘어놓자, 네모반듯하게 그려진 하나의 지도가 완성되었다. 아니, 자세히 들여다보니 이것은 지도라기보다는 어느 건축물의 도면이 틀림없었다. 살짝 놀랐을 정도로 꽤나 정교하다.

"이게 바로 2황자님이 계신 성의 도면입니다. 언젠간 쓸모가 있지 않을까 해서 제가 그려두었죠."

"페라트 씨가 그렸다고요?"

"당시 2황자님 쪽 책임자와는 철광석 매매 문제로 여러 번 만났는데, 성의 지하까지 이 무거운 철을 어떻게 반입할 것인지 그 방법에 대해 그가 제법 자세히 설명을 해 주지 뭡니까. 그걸 잊지 않고 기억했다가 나중에 빠짐없이 기록해 두었죠."

그는 정말이지 무서울 정도로 철두철미한 남자였다.

그런 페라트를 향해 속으로 조용히 혀를 내두르며, 윤수는 다시금 도면에 눈을 고정시켰다.

"꽤나 복잡해 보이죠?"

"네, 그러네요."

과연 그의 말대로였다. 뱅글뱅글 돌아가는 나선형 계단들과 그 사이사이를 가로막고 있는 여러 개의 문, 그뿐만 아니라 커다란 빗금무늬로 표시된 막다른 길까지.

그곳의 지하는 이걸 모른 채 안에 들어간다면 백 프로 헤매고도 남을 하나의 거대한 미로와도 같았다. 안 그래도 지하 카브를 따로 지키고 있을 가능성이 큰데, 이렇게까지 복잡하다면…….

"이 안에서 사람들의 눈을 피해 뭘 좀 해 보려거든, 최소 2주 정도는 체류를 보장받아야 한다는 소리입니다."

그녀의 속마음을 읽은 페라트가 다시 한 번 목소리를 높였다.

"그러니까 꽃의 기사가 되는 수밖엔 없어요."

                    *   *   *

"바서 님, 안녕히 주무셨어요? 간밤에는 무척 갑갑하셨죠? 제가 얼른 풀어드릴게요."

이제 막 동이 터오는 시각. 그 이른 시간부터 부지런하게 그녀의 방을 찾은 건 어제 아름다운 드레스를 찾아와 주는 수고를 아끼지 않던 하녀 도리스였다.

"바서 님?"

"네, 네?"

누군가가 제 이름을―그것도 필명을 불러준 건 오랜만이었다. 그래서 윤수는 저도 모르게 멍하니 있다가 한 박자 늦게 겨우 대답했다.

"아이 참, 잠이 아직 덜 깨셨나 봐요. 그러고 보니 제가 너무 일찍 왔네요. 하지만 다리에 채워져 있는 이 쇠사슬이 굉장히 불편해 보여서요. 조금이라도 빨리 풀어드리려고⋯⋯."

"그래서 제 방에 오신 거라고요⋯⋯? 이걸 풀어도 된다고 누가 그러던가요?"

"어머. 이곳에서 일하는 사람들은 모두 오로지 단 한 분만의 명령만을 따른 답니다. 당연히 카이트 님이시죠."

"어엉? 그 녀석⋯⋯ 아니, 3황자가요?"

"네. 그럼요. 어제 시녀장님을 직접 찾으시더니 바서 님이 누구와 제일 이야기를 많이 나누었냐고 여쭈셨대요. 그 결과 제가 뽑힌 거고요."

그가? 정말?

윤수는 믿을 수가 없었다.

하루 사이에 왜 갑자기 이런 정중한 대우를 해 주는 걸까?

거의 뜬눈으로 지새운 노르덴 숲에서의 밤 이후 마음이 너그러워졌나?

그럴 리가 없지.

스스로 생각해도 웃겨서 그녀는 고개를 절레절레 흔들었다.

그렇다면 혹시 신뢰의 징표? 그도 아니면 실제로 나의 협조가 도움이 되었던 탓?

아무리 떠올려도 그 마음을 알 길이 없다.

하지만 그게 무엇이든지 간에 좋았다.

그저 하루뿐인 변덕스러운 마음이라 해도 밤새 다리를 서늘하게 만들었던 차가운 쇠사슬의 감촉에서 해방되는 것은 지금 윤수가 가장 바라는 일이었으니까.

"이제 좀 편하시죠? 아휴, 참. 카이트 님도 숙녀분께 이게 무슨 짓이람. 이런 무례한 행동은 그만두시라 건의를 드려야겠어요."

"네? 하지만 당신은 분명 이곳에서 근무를 하시고 계시지 않나요?"

"네에, 그렇죠. 시녀장님처럼 모든 것에 능숙한 일솜씨를 자랑하기엔 아직 좀 모자라지만요. 그렇지만 바서 님이 불편하신 일이 없도록 최선을 다할게요. 아, 저는 도리스라고 불러 주세요."

"알겠어요. 그런데요 도리스 씨, 괜히 저 때문에 그러실 필요 없어요. 저 난폭하다고 일컬어지는 남자 앞에서 그런 소리를 했다가는 큰일 나요. 게다가 누군가가 절 위해서 돌이킬 수 없는 희생을 하는 걸 별로 좋아하지 않고요."

"난폭한 황자요? 호호호, 확실히 카이트 님은 그 별명이 잘 어울리는 분이긴 하죠."

윤수는 말없이 큰 두 눈을 깜박였다.

그러고는 제 앞에서 숫제 허리를 꺾어가며 큰 소리로 웃는 이 도리스라는 하녀의 모습을, 그녀가 고인 눈물을 닦아낼 때까지 그저 멍하니 바라보았다.

"아휴, 웃겨라. 죄송해요, 바서 님. 저는 사실 카이트 님 앞에서 지레짐작 겁을 집어먹고 몸을 바들바들 떨어대는 사람들을 하도 많이 봐서요. 그래서 그런지 웃음부터 나오고 만답니다."

"예에? 그럼 도리스 씨는 3황자가 무섭지 않아요?"

"물론 어떻게 보면 무섭죠. 평소 미소는커녕 늘 무뚝뚝하게 인상을 쓰고 다니는 얼굴 하며, 한번 검을 뽑으면 땀 한 방울 흘리지 않고 산적 예닐곱 명 정도는 무난히 해치우는 모습도 제 두 눈으로 확실히 봤으니까요."

"그런데도 아무렇지 않다고요?"

"물론 직접 만나 뵙기 전에는 무서워했죠. 잔인하고 괴팍한 황자라는 소문만 들어왔으니까요. 하지만 지금은 무섭긴커녕, 그 어떤 흉흉한 이야기가 떠돈다 해도 절대 믿지 않는답니다. 황제 폐하를 해치려 했다는 소문이 있는가 본데, 그 역시도 거짓임에 분명해요!"

"그럼 그를 잘 아는 사람들은 3황자를 두려워하지 않는다는 건가요?"

어제부터 느낀 거지만 이 하녀는 확실히 말이 많았다.

어쩌면 성의 제일가는 수다쟁이일지도 모른다.

하지만 그렇기에 윤수에게는 더할 나위 없이 알맞은 이야기 상대이자 최고의 정보꾼이 되어 주리라.

"바서 님은 어제 아침, 노르덴 숲에서 돌아오셨죠?"

"네."

"혹시 거기서 무서운 자들을 보지 못하셨나요? 세간의 눈을 피해 달아난 흉악한 자들. 발에 힘줄이 끊겨 결코 빨리 달리거나 나무를 오르진 못하지만, 눈앞에서 마주치면 절대 좋을 것이 없는 산적 놈들 말예요."

"봤죠."

윤수는 심드렁한 목소리로 대답했다.

"그래요. 이곳 북쪽 영토는 안타깝게도 노르덴 숲과 경계가 닿아 있기에 그런 놈들의 출몰이 잦은 편이에요. 특히 먹을 게 부족한 초봄이면 산적들은 대범하게도 성의 곡식 창고를 털러 무리지어 나타나곤 했답니다. 그걸 저지하려다 목숨을 잃은 하인과 병사들의 숫자도 상당수였대요. 그 덕분에 이 북쪽 성은 그동안 사실상 버려지다시피 한 흉가와 마찬가지였다죠."

어느새 윤수의 잠이 싹 달아났다.

그저 '황폐한 북쪽 성'이라고만 써놓았던 이곳의 사정에 대해 듣는 것은 처음 있는 일이었다.

하녀의 입에서 줄줄 막힘없이 쏟아지는 이야기를 하나라도 놓칠세라 그녀는 어느새 온 신경을 곤두세웠다.

"그래서요?"

"카이트 님이 스무 살 성인이 되어 3황자 자리에 정식으로 책봉이 되었을 때. 운켄트니스 폐하께서는 이 북쪽 성을 마치 선심 쓰듯 하사했답니다."

"엑, 너무한다. 선심을 쓰다니요. 여긴 도적떼나 출몰하는, 버려졌던 성이라면서……."

그러자 도리스는 새삼스럽지도 않다는 듯 목을 좌우로 흔들며 대답했다.

"바로 그러니까 준 거죠. 모두가 싫어하는 재수 없는 붉은 머리 서자. 왕실의 수치. 그게 카이트 님이 받았던 평가였으니까."

"아······."

이 못된 늙은이!

윤수는 하마터면 황제를 향해 그렇게 욕설을 내뱉을 뻔했다.

황제는 사실 몇 줄 등장하지도 않는, 굳이 따지자면 조연이라고도 말할 수 없는 존재였다. 그런데 이렇게 아들에게 멋대로 심술을 부렸다는 걸 진작 알았으면 그 늙은이의 경거망동한 행동을 절대로 가만히 두지 않았을 텐데!

하지만 그런 윤수의 속마음을 알 리 없는 도리스의 입술은 계속해서 신나게 움직였다.

"그 뒤로부터는 거의 매일 매일이 전쟁이었어요. 산적 떼를 소탕하기 위한 전쟁. 제가 이 성에 들어온 것도 그 무렵쯤이었답니다. 사실 저는 부모님에게 버려져 온갖 시설을 전전하던 고아였는데요, 거기도 스무 살 이상이 되면 나가야 하는 게 원칙이었죠. 그래서 처음에는 일자리를 얻으려고 무작정 수도 프라흐트볼로 향했는데······ 그런데 지금 제가 너무 말이 많은 건 아니죠?"

도리스는 멍하니 입을 벌린 채 제 이야기를 듣고 있는 윤수를 향해 걱정스러운 표정으로 물었다.

"아니에요! 도리스 씨 이야기가 너무 흥미로워서 그만······ 그래서요? 그 뒤에 어떻게 되었는데요?"

팔을 휘저어 가며 이야기를 종용하는 윤수를 바라보던 도리스의 눈매가 기분 좋게 휘어졌다. 예쁜 갈색 눈과 주근깨가 도로

록 박힌 두 뺨에는 어느새 홍이 가득했다.

'넌 다 좋은데 그 수다스러운 입이 문제'라며 늘 핀잔을 듣던 제게 이런 고마운 청중이 생기다니.

사실 요 며칠 이 성의 신하들 입이 전례 없이 바빴다.

그 한가운데에 가장 많이 올라왔던 화제는 단연코 이세계의 마녀 이야기였다.

도리스는 윤수가 이곳에 도착한 첫 날 입고 있었던 괴상망측한 옷과 신발을 떠올렸다.

성에서 호기심 많기로 둘째가라면 서러운 저조차 얼마나 혼비백산했었는가?

하지만 그녀는 뜻하지 않은 부분에서 이 오지랖 넓은 하녀의 환심을 샀다. 아무것도 아닌 이야기—특히 이 나라의 흔한 생활상이라든지, 황족에 대한 주제가 나오면 누구보다도 눈을 반짝이며 귀를 기울이는 그녀의 모습은, 도리스로 하여금 그동안 시설에서 함께 지냈던 고아들을 떠올리게 했다.

집도 가족도 없이, 아무것도 모르는 낯선 세계에 홀로 떨어지시다니.

이분은 지금 얼마나 외롭고 무서울까?

그 기분이라면 어릴 때 버려진 제 자신이 누구보다도 잘 알고 있었다. 윤수의 머리끝을 매만지는 도리스의 손길에는 어느새 그러한 연민이 담뿍 담겨 있었다.

"그럼 머리를 빗겨드릴 테니 머리 손질 받으시면서 들으세요.

그래서 아무튼 수도를 갔는데, 아무 기술도 없는 젊은 여자애가 할 수 있는 일이라는 게 생각보다 너무 적은 거예요. 게다가 당시 일자리 알선소의 망할 사장에게 사기를 당하는 바람에 일을 시작하기도 전에 빚이 생겨버렸지 뭐예요. 그런데 세상에, 그 자식이 절 어디로 끌고 간지 아세요? 수도 외곽에 있는 보르델(유곽) 거리더라고요! 술과 함께 여자들이 몸도 파는 그곳!"

그때의 일이 상기되었는지 도리스의 씩씩거리는 목소리가 커졌다. 그뿐만 아니라 딱히 손질할 것도 없는 단발머리를 마구 빗겨 내려가는 거친 손길 탓에 눈 밑이 움찔거릴 정도의 따끔함이 정수리를 타고 퍼져 내렸다.

그러나 윤수는 가만히 그녀의 이야기를 듣고만 있었다.

흐름을 또 깨뜨리기가 싫어서였다.

"그래서 어떻게 되었나요?"

"절 감시하고 있었던 술집의 남자에게 술을 잔뜩 먹인 뒤 돈을 훔쳐 달아났죠. 멋대로 남의 마차에도 숨어들어갔었고, 농부의 소가 끄는 수레에도 탔었어요. 말씀드리기 부끄럽지만……시골의 주점인 쉥케에서 와인을 만들고 내다버린 포도 찌꺼기도 주워 먹고 그랬답니다. 그렇게 북쪽 대륙에 도착했는데, 여긴 더 참혹했죠."

"왜요?"

"흉악범들이 득시글대는 곳에서 저처럼 세상물정 모르는 아가씨가 얼마나 표적이 되기 쉬웠겠어요? 그런데도 죽으란 법은 없는지, 산적들에게 잡혀 험한 꼴을·당할 뻔한 것을 카이트 님이 구해 주셨지요."

"네에?"

무언가 단단한 물건으로 머리를 거세게 얻어맞은 것처럼 정수리 끝에서부터 짜릿한 충격이 퍼져 내렸다.

"……카이트 녀석이 정말 스스로 그런 기특한 일을 했다고요?"

실로 어안이 벙벙해서 윤수는 쉴 새 없이 떠드는 도리스의 입술을 그저 멍하니 쳐다보았다. 도리스는 마치 자신의 무용담이라도 늘어놓는 양 들뜬 얼굴로 계속해서 말을 이었다.

"놈들은 대략 다섯 명쯤 되었죠! 그들은 비겁하게도 동시에 달려들었어요. 손도끼나 커다란 칼 같은 무식한 무기를 들고 말예요! 그래도 카이트 님은 숨소리 한 번 흐트러지지 않으시더군요. 와, 차갑게 빛나던 붉은 눈동자와 햇살을 머금어 반짝거리는 머리카락이 얼마나 멋지던지!"

그녀는 그때부터 카이트에게 충성을 맹세한 것 같았다.

"정말 책 속의 왕자님 같으셨어요."

아닌데.

사실은 악역인데.

하지만 윤수는 잠자코 입 다물고 있기로 했다.

마치 꿈을 꾸듯 반짝반짝 빛나는 도리스의 눈동자를 바라보니 도무지 사실을 말해 줄 수가 없었다.

"게다가 구해 주신 것도 모자라 일자리까지 주셨죠! 감사하고 또 감사해도 모자람이 없어요. 아무튼 그 뒤로 전 그 망할 숲 근처에는 얼씬도 안 하게 되었답니다. 그래서 그런지 어제 두 분이 거기 갇혀 계시다는 소리를 들었을 때는 얼마나 걱정이 되었는지 몰라요."

하지만 윤수가 무슨 생각을 하고 있는지 알 길이 없는 도리스는 마냥 신이 나서 떠들었다.

"피도 눈물도 없는 냉정한 남자라고 여러 차례 묘사했었는데, 어째서……."

밀려든 혼란을 진정시키기 위해 계속해서 중얼거리는 윤수의 손을 도리스가 갑자기 덥석 잡았다.

"하지만 안심하세요. 바서 님. 끊임없이 밀려드는 숲의 흉악범들을 어느 정도 손봐준 결과, 이제는 그들이 카이트 님의 존함만 들어도 알아서 줄행랑을 치니까요. 이곳이 다른 황자님들의 성보다는 훨씬 낡고, 사실 월급도 그리 넉넉한 편은 아니지만 그래도 전 북쪽성에서의 생활이 정말 좋답니다. 그러니 아마 바서 님도 곧 익숙해지실 거여요."

"낡고, 가난하고, 끊임없이 도적떼가 출몰한다는 이 성이…… 다른 황자의 성보다 좋다고요? 진심이에요?"

"물론이죠! 전 황자님이 절 구해 주신 이후부터 무조건 그분 편이에요."

갓 따른 맥주처럼 반짝반짝 시원하게도 빛나는 밀 색의 두 눈. 그를 신뢰하는 도리스의 마음에는 한 치의 거짓도 없어 보였다. 최측근 심복인 페라트는 물론이고, 허드렛일을 하는 하녀마저 카이트를 아끼고 따르는 마음이 윤수에게도 고스란히 전해져 왔다.

어째서 악역 곁에 이런 사람들이 남아 있는 거지? 시리즈 완결 후 뿔뿔이 다 흩어져 떠났어야 마땅한 일 아니었던가?

"으음."

윤수는 그런 도리스를 바라보며 어째서인지 아무런 말도 할 수 없었다.

설명할 수 없는 이상한 감정이 가슴을 가득 메웠다.

마치 저도 모르는 새에 무고한 사람을 죄인으로 만들어 버린 느낌.

그녀는 고개를 들어 괜히 방 안을 휘휘 둘러봄으로써 이 묘한 충격을 잠재우느라 애를 썼다. 그러다 문득 침대 머리맡에 놓인 양피지가 눈에 들어왔다.

안쪽은 베이지 색, 바깥쪽은 옅은 갈색을 띠고 있는 그것은 크고 두꺼운 가죽 본연의 모습 그대로 아무렇게나 둘둘 말려 있었다. 그 위로 줄곧 시선을 고정시킨 채, 윤수는 저도 모르게 홀린 듯 입술을 열었다.

"저기요, 도리스 씨."

"그냥 도리스라고 부르세요. 바서 님."

그녀는 오렌지 빛을 띠는 자신의 풍성한 긴 머리채를 핀으로 고정시키며 씩씩하게 대답했다.

"그래요. 도리스. 저어, 부탁이 있는데요."

"네에, 말씀하셔요."

"양피지를…… 그러니까 가죽을 자를 수 있는 커다란 재단용 가위와 조그마한 과도, 아니 조각칼 같은 것이 있다면 좀 가져다 주시겠어요? 반짇고리도 필요해요."

"어머, 재단용 가위요? 그거라면 제가 쓰는 게 하나 있는데. 혹시 지금 필요하셔요?"

"네, 지금 당장."

윤수의 확고한 목소리에는 더 이상 자세한 것을 물을 수 없는 어떤 위엄 같은 것이 서려 있었다. 덕분에 어쩐지 기가 찔끔 죽고 만 도리스의 발걸음이 더더욱 바쁘게 움직였다.

*　　*　　*

평범한 현대인이라면 다들 비슷한 기억이 있겠지만, 윤수 역시 운명에 굴복하지 않는 위대한 자들의 스토리를 교훈 삼아 듣고 자라났다. 하지만 그건 흔히들 말하는 위인들의 자서전이나 역경을 딛고 성공한 사람들에 대한 이야기에 불과했다.

모두들 그 노력에 감동받았다며 아낌없는 찬사를 보내지만, 결국 나와는 상관없다고 여겨지는 먼 세계의 존재들.

하지만 카이트는 위대한 역사 속 인물도 아니고, 그가 살고 있는 이 페어라센도 더 이상 비현실적인 공간이 아니었다.

이미 다 쓰인 책의 결말을 바꿀 수는 없었다.

그건 이곳의 창조자이자 작가인 윤수가 줄곧 지니고 있었던 마음속 생각이었다. 하지만 그 속에서도 정해진 것을 거스르려는 자가 있었다.

그것도 악역으로 설정된 한 남자가.

그는 작가 때문에 한없이 깊은 나락으로 떨어져 줄곧 가시밭길과도 같은 인생을 걸어야 했지만, 자신의 의지로 주변 사람들에게 변치 않는 충성과 애정을 얻어 낸 장본인이기도 했다. 물론 그 주변인이라는 게 비록 한 손으로 다 꼽고도 남을 만큼 적기는 하지만, 살면서 무조건적으로 자신을 믿어 주는 사람을 단 한 명이라도 좋으니 만들 수 있다는 게 얼마나 어려운 일인가.

'어쩌면 3황자는 내 생각보다 훨씬 더 대단한 녀석일지도 몰라.'

윤수는 지금이 바로 눈앞에 두고도 믿기 힘들었던 그 존재를 처음으로 인정하게 된 순간이 아닌가 하고 생각했다. 그리고 그것을 깨달았을 때, 그녀는 이 세계에 진정으로 동화되는 자신을 느꼈다. 그러고 나니 제가 해야 할 일이 머릿속에 좀 더 구체적으로 명확히 서술되기 시작했다.

사각, 사각.

윤수의 손이 바쁘게 움직였다. 원래 취미로 퀼트를 했었던 만큼 바느질은 자신 있었지만, 굳이 이건 바느질이라고 부를 만한 것도 아니었다.

도리스가 멍하니 지켜보고 있는 가운데, 커다랗게 둘둘 말려 있던 양피지가 작고 네모반듯한 조각으로 잘려나갔다.

"와아, 귀엽다!"

금세 뚝딱 만들어진 손바닥만 한 작은 수첩을 보며 도리스가 좋아했다.

"바서 님은 천재가 틀림없어요! 어떻게 이런 것을 다 발명할 생각을 하셨어요? 휴대하기 편리한 양피지라니, 아마 수도에 가지고 나가면 불티나게 팔릴 거여요."

"아니 뭐, 딱히 내가 발명했다고 말할 수는 없는 건데요⋯⋯."

도리스의 칭찬에 쑥스러워진 윤수는 코끝을 문지르며 대답을 얼버무렸다. 그러고는 나무로 된 펜대를 야무지게 반으로 잘라 수첩 옆에 쏙 끼웠다.

"아, 잠깐만요!"

그 일련의 행동들을 줄곧 호기심 어린 눈으로 바라보던 도리스가 갑자기 외쳤다. 황급히 밖으로 나간 그녀는 이내 곧 손에 무언가를 쥐고 들어왔다.

"그 펜 좀 이리 줘보세요. 바서 님."

도리스가 눈앞에 내민 것은 커다란 깃털이었다.

그녀는 윤수에게서 건네받은 펜에 그것을 조심스레, 그리고 꼼꼼히 붙여 주었다.

"자요, 더 예쁘죠?"

반으로 뚝 잘려 나간 몽당 펜대가 어느새 작고 예쁜 깃털 펜으로 거듭났다. 마치 문구점에서 파는 팬시상품이라도 해도 될 정도로 앙증맞은 이 필기도구가 마음에 쏙 든 윤수는, 고개를 끄덕이며 진심으로 감사를 표했다.

"고마워요. 도리스는 손재주가 참 좋네요."

"헤헷. 성의 하녀라면 이런 건 기본이죠. 그런데요, 바서 님."

자신도 기분이 좋은 듯 입을 헤벌쭉 벌리고 웃던 도리스는 아직 할 말이 남아 있는 듯 보였다.

"왜요?"

이 젊고 기운 넘치는 하녀는 왜인지 어깨를 부르르 떨더니 윤수의 곁으로 바싹 다가왔다.

"혹시 숲에서 말예요. 그것들도…… 보셨어요?"

곁에 아무도 없건만 누가 들을까 조심스레 속삭이는 목소리.

"뭘요?"

윤수가 어리둥절한 표정으로 반문하자 도리스는 갑자기 팔을 휘저으며 격한 숨을 내쉬었다.

"그 끔찍한 악마들 말예요……! 물컹거리는 검은 젤리처럼 생긴 주제에 빠르긴 또 얼마나 빠른지!"

아, 그 징그러운 놈들.

꿈틀대며 나무를 타던 흉측한 마물들이 떠올라 윤수는 저도 모르게 작게 신음하며 고개를 마구 털어댔다.

"물론 봤죠. 나무 위에 피신해 있었기에 안전하긴 했지만."

"그럼 그 악마들은, 호, 혹시 바서, 바서 님께서……."

무엇이 그렇게 무서운지 도리스는 말을 심하게 더듬거리기 시작했다. 하지만 곧 터져도 이상하지 않을 정도로 커다란 두려움이 가득한 눈빛을 보자 그 이유가 무엇인지 윤수는 대번에 눈치챌 수 있었다.

"오해하지 말아요! 그것들은 내가 불러낸 게 아니니깐."

"저, 정말이시죠?"

"그럼요. 저는 거짓말하지 않아요."

정말이었다. 그건 윤수가 쓴 설정이 아니었으니까 말이다.

윤수를 뚫어져라 바라보던 도리스가 그제야 커다란 안도의 한숨을 내쉬었다.

"휴."

그러고는 갑자기 후다닥 일어서서 두 손을 가지런히 모은 채, 경외심을 가득 담은 목소리로 흥분하여 외쳤다.

"그럼 바서 님은 역시 카이트 황자님을 도와주려고 오신 분이 맞군요! 우리를 구해 주시려고 말예요!"

응?

그녀의 뜬금없는 이야기에 고개가 저절로 스르륵 틀렸다.

무언가 크게 감격한 듯 눈물을 글썽이고 있는 도리스의 눈과 마주쳤을 때, 윤수의 머릿속에는 비로소 이상한 의문점 하나가 떠올랐다.

"저기, 도리스 씨는 산적들한테 구출되고 난 이후 숲 속에 간 적이 없다고 했죠?"

그러자 도리스가 마구 고개를 저으며 씩씩하게 대답했다.

"도리스요, 도리스. '씨'는 제발 빼 주세요. 네에, 그랬죠. 전 그 숲을 바라보기만 해도 몸에 오한이 들 정도라!"

"아, 그래요. 도리스. 그러면 도리스는 어떻게 숲의 마물들 생김새를 그리 잘 알 수 있죠? 게다가 내가 구해 준다는 건 대체 또 무슨 소리인지……."

자신의 말에 도리스는 마치 기다렸다는 듯 발아래로 바짝 다가앉았다. 옅은 갈색의 눈동자에는 어느새 충의(忠義)가 가득해, 윤수는 저도 모르게 뒤통수를 긁적였다.

"죄송합니다, 바서 님. 제가 감사하다는 인사를 먼저 드렸어야 하는데 그걸 잊었군요. 하아, 진짜 운이라고는 눈곱만치도 없는 우리 황자님을 부디 잘 좀 부탁드려요."

"네?"

"기껏 산적 놈들을 찍 소리 못 하게 만들어 놨는데, 이제는 날뛰는 마물들에게서 성을 지켜야 한다니. 이쯤 되면 차라리 여기를 버리는 게 낫지 않나 싶어요."

아니, 잠깐? 이게 무슨 소리요!

황당함을 감출 수 없었던 윤수는 아픈 것도 모른 채 입술을 꽉 물어버리고 말았다.

"성을 지킨다니요? 그럼 산적들에 이어 마물들이 여기까지 내려온단 말……인가요?"

"그게, 지리적 위치가 숲과 워낙 가까우니 할 수 없는 일이죠. 뭐, 그렇지만 걱정하지 마세요! 빈도수로만 따지면 그다지 자주

있는 일은 아니니까요. 한 두어 번 있었나? 하지만 이제는 바서 님이 계신데 무어가 걱정이겠어요!"

남의 속도 모르고 도리스는 그저 기쁜 얼굴로 해맑게 웃었다. 윤수는 더 이상 아무 말도 하지 못한 채, 땀으로 촉촉해진 손으로 방금 전 자신이 직접 만든 수첩을 살그머니 쥐었다.

마치 그것이 생명줄이라도 되는 양, 있는 힘을 다해 꽈악.

*　　*　　*

"좋은 아침입니다. 간밤에는 잘 쉬셨습니까? 오늘따라 얼굴이 유달리 화사하시군요."

어차피 북쪽 성에 찾아오는 손님 같은 건 있을 턱이 없어서, 커다란 응접실은 어느새 세 사람의 회의 장소로 자유롭게 쓰이고 있었다. 그곳의 커다란 문을 열고 경쾌하게 뛰어 들어온 윤수를 향해 페라트가 상큼한 미소로 기분 좋게 인사를 건넸다.

"네. 오늘은 날씨가 참 좋네요!"

윤수는 한껏 올라간 목소리로 기분 좋게 화답했다.

비록 해가 떠 있는 동안일 뿐이라지만, 다리를 옥죄었던 거추장스러운 사슬에서 벗어나는 해방감이란 이루 말할 수 없이 상쾌한 거였다. 하지만 정작 그 사슬을 풀어 주라고 지시했던 장본인은 쾌청한 아침이라고 해서 딱히 기분이 나아지는 건 아닌 듯 보였다.

여전히 저는 쳐다보지도 않은 채 그저 조용히 눈을 감고 있는 저 태도를 보아하니 더더욱.

"아침부터 무슨 좋은 일이라도 있으세요?"

"그게요, 아까 도리스라는 하녀가 방에 와서는 글쎄 다리에 묵여있던 족쇄를……."

마침맞은 페라트의 질문에 신이 난 윤수가 막 입을 열려는데, 갑자기 카이트가 그녀의 말을 딱 끊고 나섰다.

"하룻밤 새에 좋은 일은 무슨. 수선은 그만 피우고 빨리 앉아."

대체 무엇 때문인지 귀가 살짝 빨개진 채 잔뜩 미간을 구기고 앉아 있는 카이트를 바라보며, 윤수는 저도 모르게 고개를 살래살래 흔들었다. 족쇄를 풀어 줘서 고맙다고 인사하려 했는데, 이래서는 인사를 하긴커녕 말도 쉬이 붙이기가 어려울 지경이다. 하지만 페라트는 그런 카이트의 모습이 익숙한지 아무렇지도 않게 손뼉을 짝짝 치며 주위를 환기시켰다.

"자, 그럼 여러분들이 다 모이셨으니, 본격적으로 꽃의 기사에 대해 논의를 해 볼까요?"

*　　*　　*

"미틀러렌의 공주를 호위하는 꽃의 기사?"

"네."

윤수는 페라트의 대답을 들으며 조용히 눈동자를 굴렸다.

미틀러렌 왕국이라면 알고 있었다. 별로 중요하지 않아서 빈도수는 적었지만, 페어라센의 지리적 위치를 설명할 때 가끔 듣고 왔던 이웃나라의 이름이었으니까 말이다.

"에른테페스트 축일이 되면 주변국에서 매해 적지 않은 축하 선물과 함께 사절단들이 도착합니다. 그중 우리나라와 가장 우호가 깊은 곳을 꼽으라면 역시 미틀러렌 왕국인데, 여긴 왕가의 후손은 언제나 공주만 태어나는 걸로 유명한 나라죠. 덕분에 대대로 여왕의 통치가 이어져 내려오는 곳이기도 하고요."

"그렇죠."

그저 이름 하나 지어주었을 뿐인 커다란 나라도 저들끼리 알아서 잘 굴러가고 있었다. 그러한 사실에 어쩐지 흐뭇해진 윤수가 고개를 끄덕이며 맞장구를 치는데.

"그래서 지금 나보고 올해 에른테페스트를 위한 꽃의 기사가 되어 달라고 청하는 것 아닌가."

잔뜩 화가 난 카이트의 목소리가 산통을 깼다.

"네."

"불허한다."

냉정하게 자르는 그의 반응에 윤수는 그만 깜짝 놀라고 말았다. 하지만 페라트는 그 정도는 아무것도 아니라는 듯 눈썹 하나 꿈쩍하지 않았다.

"하지만 우리는 무슨 일이 있어도 2황자님의 성에 가야 하잖습니까. 게다가 전에 말씀드렸듯이 단단히 숨긴 지하 카브에 잠입하려면 적게 잡아도 일주일 이상이 걸릴 겁니다. 그러니 그동안 공식적으로 체류할 만한 명목을 만들자면 역시 꽃의 기사가 딱이죠."

"그만둬. 그건 죽어도 안 될 말이니까. 그러지 말고 차라리 내가 친필로 전서를 보내 놓는 건 어떤가? 물론 진심 어린 사과도 하겠어. 그러면 2황자도 화를 풀어줄지 모르지."

계속해서 박박 우기는 카이트를 향해 페라트가 어림없는 소리는 하지도 말라는 듯이 낮게 한숨을 내쉬었다.

"그런 게 퍽이나 잘도 통하겠습니다. 만약 실제로 전서를 보내면 문을 열어 주기는커녕…… 오히려 군사가 몰려올지도 모릅니다. 그날 대지진 때 주인님이 목숨을 잃었다고 믿는 사람들이 적지 않아요. 그런데 죽은 줄로만 알았던 3황자가 실은 살아 있었고, 이세계의 마녀까지 데리고 있다는 소문이 퍼지면 과연 무슨 일이 벌어질까요?"

"하지만……."

"방문과 동시에 안전도 보장받으려면 더더욱 꽃의 기사가 적합하다고 생각합니다. 에른테페스트를 위한 공식 기사는 제아무리 황족이라도 섣불리 건드릴 수 없다는 걸 잘 알고 계시지 않습니까."

"으음."

끝내 카이트의 말문이 막혔다.

페라트는 이 기회를 절대로 놓치지 않으려는 듯 더욱더 청산유수와도 같은 말솜씨를 뽐냈다.

"노르덴 숲에서 주인님의 등 뒤를 노렸던 괴한들의 정체도 아직 무엇 하나 밝혀진 것이 없습니다. 이 상황에서 확실한 건 딱 하나. 그건 바로 3황자가 죽기를 바라는 적이 도처에 있다는 겁니다. 그러니 지금으로써는 최대한 안전하고 실현 가능성 높은 방법을 찾는 게 우선 아닙니까?"

"잠깐만요, 잠깐만."

마치 설득의 신처럼 위풍당당하게 서 있는 페라트의 앞에 윤수가 다급히 끼어들었다.

그녀는 더 이상 궁금함을 참을 수가 없었다.

"꽃의 기사에 대해 좀 더 자세히 설명해 주시겠어요? 사실 제가 한 건 그 명칭을 만든 것뿐이라서……."

그러자 페라트의 만면에 예의 그 사람 좋은 미소가 번졌다.

"물론 설명해 드려야지요, 마녀님. 에른테페스트 축일이 되면 매해 미틀러렌에서는 사절단을 보내옵니다. 오로지 여자만 태어나는 왕가가 통치하는 나라이기에, 사절단의 대표 역할은 보통 공주님이지요. 꽃의 기사는 귀한 공주를 사절단의 일행으로서 보내주는 미틀러렌에 감사를 표하기 위해, 이곳 페어라센에서 파견하는 호위대를 일컫는 단어입니다."

그제야 윤수도 꽃의 기사에 대한 설정이 어렴풋이 기억나기 시작했다.

"아, 맞다. 공주의 호위대니까 이름도 꽃의 기사라고 부르게 했지."

"그렇답니다. 역시 마녀님은 똑똑하시군요."

빠른 눈치와 남다른 기억력은 그녀 스스로도 자랑하는 장점이었다. 그럼에도 불구하고 도무지 이해를 할 수가 없었다.

카이트는 왜 이걸 이토록 하기 싫어하는 걸까?

설마, 이름에 '꽃'이라는 단어가 들어가서 그런 건 아니겠지?

그리 황당무계한 생각을 할 정도로 카이트의 얼굴은 마치 떫은 감이라도 씹은 듯 엉망으로 구겨져 있었다. 그런 그녀의 마음을 읽기라도 했는지 페라트가 얼른 말을 덧붙였다.

"참고로 꽃의 기사는 단순한 호위 업무 말고도 많은 것을 합니다. 사절단들은 평균 2주 정도를 페어라센에서 머무르게 되는데 그때 공주가 참석하고자 하는 자리에 함께 동석해야 함은 물론, 그녀가 이 나라에서 원하는 것은 아주 위험하거나 무리한 일이 아닌 이상에야 모두 들어줘야 하죠. 즉, 이동시 호위는 물론이고 본 축제 때 열리는 무도회의 파트너, 혹은 다과 모임의 동반 참석자가 되어 주기도 해요. 심지어는 정원의 산책이나 공주가 원한다면 쇼핑에도 같이 따라가야 하고요."

"네……? 뭐라고요?"

윤수의 눈썹이 하늘 높이 치켜 올라갔다.

주객전도도 유분수지. 손님이 남의 집에 와서 주인의 아들을 머슴살이 시키는 것과 마찬가지 아닌가?

아니, 잠깐. 머슴이라기보다는 이건 마치…….

카이트와 페라트를 번갈아가며 쳐다보느라 바쁘게 왔다 갔다 하던 그녀의 두 눈이 순간 휘둥그레 떠졌다.

"자, 이걸 보십시오. 여기 도면 아래쪽에 빗자국으로 꾹꾹 눌러 경계를 표시한 게 보이시죠? 여기가 바로 2황자 성의 지하로 향하는 입구입니다. 아마 마녀님이 말씀하신 통로는 이 아래에 있겠죠."

그 자리에서 유일하게 미간이 구겨지지 않은 자는 페라트뿐이었다. 그는 주변에 떠도는 불편한 공기 같은 건 그다지 신경 쓰고 있지 않은 듯 보였다.

"저기, 그러니까…… 그럼 그 꽃의 기사라는 게 실제로는……."

대체 이걸 뭐라고 표현해야 할지 몰라 윤수가 한참 말을 고르고 있는데, 또다시 페라트가 귀신같이 입을 열었다.

"네, 맞습니다. 이건 말로만 호위대지, 사실은 양국의 공주와 황자에게 결혼 전 서로의 배우자감을 미리 선보이려는 의도가 다분한 제도입니다."

이쯤 되면 그가 정말로 독심술을 펼치는 건 아닌지 한번 의심해 볼 일이었다.

"배우자……요?"

"페어라센와 미틀러렌은 국교를 맺은 이후 혼인을 통해 동맹을 굳건히 다질 것을 서로 약속했는데, 그동안 그것이 말처럼 쉽지 않았답니다. 1황자와 2황자가 각각 미틀러렌의 공주가 아닌

다른 상대자와 결혼을 하는 바람에요. 덕분에 운켄트니스 황제의 고민도 매우 깊어졌고요."

그렇겠지, 1황자와 2황자 시리즈에서 등장하는 여주들은 둘 다 귀족의 딸이었으니까.

윤수는 이해했다는 의미로 눈을 두어 번 깜박였다.

"그러니 남은 건 3황자이신 우리 위르겐 폰 데어 아인젠카이트 님밖에는 없는 거죠."

페라트의 목소리가 더욱 의기양양하게 올라갔다. 카이트의 이름 앞에 저 긴 황가의 성을 붙여서 이야기하는 건 아마 이 나라에서 페라트밖에 없을 거다. 하지만 윤수는 이미 다른 생각에 온통 정신이 팔리고 말았다.

배우자감이라고? 그럼 저 3황자가 신랑감 후보? 만약 정말로 제3황자가 꽃의 기사를 맡는 것 외에 다른 길이 없다면 카이트는 이대로 미틀러렌의 공주와…….

"이봐, 페라트. 네 의견은 잘 알겠지만 말이야, 미틀러렌에서도 우리 측에서 선정한 꽃의 기사를 거절할 권리가 있다. 만약 그렇게 되면 어떻게 할 거지? 아무리 내가 하고 싶다고 한들 공주가 날 순순히 받아들일지 아직 모르는 일 아닌가? 무엇보다 지금 내 상황이나 소문이 어떤지는 그쪽도 잘 알고 있을 거다."

카이트의 말을 윤수는 곰곰이 되새겨 보았다.

그래, 가까이서 별로 무섭지 않은 모습만을 지켜봐서 그렇지, 카이트는 사실 저 악명 높은 3황자 아닌가.

늘 피를 몰고 다닌다는 무시무시한 소문이 가득한데, 이런 남자를 어느 공주가 좋겠다고 받아들이겠는가?

게다가 미틀러렌에서도 이미 카이트가 반역을 꾀하다 들켰다는 사실을 알고 있을지도 모른다. 왕실이 수집하는 정보는 그 범위가 넓고도 매우 깊은 것이 일반적이니까. 다만 그게 누명인지 진짜인지는 그다지 중요하게 생각하지 않을 테지. 그러니 어쩌면 거절당할지도 모른다. 아마…… 거절당할 것이다.

"음? 마녀님 왜 그러고 계십니까?"

조금 전과는 달리 주먹을 꼭 쥐고 어느새 고개를 세차게 끄덕이는 그녀의 모습을 페라트가 의아하다는 듯 쳐다보고 있었다. 그제야 윤수의 정신이 퍼뜩 돌아왔다.

"아무것도 아니에요. 그나저나 그렇게 되면 큰일이군요. 거절이라, 그럼 어서 거절에 대비한 다른 방법을 생각해 봐요."

뭐라 설명할 수는 없지만, 그녀는 이 계획이 썩 마음에 들지 않았다. 그리고 그건 카이트도 마찬가지였다.

"그래, 나 역시 그 말에 동의한다. 뭐? 무도회와 다과 모임, 그리고 정원에서의 산책? 젠장, 제정신인가? 지금 나보고 일면식도 없는 여자와 그따위 짓을 하라고?"

그러나 페라트는 강경했다. 그 모습으로 보건대, 그는 이것 외에 다른 방법은 없다고 믿는 것이 틀림없었다.

"안 되면 되게 할 겁니다, 카이트 님. 무슨 수를 써서든 공주의 마음에 들어야 합니다. 아까도 말했지만 우리들이 안전한 체류를 보장받을 수 있는 유일한 길입니다. 물론 눈앞에 카이트 님이 왔다 갔다 하는 걸 마뜩잖아 하는 자들이 있을 수 있겠죠. 하지만 그렇다고 해서 그들이 미틀러렌을 위한 꽃의 기사를 감히 출입 금지시킬 수는 없을 겁니다. 언짢아도 받아들일 거예요."

"그렇다 해도 꽃의 기사는 희망자가 넘쳐 나는 자리다. 그러니 내가 된다는 보장은 어디에도 없지."

윤수는 이제 숫제 목이 아플 정도로 격하게 고개를 위아래로 흔들고 있었다.

희망자가 넘쳐난다면 하고 싶은 사람이 해야 마땅한 법.

……가만. 그런데 내가 지금 왜 이렇게 황자의 편을 드는 거지?

윤수는 스스로의 감정에 대해 알 수 없는 위화감을 느끼며 어느새 다시 공을 넘길 준비를 마친 페라트를 향해 시선을 던졌다.

"아니죠. 카이트 님은 페어라센의 마지막 남은 미혼의 황자. 누가 뭐라 해도 운켄트니스 황제 폐하의 피를 이어받은 황가의 자손입니다. 그러니 공작이나 후작의 아들이 온다고 해도 어디 감히 상대가 되겠습니까? 아, 잠깐. 어쩌면 2황자님께서 참전하실 수도 있겠군요. 도른 아가씨와 이혼하시고 자유로운 몸이 되셨으니 문제는 없습니다만, 씨알도 안 먹힐 소리죠. 지금 미틀러렌의 여왕이 누군지 잊은 건 아니시겠지요?"

그러자 카이트의 미간이 단번에 구겨졌다.

"윽, 그 잔소리 할멈."

"네에. 맞습니다. 바로 저 프란카 여제입니다. 그녀는 매우 엄격하고 보수적인 분이시죠. 여제는 소중한 딸을 맞이하는 꽃의 기사가 이혼남이라는 것을 절대로 용납하지 않을 겁니다. 아무리 그가 황자라 해도 말입니다."

페라트는 그렇게 말하고 확신에 가득 찬 얼굴로 테이블을 주먹으로 보란 듯이 내려쳤다.

"그러니 부디 이제부터는 제게 맡겨 주십시오. 아무리 대단한 라이벌들이 몰려온다 해도, 미틀러렌 공주의 마음을 단숨에 사로잡고 말 테니까요. 더불어 이 기회에 카이트 님의 이미지도 대대적으로 쇄신시켜 볼까요?"

그의 보석 같은 푸른 눈이 반짝였다. 이쯤 되면 페라트는 단순히 일 잘하는 것을 넘어서 무서울 정도로 유능한 심복이 틀림없었다. 더 이상 아무 말도 하지 못하는 카이트를 가만히 바라보던 윤수의 미간에 아주 미세한 주름이 그어졌다.

* * *

"잠깐만, 잠깐만 기다려 봐, 카이트!"

벌써 복도 끝까지 다다랐을 정도로 걸어가 버린 카이트의 빠른 걸음은, 지금 그의 심기가 얼마나 불편한가를 대변해 주고 있는 듯했다. 그는 저 뒤에서 다급하게 저를 불러 대는 윤수의 목소리가 들려오자 그제야 슬그머니 발을 멈췄다.

"왜 그러지?"

"할 이야기가 있어서."

아무리 작다지만 그래도 성은 성. 동쪽 복도의 끝에서부터 서쪽 복도 끝까지의 길이를 더하면 꽤나 긴 거리였다. 그 거리를 순식간에 달려왔지만 윤수의 숨은 하나도 흐트러져 있지 않았다. 자신들의 세계에서 홀로 무엇이든 될 수 있는 이 여자의 자유로운 능력에 카이트가 잠시 부러움을 금치 못하던 찰나.

"너! 왜 나한테 말 안 했어?!"

저를 책망하는 목소리와 함께 갑자기 무언가가 갈비뼈 부근을 훅 강타했다.

"윽."

주먹을 제법 야무지게 말아 쥐고 때렸는지, 맞은 부위가 지잉하고 울렸다.

"지금 이게, 뭐 하는 짓…….."

황족에게, 그것도 카이트에게 감히 이런 행동을 하는 사람은 이 나라엔 없었다. 이루 말할 수 없는 황당함에 카이트가 말을 제대로 잇지도 못하고 있을 때였다.

"이 성에 마물이 나타난다고 들었어. 대체 언제부터 그렇게 된 거야?"

동시에 그의 반듯한 두 눈썹이 꿈틀거렸다.

누가 또 그새 촉새같이 이 여자에게 그 이야기를 고해 바친 것이 틀림없었다.

……그게 누구인지는 말하지 않아도 충분히 알 것 같지만 말

이다.

"영토가 위협받고 있는데 왜 황국의 기사단은 코빼기도 비추질 않지? 이럴 때 등장하라고 써 준 놈들인데!"

그녀는 몹시 흥분한 것 같았다.

"내가 기사단에 대한 설정을 짜느라 얼마나 머리가 아팠는지 아무도 모를 거야. 그렇지만 그렇게 고심해서 만들어 주면 뭐 해?! 직무태만이나 저지르는 괘씸한 놈들!"

심지어는 발을 콩콩 구르기까지.

하지만 저 대신 이렇게 열을 내고 있는 모습을 보니, 어쩐지 입가를 비집고 슬그머니 웃음이 새어 나왔다. 카이트는 손을 들어 턱을 만지는 척하면서 가만히 입을 가렸다.

"넌 지금 웃음이 나와? 말해 봐, 페어라센 기사단 놈들 도대체 어디 갔어? 지금 누가 그들에게 명령을 내리는 거지?"

마녀는 그 와중에도 꽤나 눈치가 빨랐다.

이왕지사 이렇게 된 거 솔직하게 이야기해 주지 않으면 계속해서 꽥꽥거리며 성가시게 할 것이 분명하다.

"직접 물어봐."

"뭐?"

"2황자의 성에 가면 만날 수 있을 테니까."

그녀는 무언가 놀라운 일이 있을 때면, 두 눈이 커지면서 눈썹이 둥글게 올라갔다. 그 사실을…… 본인도 알고 있을까?

"도른이 설마 이혼하고 나서도 2황자 성에서 함께 살고 있어?"

믿기지 않는다는 듯 높이 올라간 목소리를 듣고서야 카이트는 제 설명이 모자랐음을 깨달았다.

"그게 아니야. 그녀는 말 그대로 이혼 때문에…… 공식적으로는 개인적인 사정으로 현재 기사단장 자리에서 잠시 물러나 무기한 휴가를 신청한 상태다. 공석이 된 그 자리는 2황자가 맡고 있지. 물론 도른이 복귀하기 전까지라는 전제하에."

"그럼 모든 병력들이 2황자의 명령에만 의존한 채 이곳에서 일어난 일에 대해서는 아무도 꼼짝하지 않는다고?"

뭐, 비슷해.

그렇게 말하듯 카이트는 그저 어깨를 한 번 으쓱 추켜세웠다.

"와. 이 자식 진짜 안 되겠네!"

덕분에 윤수는 정말 머리끝까지 화가 치솟고 말았다.

2황자 시리즈의 주인공 바인과 악역을 맡았던 3황자 카이트가 서로 원수지간이 된 건 그렇다 쳐도, 공은 공이고 사는 사였다. 예전에는 없었던 마물들이 갑자기 생겨난 것은 분명 페어라센에도 크나큰 위협으로 다가왔을 것이다. 하지만 그것들을 어떻게든 박멸할 궁리를 하긴커녕 사적인 원한을 푸는 데 급급하다니. 이럴 줄 알았으면 2황자에게 절대로 군대를 안겨 주지 않았을 거다!

이러다가는 작가가 만든 세계를 정작 주인공이 말아먹는 초유의 사태가 벌어질지도 모른다.

"집으로 돌아가면 두고 보자. 비록 주인공이지만 외전에서 철저히 응징해 버리겠어. 댓글로 욕먹는 건 각오되어 있으니까."

윤수는 계속해서 이를 바득바득 갈았다. 그런 그녀를 신기하다는 듯 한참 바라보던 카이트는 결국 크게 소리 내어 웃고 말았다.

"나 농담하는 거 아니야. 갈 땐 가더라도 이 미친 2황자 자식의 면상은 꼭 보고 갈 거라고."

대놓고 거칠게 욕설을 한 것도 모자라 아직 분이 풀리지 않았는지 윤수는 애꿎은 벽을 쾅! 하고 내리쳤다.

"아윽!"

그 반동으로 그녀의 주머니에서 무언가 조그만 것이 툭, 하고 떨어졌다. 벽을 친 손이 아픈지 빨개진 얼굴로 신음을 삼키는 그녀를 대신해, 카이트가 쯧쯧 혀를 차며 그것을 주워주었다.

"잘도 이런 걸 만들었군."

"어, 어서 돌려줘."

살랑거리는 깃털 펜과 꽤나 깜찍한 크기로 잘라 내어 묶은 양피지가 부끄러운지, 그녀가 황급히 손을 내밀었다.

카이트는 그것을 건네주려다 말고, 잠시 손을 멈칫했다.

그러고는 시선을 내려 그녀의 두 눈에 자신의 붉은색 눈동자를 고정시킨 채 입을 열었다.

"너까지 걱정할 필요 없다. 마물이 이곳까지 내려오는 건 그리 흔치 않은 일이니까. 게다가 그들이 여길 덮친다 해도 나 혼자서 충분히 해결할 수 있으니 그리 큰 문제는 아니지."

그러나 윤수의 귀에는 이미 아무것도 들리지 않았다.

완결 이후 아무리 작가의 손을 떠났다지만 선하고 훌륭했던 주인공과 그 주변 인물이 저지른 행태에 그녀는 그야말로 경악을 금치 못하는 중이었다.

"하지만 여기도 페어라셴 영토의 일부잖아! 운켄트니스 황제가 다스리는!"

그 말에 카이트의 입가가 딱딱하게 굳었다. 확실히 그녀의 말은 틀리지 않았다. 자신을 미워하는 것과는 별개로 황제에게는 분명 영토를 지킬 의무가 있었다. 하지만 운켄트니스 황제는 그런 것에 관심조차 없었다. 카이트가 어렸을 때와는 달리, 현재 페어라셴의 국정은 몹시 엉망이었다. 이제는 얼굴조차 희미해진 늙은 아버지는 확실히 황제의 자리에는 어울리지 않았다.

"만약 내가 이 나라 최고의 권좌에 오르게 되면……."

그는 말을 멈추고 잠시 호흡을 골랐다. 한껏 달궈진 유리알처럼 반짝이는 눈은 그 순간에도 전혀 흐트러짐이 없었다.

"잘못 돌아가고 있는 행정을 바로잡는 것은 물론, 마물의 퇴치에도 온 힘을 다할 거다. 네가 이곳을 창조하며 들인 노력이 절대로 헛되지 않도록 만들 것을 약속하지."

그 말을 끝으로 카이트는 손에 들린 수첩으로 그녀의 어깨를 가볍게 두어 번 두드렸다. 그리고는 윤수가 입고 있는 상의 바깥 주머니에 그것을 조심스레 넣어 주더니, 멍하니 서 있는 그녀를 등지고 그대로 저벅저벅 걸어갔다.

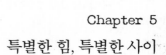

Chapter 5
특별한 힘, 특별한 사이

그리고 지금 윤수는 큰 목소리로 카이트에 대한 욕을 마구 쏟아 내고 있는 중이었다.

"뭐? 마물이 내려오는 건 그리 흔치 않은 일이라고! 와, 어쩜 사람을 그리 감쪽같이 속이냐. 완전 사기꾼이네!"

혼잣말로 하는 소리긴 했지만, 주변의 다른 누가 들어도 상관 없었다. 왜냐하면 지금 이 난리 통에 그녀의 말 같은 것을 귀담 아 담을 사람은 없을 테니까.

"마녀님, 이쪽입니다, 그쪽이 아니라요! 어서 이쪽으로 오세요!"

그리고 페라트는 뒤에서 그녀를 따라잡느라 죽을힘을 다하고 있었다. 원래는 그가 먼저 앞서서 이끌어 주어야 했으나, 윤수에 비해 그의 다리는 너무 느렸다.

저 멀리 숲에서부터 정체를 알 수 없는 검은색 물체가 마치 산사태처럼 성을 향해 쏟아져 내려온 건, 이제 막 어스름이 내리고 있는 늦은 오후였다.

"카이트 님!"

그의 이름을 다급히 불러 대는 문지기의 절박한 외침과 함께, 성 안은 삽시간에 아수라장이 되었다. 아니, 아수라장이라는 표현은 조금 옳지 않은 건지도 몰랐다.

왜냐하면 성에 상주하고 있는 신하들의 숫자가 워낙 적은 데다가, 그들은 이미 모두 일사불란하게 미리 정해진 피난 공간으로 차분히 이동하고 난 뒤였으니까.

사실 그 말이 맞았다. 가장 큰 혼란에 빠진 것은 오히려 윤수였다. 다만 그녀가 놀란 것은 마물들의 습격 자체가 아니라, 그것들을 상대하기 위해 밖으로 나간 자가 오로지 카이트 한 명뿐이라는, 그야말로 경악을 금치 못할 만한 사실 때문이었다.

"페라트 씨! 이거 수가 너무 엄청나지 않아요? 마물들이 원래 이렇게 떼를 지어 나타나는 놈들인 건가요?!"

뒤에서 저를 마치 양 몰듯이 몰아대는 그를 향해 윤수가 외쳤다.

"그렇지 않습니다. 으음, 확실히 이상하긴 하군요. 예전 같으면 기껏해야 스무 마리 정도였는데, 이번에는 왜 이렇게 불어났을까…… 어, 거기 조심하세요. 통로가 매우 가파르니까요! 자, 이제 검은색의 돌계단이 보이죠? 그걸 밟고 그대로 꼭대기까지 올라가시면 됩니다. 그 위에 있는 방은 좀 좁긴 하지만 그 어디보다 안전해요."

"아니, 그러니까요. 저 많은 마물들을 3황자 혼자 어떻게 상대하느냐 말이에요! 누군가가 같이 가줘야만……!"

"여기는 병사가 없습니다, 마녀님. 설령 그런 부하가 있다 해도 카이트 님이 밖에 나오는 걸 허락하시지 않습니다."

이럴 때 보면 이 파란 눈의 은발 청년의 성격은 완고함을 넘어서 좀 답답할 때가 있었다.

윤수는 저도 모르게 가슴을 치며 소리쳤다.

"아무리 그래도 혼자서 저 많은 놈들을 상대하는 건 무리라고요! 꼭 병사가 아니어도 좋으니 누구라도 함께 있어 줘야 하는 것 아닌가요?"

그러자 어느새 그녀의 앞에서 먼저 계단을 오르며 발 디딜 곳을 알려주던 페라트가 휙 뒤를 돌아보았다.

"이 성의 사람들은 모두 카이트 님의 명령을 성실히 수행하는 자들입니다. 그분이 절대로 밖에 나오지 말라면 그것이 무슨 의도인지를 따지기 이전에, 그저 그 명령에 충실히 따르면 되는 겁니다. 마녀님도 이 세계에 들어와 카이트 님과 행동을 함께하기로 한 이상 황자님의 명령에 불복하는 건 있을 수 없습니다!"

아시겠어요? 그러니 제발 얌전히 좀 있어!

이런 상황에서 더 이상의 설명은 필요 없다는 듯 다시 고개를 재빠르게 앞으로 돌리는 페라트의 옆모습에서 마지막으로 못다 한 그 말이 고스란히 드러났다.

'무조건 3황자의 명령만 충실히 따르면 된다고?'

순간 윤수의 이마에 확 열이 올랐다. 그녀는 스스로도 자신의 체온이 1도쯤 높아지는 것을 느낄 수 있었다.

작가인 내가?

하지만 그녀는 그러한 치기를 애써 눌렀다.

지금은 그런 것보다도, 저 많은 마물 앞에서 혼자 고군분투할 그에 대한 걱정이 더 앞섰다.

윤수는 주머니에 얌전하게 들어 있는 네모난 수첩을 살며시 꺼내 들어 왼손에 꼭 쥐었다. 그리고 나머지 오른손으로는 페라트의 허리춤에 달린 검을 재빠르게 뽑아냈다.

"앗!"

마치 전광석화와도 같은 속도여서 미처 말릴 틈도 없었다.

"마녀님! 어디 가세요! 안 됩니다, 마녀님!"

뒤에서 목이 터져라 불러 대는 페라트의 음성이 들려왔다. 하지만 그녀는 절대로 뒤돌아보지 않았다.

맨 처음 빌었던 소원인 빠른 발이 해낸 첫 번째 임무는, 공교롭게도 페라트로부터의 도주였다.

*　　　*　　　*

거의 꼭대기에 다다르기 일보 직전이었던 높은 탑 위에서부터 성벽 아래까지 내려오는 길은, 날쌘 달리기 실력을 키운 윤수에게도 한참의 시간을 요했다.

물론 말보다 빠른 다리를 지니긴 했지만 그래도 숨이 차지 않는 건 아니었다.

그럼에도 불구하고 수백 개가 넘는 계단을 뛰어내려오면서 단 한 번도 쉬지 않았다. 마음이 무척이나 급하다.

"후우, 하아."

두 다리가 땅에 닿았을 때 비로소, 그녀는 이마에 송골송골 맺힌 땀을 손등으로 닦아 냈다.

"아, 이거 설마 또박또박 쓰지 않았다고 안 되는 건 아니겠지?"

불안한 목소리로 혼자 중얼거리며 윤수가 손에 꺼내 쥔 것은 어느새 끝부분이 땀으로 축축해진 예의 그 '수첩'이었다. 그것을 두어 장 뒤로 넘기자, 거의 알아볼 수 없을 정도로 날려 쓴 문장 하나가 나왔다.

수업시간에 졸면서 무언가를 무의식적으로 받아 쓴 것처럼, 본인도 알아보기 힘든 엉망인 글씨였다.

"상관없을 거야. 어쨌든 소원을 빌긴 빈 거니까. 그나저나 이 검은 어떻게 쥐어야 하는 거지?"

그녀는 족히 3미터는 넘을 것 같은 거대한 성벽을 따라 천천히 조심스럽게 걸음을 내디디며 혼잣말을 계속했다.

저 멀리서 둑이 터진 것처럼 밀려 내려오는 마물들을 발견하고 급히 뛰어온 것까지는 좋았는데, 막상 아래쪽으로 내려오니 사위는 조용하고 지금 제가 있는 곳이 어딘지조차 잘 파악이 안 됐다. 평소대로라면 동서남북의 방향쯤은 가늠할 수 있었을 텐데, 드높은 성벽 너머로 보이는 것은 아무것도 없으니 우선은 그저 천천히 벽을 따라 한 바퀴 돌아보는 수밖에는 없었다.

하지만 역시 혼자서는 자꾸만 겁이 났다.

"으, 빨리 카이트를 찾아야겠어."

윤수는 아무것도 없는 허공에다 괜히 휙휙 소리를 내며 검을 휘둘렀다. 우선은 손잡이를 쥐는 법조차 모르는 이 무기를 자신이 제대로 쓸 수 있을지가 걱정이었다.

두 번째로는 제가 급하게 뛰어내려오면서 써 갈긴 이 소원이 과연 얼마만큼의 효력을 발휘할지가 관건이었고.

"카이트! 야, 카이트! 황자아!"

하지만 아무리 목 놓아 불러보아도 주변에는 개미 새끼 한 마리 보이지 않았다.

설마 그새 카이트가 모든 걸 다 처리해 버린 것은 아닐까?

그렇게 생각할 정도로 주위를 떠도는 거라고는 그저 적막뿐이었다.

"아, 이걸 어떻게 한담."

윤수의 입에서 당황스러운 신음이 새어 나왔다.

그렇다면 차라리 성벽을 따라 크게 한 바퀴 돌아보고, 얼른 안으로 다시 들어가자고 생각한 찰나였다.

"……끽."

뒤에서 마치 작은 쇠를 긁는 듯한 소리가 들려왔다.

순간 그녀의 모골이 송연해졌다.

윤수는 공포에 굴하지 않으려 애쓰며 천천히 몸을 뒤로 돌렸다. 그러자 그곳에는 언제 그렇게 소리도 없이 저를 따라왔는지 족히 삼십 마리는 넘어 보이는 마물들이 단체로 바글바글하게 몰려 있었다.

"아, 으, 헉……."

마치 머리로 종을 세 번 치고 장렬하게 전사한 동화 속 까치처럼, 윤수의 입에서도 각각 다른 괴상한 세 개의 신음 소리가 튀어나왔다.

"카, 카이트. 대체 어디에 있어?"

그녀는 이 순간만큼은 이 세계를 만든 작가로서의 위엄이나 체면을 모조리 내려놓기로 했다.

가까이서 본 마물들은 정말 징그러웠다.

놈들은 죄다 먹물을 뒤집어쓴 것처럼 새까만 색을 띠고 있었지만, 몸체는 투명했다. 덕분에 그 안의 내장이라든지 혈관, 그리고 날카로운 이빨의 생김새 같은 것들이 너무나도 선명히 보였다.

마치 빛이 속에서 깜박대고 있는 것처럼 말이다.

설마 자체 발광하는 건가?

윤수는 그 언젠가 누군가의 SNS에서 보았던 '인간이 아직 모르는 심해어들'이라는 타이틀이 박힌 사진들을 떠올렸다. 그때의 괴이했던 물고기들과 마물들의 모습은 미묘하게 닮아 있었다.

그녀는 손에 쥔 검을 어설프게나마 위로 곧추세웠다.

"깩!"

그러고는 마치 지느러미처럼 사지를 펄럭거리며 달려드는 그것을 향해,

"으아아!"

소리를 지르며 마구잡이로 휘둘렀다.

그녀는 자신의 모양새가 틀림없이 단골 회식 장소인 노래방에서 거나하게 취해 탬버린을 흔드는 회사원처럼 보였을 거라고 믿었다.

그런데 그 순간, 놀라운 일이 벌어졌다.

"깩."

"깨개객."

"끽."

소리를 낸 놈이 세 마리, 소리를 내지도 못한 놈이 두 마리. 도합 다섯 마리가 마치 칼로 썬 두부처럼 몸이 두 동강이 난 채 땅 위로 널브러졌다.

"뭐, 뭐야?"

그녀는 믿을 수 없는 눈으로 그것들을 바라보며 손에 괸 땀을 옷에 쓱쓱 닦았다. 그제야 잔뜩 참고 있었던 숨이 달게 터졌다. 마물들도 무언가 심상찮음을 느꼈는지 슬금슬금 뒷걸음질을 쳤다.

휘갈겨 쓴 그 소원이 제대로 작동하는 것임에 틀림없다!

"쟤들도 나의 실력을 알아본 모양이네?"

윤수의 가슴 속에 자신감이 차올랐다. 마물들에 대한 두려움이 눈 녹듯 사라졌다.

"어디…… 다시 한 번, 해 볼까?"

그렇게 말하며 오른발을 쓰윽 내딛자, 마물들이 다시금 뒤로 주춤주춤 물러섰다.

윤수는 크게 심호흡했다.

이번에는 좀 더 마음을 가다듬고—가다듬었다고 생각하고—약간 멋진 폼도 염두에 둔 채 다시 검을 위에서 아래로 휙 내리그으려던 찰나. 그녀는 고개를 가만히 가로저으며 저도 모르게 홀로 중얼거렸다.

"만약 이게 주인공이 일당백이 되어 모든 것을 다 처리해 버리는 먼치킨 소설이라면…… 지금 내 행동은 너무 흔한 패턴 중 하나잖아. 이런 캐릭터는 좀 평면적이지."

동시에 곧바로 너털웃음이 터져 나왔다. 어느새 본인을 소설 속 인물로 분류시켜 파악하고 있는 모습이 우스웠기 때문이었다.

"아, 이 작가 본능."

그래, 지금은 이런 마물들을 상대로 자신의 힘을 시험해 보며 재미를 느낄 때가 아니었다.

얼른 카이트를 찾아야 해.

그렇게 결심한 윤수는 마물들을 향해 검을 한 번 크게 휘둘렀다. 파앙! 하는 소리와 함께 위협적인 바람이 일었다.

"깨액."

그 몸짓에 놈들은 결국 꽁무니를 빼고 부리나케 달아나기 시작했다. 윤수는 마물들이 도망가도록 둔 채, 성벽의 왼쪽을 따라 다시 빠르게 달려 나갔다.

*　　*　　*

"하아, 빌어먹을."

"카, 카이트 님."

"겁먹지 마. 상대가 위축된 걸 기가 막히게 알아차리는 놈들이니까."

하지만 그렇게 독려해도, 남자의 울먹거림은 잦아들 기미가 보이지 않고 있었다.

카이트는 사실 혼자서 밖에 나간 것이 아니었다.

그가 성에서 데리고 나온 자가 딱 한 명 있었는데, 사실 그의 본업은 정원사였다. 그리고 이 정원사는 뜰을 조성할 때 쓸 나무를 한 그루 구하러 숲 근처로 갔다가, 마주친 마물을 죽인 경험이 있는 유일한 사내였다.

그래서 좀 도움이 되지 않을까 싶었던 건데.

"하, 하지만 마릿수가 너무나 많은데요!"

도움은커녕 그저 짐만 될 뿐이었다.

페어라센 최강의 검사인 그가 옆에 있어도 정원사의 목소리에 잔뜩 배어 있는 두려움은 여전했다.

그것도 무리는 아닌 것이, 마물들은 유독 이 정원사를 향해서만 위협적으로 덤벼들고 있었다.

"빌어먹을."

마물은 확실히 지능이 있었다. 카이트 대신 훨씬 나약한 정원사 쪽으로 몰려드는 것을 보면 말이다. 그들은 마치 카이트에게 당했던 동료의 원한이라도 갚아 주겠다는 듯 끊임없이 정원사를 괴롭혔다. 그의 발이 점점 뒤로 주춤주춤 물러나는 것이 보였지만, 카이트도 선불리 자리를 뜰 수가 없었다. 그가 조금이라도 한눈을 팔게 되면 마물들은 그 틈을 타 마치 거센 물살처럼 성안으로 죄다 흘러 들어가 버릴 것이 자명했기 때문이었다.

하지만 이대로라면 정원사가 크게 다치거나, 노르덴 숲으로 그대로 끌려가 버릴지도 모를 일이었다.

카이트의 눈동자에 날카로운 총기가 서렸다.

우선 앞에 우글우글 모여 있는 것들부터 처리하고, 잠시 놈들이 우왕좌왕할 때를 틈타 정원사의 멱살을 끌어다 자신의 곁에 가까이 두어야겠다고 마음먹은 순간이었다.

"으앗, 징그러워!"

성벽 아래쪽에서 귀에 익은 목소리가 들려왔다.

"와, 이 느낌은 익숙해질 수가 없네. 생닭 수십 마리를 계속해서 식칼로 썰고 있는 것 같아."

"뭐?"

설마, 잘못 들었겠지.

카이트는 자신이 너무 정신을 집중해서 잠시 환청을 들은 거라고 생각했다.

하지만…….

"그냥 찌르려고만 했는데 이번에도 죄다 뼈째 썰어버렸네! 앗, 피가……! 아, 또 신발에 죄다 튀었잖아."

카이트와 정원사의 두 눈이 서로 딱 마주쳤다.

아니, 이게 진짜일 리 없다.

카이트는 그렇게 믿으려 했다. 하지만 지푸라기라도 잡고 싶었던 정원사가 얼른 큰 소리로 외쳤다.

"마녀님, 마녀님! 여깁니다! 우리 여기에 있어요!"

그러자 밑에서 기다렸다는 듯 반가운 화답이 들려왔다.

"아, 안녕하세요! 거기 계셨군요?"

순간 굳게 다물어져 있던 카이트의 입술이 파르르 떨렸다.

"젠장, 안녕은 무슨 안녕이야!"

아무리 해도 황당함을 떨쳐 버릴 수 없었던 그는 눈썹을 구기며 재차 거칠게 외쳤다.

"저 여자가 대체 여긴 왜 나타났어?!"

하지만 제 어지러운 심경과는 다르게, 윤수는 또다시 맑고 경쾌한 목소리로 외쳤다.

"얼른 그쪽으로 갈게요!"

그리고 나서 채 수 분도 지나지 않아, 그녀가 정말로 모습을 드러냈다. 발끝에 묻은 피를 풀잎에 쓱쓱 닦아가며 매우 해맑게 웃는 얼굴로.

＊　　　＊　　　＊

　"닭볶음탕, 찜닭, 닭갈비, 치킨…… 아, 이제 이것들을 맛있게 먹기는 다 글렀네."

　윤수는 바닥에 산더미처럼 쌓여 있는 것들을 보지 않으려 일부러 고개를 저 멀리 하늘로 향했다.

　아직 태우지 않은 검은 연탄만 한 크기의 그것은 죄다 몸이 반으로 나뉜—그녀의 표현에 의하면 뼈째 썰어 버린—마물들의 시체였다. 그리고 그런 그녀의 모습을, 카이트와 정원사는 아직도 믿기지 않는 얼굴로 멍하니 바라볼 뿐이었다.

　윤수가 나타나고서부터 일은 그야말로 일사천리였다.

　성을 습격했던 마물들은 빠르게 정리되었다. 덕분에 정원사는 그저 뒤에서 그냥 멀거니 서서 구경만 했다고 말해도 좋을 정도였다.

　하지만 성 안에는 여전히 많은 사람들이 꼼짝도 하지 않고 숨어있었다. 완전히 날이 밝지 않았기 때문에 또 한 차례 놈들이 쳐들어오진 않을까 하는 우려 때문이었다.

　"카이트 님, 이제 그만 들어가서 쉬시죠. 여긴 저 혼자 보초를

서도록 하겠습니다. 저는 딱히 한 일도 없지 않습니까."

정원사가 멋쩍게 이마를 긁적이며 그렇게 말했지만 카이트는 고집스럽게 고개를 가로저었다.

"아침이 될 때까지는 섣불리 안심하면 안 된다. 아직 어두우니까 아래쪽과 위쪽을 각각 맡아 이중으로 시야를 확보하지."

그러자 그가 지체 없이 위를 가리키며 말했다.

"그럼 카이트 님은 성벽 위쪽으로 가시죠. 온통 진흙투성이인 아래쪽보다, 위에는 그나마 마른 땅이 좀 있을 테니까요."

정원사의 배려에 카이트는 고맙다는 듯 그의 어깨를 다정히 두드려 주었다. 그러고는 뒤에 놓인 사다리를 타고 올라가려는데, 노래를 흥얼거리며 검 끝으로 흙바닥에 낙서를 긁적이고 있는 윤수가 눈에 들어왔다.

"이제 넌 들어가."

하지만 그녀는 대답 대신 생긋 웃어 보이더니, 절 무시한 채 먼저 사다리를 타고 곧바로 턱턱 올라가는 게 아닌가.

"허……."

이제는 뭐든지 반대로 행동하기로 작정한 건가?

카이트는 또다시 황당함을 참지 못해 짧은 신음을 토했다. 그러고는 자신들을 향해 호기심 어린 눈길을 보내는 정원사를 남겨 두고, 윤수의 뒤를 따라 성큼성큼 성벽 위로 올라갔다.

* * *

카이트는 다리를 쭉 편 채 앉아있는 윤수의 앞에 떠억 서서 팔짱을 꼈다. 그러고는 보란 듯이 미간을 구기고는 낮은 목소리로 추궁을 시작했다.

"왜 내 명령을 듣지 않았지?"

아직 어둠이 다 걷히지 않은 시각, 그녀는 남빛 공간 속에 홀로 타오르는 것 같은 붉은 머리를 뚫어지게 바라보며 천연덕스럽게 되물었다.

"뭐가?"

"내가 분명 성에 얌전히 있으라고 지시했을 텐데. 지금 보니 페라트의 검까지 훔쳐 나왔군. 정말 잘하는 짓이다. 이젠 도둑질까지 해?"

"아, 그렇지. 부탁이 있는데, 나도 검 하나만 만들어 주라."

"뭐?"

그는 더 이상 말을 잇지 못한 채 그저 마음속으로 생각했다.

단언컨대 지금이 자신의 인생에서 제일 황당한 순간이라고.

그야말로 기가 찼다. 이 성의 주인이자 황족인 자신의 명령을 함부로 어긴 것은 커다란 중죄에 해당하는 거였다. 게다가 카이트는 지금껏 그 누구도 제 말을 거스르는 자를 본 적이 없었다.

그도 그럴 것이 눈만 마주쳐도 목을 베어 버린다는 소문이 떠도는 저인데, 누가 그런 자신의 심기를 불편하게 만들겠는가?

"안 그래도 깜깜한데 앞에서 시야 가리고 있지 말고 여기 좀 앉아."

하지만 마녀는 정말 조금의 예상도 들어맞지 않는 여자였다.

"흐아암. 졸려. 곧 동 트겠네."

심지어는 하품까지 해?

카이트는 그저 어안이 벙벙했다. 상대가 저렇게 나오니 화를 낼 모든 의욕이 사라지며 이내 온몸에 힘이 빠졌다.

그는 하는 수 없이 윤수의 옆에 양반다리를 하고 털썩 앉았다. 시커먼 피가 잔뜩 묻어 있는 검을 검집째 풀어 앞에다 소리 나게 던져놓으니, 그제야 온 어깨를 딱딱하게 짓누르던 긴장이 풀리기 시작했다.

윤수는 한눈에도 매우 무게가 나가 보이는 그 검을 슬쩍슬쩍 곁눈질로 훔쳐보았다.

페라트에게서 잠시 빌려 온 검과 비교해 보았을 때 카이트의 검은 약 한 뼘 정도가 더 길었다.

비록 마물의 피로 조금 더러워지긴 했지만 영롱한 빛만큼은 그대로인, 무척이나 잘 손질된 그 무기에서 줄곧 눈을 떼지 못한 채 그녀가 입을 열었다.

"너 말이야, 명령도 좋고 황자로서의 위엄도 좋은데 왜 뭐든지 다 홀로 책임지려고 하는 건데?"

"뭐?"

"마물이 출몰할 때는 아무도 밖에 나오지 못하게 한다면서? 사람은 절대 혼자서 모든 걸 떠안고 갈 수는 없는 거라고."

그녀의 말을 가만히 듣고만 있던 카이트는 저도 모르게 홀린 듯 대답했다.

"그럼…… 혼자가 아니라면 내 곁에는 대체 누가 있지?"

어느새 저 멀리 동쪽에서부터 손톱만 한 태양이 솟아올랐다. 단지 그뿐인데도, 마치 커다란 꽃잎에 감싸인 것처럼 온 사방이 붉다. 상쾌한 향기를 머금은 새벽바람이 밤새 흘렸던 땀을 시원하게 닦아주고 달아났다.

"누가 있냐니. 뭐, 페라트 씨도 있고…… 도리스도 있고……."

드문드문 끊기는 목소리로 보아하니 마녀는 아마도 졸음이 밀려오는 모양이었다. 슬쩍 옆을 바라보자 그녀는 어느새 바짝 세워 끌어안은 두 무릎에 자신의 머리를 묻은 상태였다.

"……그리고, 나도 있고……."

그 말에 그녀 쪽으로 향하던 손이 그대로 멈췄다.

여기서 잠들려는 여자를 흔들어 깨워, 이제 되었으니 어서 성 안으로 들어가라고 말할 참이었다. 더불어 밤새 두려움으로 떨었을 성 안의 다른 사람들에게 바깥의 상황도 전해 주라고 말이다.

하지만 왜인지 그는 그녀를 그대로 두기로 마음먹었다.

갈 곳을 잃은 손이 잠시 허공을 맴돌았다.

하지만 그도 잠시.

이내 다시 천천히 손을 뻗어 작고 가녀린 어깨를 부드럽게 감쌌다.

따스한 체온을 느끼며 제 쪽으로 살짝 힘주어 당기자, 이미 잠에 잔뜩 취한 그녀의 몸 전체가 스르르 딸려 왔다. 카이트의 단단한 가슴 위로 윤수의 고개가 툭, 하고 떨어졌다.

그것을 그대로 기댈 수 있도록 놔두니, 참으로 편하게도 몰아쉬는 작은 숨이 심장 근처에서 기분 좋게 울렸다.

"……나는 나를 믿고 기꺼이 이 황폐한 성에서 인생을 살아가는 사람들을 지키고 싶다. 유일하게 내게 웃어주는 몇 안 되는 얼굴들을 바라볼 때면 그래도 내 인생이 아예 절망스러운 건 아니구나, 하고 믿게 되거든."

그 말이 끝나자마자, 윤수의 고개가 더더욱 그의 품 안으로 깊게 파고들었다. 무방비하게 잠들어버린 여자의 무게가 전해 주는 이 안정감이라니.

카이트의 마음속에도 무어라 형용할 수 없는 평온함이 차올랐다.

그는 그녀의 어깨를 좀 더 힘주어 안았다.

손톱만 했던 태양은 어느새 주먹만큼 커져 있었다. 저 멀리 보이는 초록빛의 숲에 반짝이는 햇살이 아낌없이 흘러내렸다. 구름 한 점 없이 파랗게 갠 하늘 위로는 새하얀 달이 점점 투명하게 부서져갔다.

오로지 한쪽 눈으로만 바라본 세상은 여전히 아름다웠다.

*　　　*　　　*

누군가가 자신의 몸을 누군가가 번쩍 안아드는 것이 느껴졌다. 하지만 그녀는 눈을 뜰 수 없었다. 아니, 오히려 저를 안고 있는 그 품이 너무 편안해서 눈을 뜨기 싫었다는 표현이 더 옳으리라. 비몽사몽간에 고개를 뒤척이자 쾌적한 햇살의 향기가 코끝을 간질였다.

그것이 깃털이 잔뜩 들어 있는 커다란 베개에서 나는 냄새라는 걸, 그녀는 잠결에도 알아차릴 수 있었다.

"그럼…… 혼자가 아니라면 내 곁에는 대체 누가 있지?"

그렇게 말한 누군가가 바로 곁에 있는 듯, 혹은 아닌 듯한 몽롱한 느낌. 그녀의 몸 위에는 어느새 따뜻하다 못해 더울 정도로 두꺼운 이불이 덮어져 있었다. 그것을 슬며시 발로 차내는데 그때의 음성이 또 다시 머릿속에 울렸다.

"나는 나를 믿고 기꺼이 이 황폐한 성에서 인생을 살아가
는 사람들을 지키고 싶다."

카이트의 목소리였다.
나는 왜 자면서까지 그의 꿈을 꾸는 거지?
윤수는 잔뜩 뻗쳐 있는 단발머리를 마구 손으로 헤집었다. 그

러고는 계속해서 이리저리 뒤척이며 이불을 엉망으로 구기던 순간.

　"깩! 깨객!"

　단말마의 비명을 토해 내며 자신의 손에서 설컹설컹 썰려나간 징그러운 검은 물체들이 눈앞을 가득 메웠다.

　"으앗!"

　그녀는 저도 모르게 비명을 지르며 몸을 벌떡 일으켰다.

　몇 번의 가쁜 숨을 몰아쉬고 나서야 겨우 잠에서 벗어난 윤수는 곧바로 간밤의 일을 기억해 냈다.

　"하아, 맞다. 어젠 정말이지 난리도 그런 난리가 없었지."

　그러고는 쭈욱 기지개를 켜는데, 입에서 저도 모르게 으윽, 하는 신음이 흘러나왔다.

　"아, 아이고. 내 팔."

　밤새 검을 휘두른 오른쪽 팔이 마치 무거운 돌에 짓눌린 것처럼 꼼짝하지 않았다.

　그야말로 온몸이 비명을 지르고 있었다. 이리저리 마구 뛰어다니고, 못해도 수백 번은 팔을 들었다 내렸다 했으니 근육통이 잔뜩 생긴 것도 무리는 아니었다.

　"근데…… 여기는 어디야?"

　콧잔등에 주름을 지어가며 어깨를 주무르던 그녀의 눈에 그제야 주변의 풍경이 들어왔다.

매우 크고 천장이 높은 방이었지만, 유난히 살풍경했다.

방 안에 있는 거라고는 오로지 이 무식하게 큰 침대 하나와 한쪽 벽을 뒤덮고 있는 커다란 스테인드글라스뿐이었다.

"와아, 저 예쁜 건 뭐지?"

이미 몇백 년의 세월을 거친 듯 보이지만, 여전히 환상적인 빛을 내뿜으며 위용을 자랑하고 있는 화려한 장식을 한참 동안 바라보던 그녀의 눈동자에 이윽고 당혹감이 서렸다.

여기는 확실히 그녀의 방이 아니었다.

그렇다면 설마 황자의 침실인가?

거기까지 생각이 미쳤을 때, 윤수는 저도 모르게 얼굴을 붉히고 말았다.

아니, 잠깐. 내가 왜 이곳에서 잠을 잤어?

당황한 심장이 마구 펌프질을 해대자 순식간에 잠이 확 깼다.

그녀는 얼른 침대에서 내려와, 창문가로 쪼르르 다가갔다.

어느새 태양이 정수리 위에 떠 있는 매우 훤한 대낮, 엉망이 된 뜰과 성벽 주위를 정리하러 나온 가신들로 바깥이 시끌벅적했다.

새집처럼 뻗친 머리를 아무렇게나 손으로 쓱쓱 빗어 내리며 밖을 주시하던 윤수의 눈에 그가 들어왔다.

사실 제아무리 주변에 사람들이 많아도, 카이트를 찾아내기란 그리 어려운 일이 아니었다. 마치 새빨간 잉크를 뒤집어쓴 듯

한 붉은 머리는 어딜 가나 눈에 튀었으니까.

"저 녀석은 한숨도 안 잔 모양이네."

유달리 좋은 시력으로 윤수는 그의 외양을 찬찬히 살폈다.

자신은 깨끗한 옷으로 갈아입혀져 있었지만, 그는 간밤에 입은 옷을 그대로 걸친 채 커다란 쇠문에 몸을 기대고 서 있었다.

붉은 것은 그의 머리카락뿐만이 아니었다.

등 뒤와 팔뚝은 물론이고 유달리 긴 다리에까지 피가 묻어 있어 그야말로 온몸이 얼룩덜룩했다.

"피라도 좀 씻지."

윤수는 잔뜩 속상한 목소리로 저도 모르게 중얼거렸다.

줄곧 뒤돌아 서 있는 터라 얼굴은 보이지 않았지만, 넓고 강건한 뒷모습으로도 감출 수 없는 피로가 그의 전신에 흐르고 있었다. 그걸 바라보고 있자니 윤수의 눈 속에도 의미를 알 수 없는 설움이 차올랐다.

1황자 오튼이나 2황자 바인이 저렇게 온몸에 마물의 피를 묻힌 채, 분주한 신하들 사이에서 오도카니 섬처럼 서있는 모습은 전혀 상상조차 할 수 없었다.

저런 장면이 가능한 것은 오로지 카이트뿐이었다.

소설의 악역으로 태어났기에 기꺼이 받아들였을 삶의 고단함을 순간 엿본 듯한 기분.

마음 한구석을 무언가 뾰족한 것으로 계속 콕콕 찔러 대는 느낌을 더 이상 견딜 수가 없었다.

그녀는 그대로 창문가에서 몸을 획 돌렸다.

그러고는 종종걸음으로 침대로 다가와 풀썩, 소리가 나게 누운 뒤 이불을 머리끝까지 확 뒤집어썼다.

*　　*　　*

"이제 그만 일어나."

누군가가 그녀의 어깨를 거칠게 흔들었다.

"……으응."

"여기는 내 방이라고. 나도 눈 좀 붙여야 하지 않겠나?"

"5분만, 5분만 더 있다가 일어나서…… 얼른 출근 준비할게……."

"출근이라니, 대체 어디로?"

응?

그녀의 잠을 확 깨운 것은 저를 마구 흔드는 그 손길도, 귀에 익숙한 목소리도 아니었다. 옆에서 쏟아지는 낮은 웃음소리. 곧바로 두 눈이 번쩍 뜨였다.

"으앗!"

제 곁에 걸터앉아 팔짱을 끼고 절 내려다보고 있는 것은 카이트였다.

언제 씻고 왔는지 그의 모습은 그새 말끔해져 있었다.

아니, 그럼 내가 또다시 잠든 건가? 대체 얼마나 잔 거야?

윤수는 화끈거리는 얼굴을 진정시키기 위해 애를 쓰며, 침대의 반대편으로 허둥지둥 몸을 빼냈다.

"미, 미안. 내가 또 잠이 들었나 봐."

한달음에 얼른 밖으로 나가려다가, 무슨 생각을 했는지 그녀가 다시 침대 옆으로 쪼르륵 달려왔다.

"잠깐만 기다려 봐."

윤수는 제가 먼저 차지해서 엉망으로 만들어 버린 침구를 황급히 정리했다. 베개를 팡팡 털고, 구겨진 이불의 주름을 다시 예쁘게 펴주고. 먼지가 마구 풀썩거렸지만 그녀의 손길은 아랑곳하지 않고 바쁘게 움직였다.

"자, 다 됐다. 얼른 눈 좀 붙여…… 으헉!"

그렇게 말하며 뒤돌던 윤수의 두 눈이 휘둥그레졌다.

단추를 풀고 입고 있던 셔츠를 단숨에 벗어던지려는 카이트의 모습이 고스란히 눈에 들어온 탓이었다.

"왜 그러지?"

그런 윤수의 반응에 그는 옷을 벗으려다 말고 의아하다는 듯이 고개를 갸웃거렸다.

"오, 옷은 왜 벗어, 옷은!"

"나도 자야 할 거 아닌가? 옷을 껴입은 상태에서는 영 불편해서 편히 잠들기가 어렵거든."

원래 자면서도 거추장스러운 것을 못 견뎌 하는 그에게는 새삼스러울 것도 없는 일이었다.

하지만 그 말에 윤수의 얼굴은 더더욱 화끈거렸다.

"그럼 벗더라도 내가 나간 다음에 벗어!"

어쩐지 카이트는 지금 그녀가 저 때문에 저리 당황한다는 사실이 퍽이나 마음에 들었다. 단발머리 아래 붉게 물든 하얀 목덜미를 바라보며 그가 심술궂게 응대했다.

"아하, 이거 숙녀 앞에서 실례를 했군. 그런데 나한테 안겨서 이 침대에 눕혀질 때까지 넌 조금의 미동도 없었는데, 그건 숙녀라기엔 조금……."

"뭐, 뭐라고?"

역시 저를 안아서 방에 데려다 눕힌 건 카이트가 한 짓이 맞았다. 드디어 물증을 잡아낸 윤수는 의기양양하게 쏘아붙였다.

"너야말로 왜 나를 네 방에 재운 거야?! 그거야말로 고귀하신 황자님께서 하시기에는 좀, 아니 상당히 음험한 행동 아닌가!"

그러자 카이트가 한숨을 내쉬며 아무렇지도 않은 목소리로 대답했다.

"나도 피곤하면 체력이 떨어지는 인간이라서 말이야. 안 그래도 밤새 마물들을 상대하느라 팔다리에 힘이 쫙 빠진 상태인데, 무거운 널 안고 멀리 떨어져 있는 네 방까지 가야 하는 건 정말이지 너무나 힘든 일이었다."

으윽.

더 이상 할 말이 없어진 그녀는 그저 입술을 꽉 깨물었다.

애초에 저 녀석을 말로 이겨먹기란 불가능한 일이었다.

그나마 할 수 있는 방법은 어서 이곳에서 나가는 것뿐이라는 걸 깨달은 윤수가 문을 향해 휙 몸을 돌릴 때였다.

"잠깐만."

카이트가 그녀의 발걸음을 잠시 잡았다.

"왜?"

"아까 마물들의 시체 처리를 하면서 확인한 건데, 그놈들의 뼈가 마치 부드러운 케이크의 단면처럼 깨끗하게도 잘려 있더군."

"아, 그랬어?"

윤수는 카이트가 제게 무슨 이야기를 하려고 저러나 싶어 고개를 갸웃거렸다.

"그런 건 아주 대단한 능력을 지닌 검사나 할 수 있는 기술인데…… 정말 네가 한 게 맞는 건가?"

아하.

그제야 그 말 속의 참뜻을 알아 챈 윤수는 입가에 빙그레 미소를 지었다.

"궁금하면 어디 확인해 볼래?"

그렇게 말하며 발아래에 툭 던진 그것은, 잘 때도 항상 곁에 세워 두는 그의 커다란 검이었다.

* * *

엉망으로 어지럽혀진 성은 늦은 오후나 되어서야 겨우 정리가 되었다. 조금이라도 밝을 때 더 먹이를 찾으려 열심히 날아다니는 새들이 그들의 주위에서 시끄럽게 지저귀고 있었다.

성의 뜰 안쪽에 세워진 커다란 군신(軍神) 조각상의 정수리에 꼬리가 긴 햇살이 내려왔다.

"아무리 생각해도 이건 장난이 좀 심한데."

"장난할 마음이 없는 건 나도 마찬가지야. 그러니까 안심하고 공격해 봐."

하인들의 눈앞에 펼쳐진 이 진귀한 광경은 그야말로 어디 가서 쉽사리 볼 수 없는 것이었다.

"바서 님! 대체 왜 이러시는 거예요?! 너무 위험해 보여요. 제발 그만두세요, 네?"

멀찌감치 서서 그 둘의 주변을 둥그렇게 에워싼 구경꾼 중의 한 여자가 그렇게 소리쳤다. 도리스였다.

"이게 무슨 일이람? 도리스, 대체 저 마녀님이 왜 저러시는 거니? 너는 뭔가 아는 거 아니야?"

"시녀장님! 저도 지금 이게 무슨 일인지 도통 모르겠어요. 전 그냥 카이트 님의 지시로 세상모르고 잠들어 계신 바서 님의 옷을 갈아입혀 드렸을 뿐이라고요."

"그래, 그건 그렇다고 치자. 그런데 왜 지금 카이트 님과 서로 칼을 겨누고 계시는 거지?"

"그건 저도 모르죠!"

흥분해서 높다랗게 올라간 시녀들의 목소리가 윤수의 귀에도

정확하게 내려앉았다. 안 그래도 이곳까지 오면서 벌써 몇 명이
나 절 뜯어 말린 터였다.

　　"카이트 님은 페어라센 최고의 검사라고요! 기사단에서
　　누구도 대항할 자가 없는 실력을 지녔다는 도른 아가씨도
　　번번이 패했는데, 역시 그만두시는 게 좋아요. 바서 님!"

　윤수는 그에게 신청한 검술 대결을 철회하지 않았다.

　그 고집스러운 태도에 결국 도리스도 두 손 두 발을 다 들고
말았다.

　물론 그가 강한 자라는 것은 저 역시 말하지 않아도 잘 알고
있었다. 눈앞에 보이는 저 흐트러짐 없는 자세는 아무리 초보라
도 단박에 알 수 있을 정도로 상당한 위압감을 자랑했다. 그러나
윤수는 다소 위험을 감수하고서라도 모험을 하는 길을 택했다.

　이 세계에서 스스로를 어디까지 변화시킬 수 있는지에 대해
정확한 수치를 얻기 위한 실험이 필요했다. 그걸 얻기 위해서는
마물들을 상대하는 것만으로는 부족했다. 제 실력을 가늠해 볼
수 있는 상대는 오로지 딱 한 명뿐이었다.

　하지만 카이트는 도저히 마음이 내키지 않는지, 땅에 살짝 박
아 넣은 검에 팔을 올린 채 비스듬히 서 있었다.

　그런 그를 지지 않고 똑바로 바라보자 어쩐지 가슴이 두근두
근 뛰었다.

"마지막으로 묻는 거다. 그만두지?"

"물러서지 않겠다고 했잖아. 자, 덤벼!"

"하아. 미치겠군."

저를 얕보기 때문에 더욱 곤란해하는 것처럼 느껴지는 한숨이 윤수의 발끝에 와서 툭 하고 떨어졌다. 덕분에 투지가 더욱 샘솟았다.

허공을 가르는 아름다운 은빛 날과 흩날리는 핏방울조차 아련한 꽃잎처럼 느껴질 정도로 우아한 몸짓.

로맨스 판타지의 주인공이라면 반드시 갖춰야 할 덕목이자, 본인 역시도 꼭 한 번쯤은 저렇게 되어보고 싶다고 몇 번이고 상상했을 정도로 멋진 포지션이 바로 검사였다.

비록 어젯밤 혼자 밖으로 나간 카이트 덕분에 계기를 마련하긴 했으나, 사실 줄곧 이런 걸 생각하고 있었다.

적에게 잡혔을 때 무사히 빠져나가는 것도 중요하긴 하지만, 위급한 상황이 오면 자신의 몸을 자신이 지킬 수 있는 능력도 이곳에서는 절대로 필요하다고 말이다. 게다가 모처럼 이런 마력을 손에 넣었는데, 언제까지고 제가 만든 캐릭터에게 보호받는다는 것은 작가로서의 자존심이 용납하지 않았다.

마녀의 소원,
누구에게도 지지 않는 훌륭한 솜씨를 지닌 여검사가 된다.

그래서 윤수는 마물들 사이로 뛰어들기 전, 양피지에 저렇게 적어 넣었다. 급히 뛰어내려오며 휘갈긴 거라 비록 필체는 매우 엉망이었지만 말이다.

　사실 아무에게도 말하지 않았지만, 그녀는 이미 남몰래 몇 가지 테스트를 마친 뒤였다.

　페라트가 구해다 준 아무렇게나 둘둘 말린 양피지는 매우 두껍고 커서 휴대하기에 불편하기 짝이 없었다. 하지만 주위 하녀들의 말을 종합해본 결과, 이것은 북쪽의 성에서뿐만 아니라 수도에 나간다 하더라도 굉장히 구하기 힘든 물건인 듯했다. 그들이 편지 같은 것을 쓸 때는 물에 불렸다가 몇 번이고 말린 면보나, 불에 앞뒷면을 그슬린 뒤 두드려 편 특정 나무껍질을 사용한다고 하기에 당장 시험해 보았다.

　도리스의 앞치마 주머니를 뒤져 나온 천 조각에 짧아져 버린 단발머리를 원 상태로 돌릴 것을 적어보았지만, 아무 일도 일어나지 않았다. 나무껍질도 마찬가지. 그러니 알 수 없는 문장을 몇 번이고 써내려가며 무언가를 끊임없이 중얼거리는 제 모습을 도리스가 공포에 질린 눈으로 훔쳐 본 것도 무리는 아니었다.

　가장 먼저 발현시킨 소원은 그저 머리가 가벼워지는, 정말 별것 아니었던 바람.

　처음으로 힘이 담긴 물건은 이미 그 자체로 마력을 지니게 되어 버린 걸까?

　아직 그렇다 할 결론은 나지 않았지만, 어쨌든 윤수는 본인의 힘이 오로지 이 양피지 위에서만 발휘된다는 것을 깨달았다. 이런 양피지가 아주아주 고급에 속하는 물건이라 구하기 어렵다는 건 다소 낭패스러운 결과가 아닐 수 없었다. 그러니 최대한 아껴 쓰는 지혜가 필요했다.

그래서 짜낸 기지가 이걸 조그마한 메모지처럼 잘라내 최대한 여백 없이 써내려 갈 수 있도록 하는 거였다.

평소에도 윤수는 소재가 떠오를 때면, 조그맣게 잘라 가지고 다니는 종이에 메모를 해서 간직하는 습관이 있었다. 그렇게 하면 낭비를 최소한으로 줄이면서도 존재하는 모든 공간을 효율적으로 이용하는 것이 가능했다. 그리고 간편한 휴대성이야 두말하면 잔소리고.

어쨌든 그렇게 준비한 소중한 양피지에 적은 소원을 시험할 모든 준비를 끝냈는데 상대가 미적거리니 몹시 조바심이 났다.

"네가 덤비지 않으면 내가 가겠어!"

그렇게 외친 윤수는 정말로 달려들었다.

겁을 상실한 것 같은 그녀의 모습에, 카이트가 입가에 잔뜩 깔보는 미소를 지었을 때였다.

"으윽!"

챙―!

불꽃이 튀도록 맞부딪힌 두 칼날 사이에서 먼저 뒤로 밀린 것은 카이트였다.

"주인님!"

저도 모르게 꽥 하고 소리친 페라트만 놀란 것이 아니었다. 카이트의 눈에서부터 퍼진 짙은 당혹감이 부풀어 오르는 혈관을 타고 흐르는 피처럼 온몸 가득 퍼졌다.

"내가 얼마나 변화되었는지 알고 싶단 말이야! 그러니까 빨리 사양 말고 덤벼!"

"빌어먹을."

목 뒤로 식은땀이 흘러내렸다.

그녀의 움직임은 몹시 날렵했고 여태까지 그 누구에게서도 느끼지 못했던 날카로움이 있었다. 도른 따위는 아마 발끝에도 못 미칠 것이다.

카이트의 손끝이 짜릿하게 떨려 왔다.

휘익!

그녀는 정신을 차릴 틈을 주지 않았다. 칼이 바람을 쉴 없이 갈랐다. 그 사이로 보드라운 단발머리가 더할 나위 없이 경쾌하게 흔들렸다.

쉬익!

"꺄악! 카이트 님!"

그 순간 누군가의 날카로운 비명 소리가 귓전을 강타했다.

그의 광대 부근이 따끔거린다 싶더니, 무언가 따뜻한 것이 살 갗을 간질이며 한 줄기 흘러내렸다.

스윽 손을 들어 그곳을 닦아내자, 붉은 얼룩이 묻어 나왔다.

"이거 재미있는데?"

아주 미세하게 스쳐 지나간 차가움. 방심하다 실수한 게 아니라 분명 공격당한 거다.

"하, 후우……."

"그럼 어디 한번 소원 좀 풀어 줘 볼까. 이제는 진짜 봐주지 않을 테니 원망하지 마라."

가쁜 숨을 할딱이는 윤수를 바라보던 그의 눈에도 붉은 이채가 돌았다.

"바라던 바야."

그의 선전포고에 윤수는 자신만만하게 대답했지만, 사실 속으로는 긴장을 풀지 않고 있었다. 지금까지는 건들건들 다소 장난스럽기만 했었던 카이트의 몸짓이 백팔십도 달라져 있었다.

'정말 같은 사람 맞아……?'

페어라센 최고의 실력을 가진 검사라는 명성은 아마 눈빛에서부터 시작된 듯 보였다.

그러고 보니 그를 처음 만났을 때도 같은 생각을 했었다.

마치 얼어붙은 얼음 속에서 발화된 것처럼 차갑게 타오르는 불꽃.

그 시퍼런 열기가 전신을 압도한다.

자꾸만 땀이 주룩 흘렀다. 손에 쥔 검 자루가 흘러내리진 않을까 신경을 쓰던 찰나.

챙그랑!

"으읏!"

눈앞에 훅 들어온 강한 힘에 하마터면 윤수는 그대로 구를 뻔했다. 물론 있는 힘을 다해 버텨내었기에 다행히 그런 불상사는 없었지만, 대신 검의 손잡이를 쥐고 있던 손바닥이 붉게 까지고 말았다.

그의 힘을 처음으로 확인한 순간이었다.

여전히 두 발을 땅에 붙이고 서 있는 윤수를 보며 카이트가 나지막이 휘파람을 불었다.

"이거 놀라운걸. 내 공격을 받아 내다니."

실로 기분 좋은 충격이었다. 그녀의 변화에 감탄이 절로 나왔다.

"정말 마녀님은 못 하는 게 없으신가 봐. 저 카이트 님을 상대로 저렇게 호각이신 분은 처음이지 않아?!"

"호, 혹시 황제 폐하의 비밀 병사는 아닐까?"

주위가 삽시간에 소란스러워졌다. 그리고 그때 웅성웅성대는 사람들 사이로 조그마한 여자 하나가 낑낑거리며 빠져나왔다.

"잠깐, 다들 한 발자국씩 뒤로 가라구요! 어이, 거기! 그래, 얀. 너 말하는 거다. 내 앞에 서지 말란 말이야. 이러다 바서 님에게 혹시 조그마한 상처라도 생기면 내가 얼른 가서 돌봐드릴 수가 없잖아!"

그렇게 요란을 떠는 여자는 도리스였다. 어느새 그녀는 윤수의 충직한 심복이 되어 있었다.

"꺄아아, 바서 님! 물러서지 말아요! 반드시 이기실 거예요!"

"얘, 너 미쳤니?! 지금 여기가 누구 성인지 몰라서 이래?"

시녀장이 두 눈을 부릅뜨고 나무랐으나, 도리스는 연신 활기찬 응원을 멈추지 않았다. 하지만 서로 지지 않고 날카로운 기술을 수차례씩 주고받느라 정신이 팔린 두 사람의 귀에는 이미 아무것도 들어오지 않았다.

"이거 재미있는데. 과연 마물들의 뼈를 깨끗이 절단 낸 실력은 우연이 아니었나 보군. 대련을 하면서 이렇게 날 즐겁게 한 상대는 정말 오랜만이야. 네게 감사의 인사를 건네고 싶을 정도다."

"천만에. 오히려 나야말로 진작 검술을 배워둘걸 하고 후회하고 있는 중이었어."

"후회? 왜?"

"검을 자유자재로 휘두를 수 있다는 게 이렇게 끝내주는 기분이라는 걸 몰랐거든!"

그렇게 외치고 윤수는 카이트의 비어 있는 왼쪽 공간으로 재빠르게 파고들었다.

'아뿔싸.'

순간 허점을 찔린 카이트의 다리가 뒤로 주춤 물러났다.

"내가 이겼다!"

그것을 눈치챈 그녀의 입에서 기쁨의 환호성이 터져 올랐다. 윤수는 손바닥을 얼른 뒤집었다. 그러고는 지체 없이 검 등으로 그의 목을 겨냥하려던 찰나.

"악!"

무언가가 자신의 다리를 덥석 잡는 바람에 그녀는 제가 추진시킨 가속도를 이기지 못하고 그대로 우당탕 고꾸라졌다.

"꺄악, 바서 님! 위험해요!"

호들갑 떠는 도리스의 비명과 함께 입에 흙이 한 움큼 쏟아져 들어왔다.

"으앗, 퉤!"

윤수는 험악하게 인상을 쓰며 얼른 흙을 뱉어 냈다.

황당함과 짜증으로 벌겋게 달아오른 얼굴에는 뽀얀 흙먼지가 가득했다.

"너 이러기야?! 지금 비겁하게 손 쓰기 있어?"

"죽게 생겼는데 어디 손만 쓰겠어? 급하면 발이라도 써야지."

그렇게 능글대는 그가 얄미워, 이를 악물고 다시 검을 곧추세운 뒤 돌진하려는 찰나였다.

"거기까지 해."

어느새 또 다른 검 한 자루가 그녀의 쇄골 근처를 깊숙이 눌렀다.

"어?"

카이트의 왼손에도 검이 들려 있었다.

줄곧 오른손만 신경 쓰느라 몰랐는데, 양손으로 검을 쓸 줄 아는 게 틀림없었다.

윤수의 입이 쩍 벌려졌다.

"와, 정말 성격 나오네. 너 진짜 이러기냐?! 나는 초보에다가 무기도 하나밖에 없는데 너 혼자 양손으로 검을 휘둘러?! 이씨, 치사한 놈아!"

"그러기에 미리 상대의 무기부터 확인을 했어야지. 이건 치사한 게 아니라 기본 중의 기본이다. 게다가 날 상대로 벌써 이만큼 버텨 내고 있는데, 그런 걸 초보자라고 봐줄 수는 없지."

"이익. 두고 봐! 네놈도 반드시 땅에 구르게 만들어 줄 테니까! 그 까만 망토와 까만 바지에 흙먼지를 잔뜩 묻혀 주고 말겠어. 아니, 아예 흙을 퍼다 입에 쏟아 부어 주지!"

"호오, 그것참 기대되는군."

"진짜 너 가만 안 둬!"

윤수는 또 다시 매섭게 돌진했다. 이쯤 되니 그저 이기고 싶은 마음만이 그녀를 지배다.

덕분에 그 뒤로는 쭉 반복이었다.

달려들고, 피하고, 부딪치고. 어느 한 명이—주로 윤수 쪽이—땅을 뒹굴면 상대는 비아냥거리고. 그러면 화를 삭이지 못해 있는 대로 욕을 하며 또 달려들고.

이제는 구경꾼들조차 지쳐가기 시작했다. 그들은 허리와 다리를 주먹으로 토닥이며 연신 하품을 하다가 결국에는 한둘씩 자리를 떴다. 하지만 뜰에서는 여전히 검이 부딪치는 맹렬한 소리가 한창이었다. 헉헉거리면서 후들대는 다리로 겨우겨우 몸을 지탱하고 있는 윤수나, 비 오듯 땀을 쏟아 내고 있는 카이트나 한 치도 물러서려 하지 않았다.

"주인님! 이제 그만하시지요! 벌써 몇 시간째 입니까?! 밤새 잠도 제대로 못 주무셨는데 그러다 쓰러지신다고요!"

그렇게 외치는 페라트의 만류도 소용없었다.

"이것 참 진짜 곤란하네. 바서 님이 마법으로 검술을 익히신 건 매우 좋다고 생각하지만. 하아, 우리 주인님은 저런 대련이라면 사족을 못 쓰시는 분이니……."

그는 불만스러운 마음을 숨기지 못한 채 한숨을 가득 쉬었다.

사실 페라트는 윤수가 간밤에 했던 행동에 대해 그대로 넘어가지 않으리라 잔뜩 벼르고 있었다.

이번 일은 다행히 결과가 좋다지만, 앞으로도 꼭 그렇게 되리란 법은 없을 테니까 말이다.

본디 충동적인 행동은 좋은 결과를 낳을 수 있는 확률보다 곤혹스러운 실패를 낳을 가능성이 더욱 큰 것이다. 그는 그렇게 믿었다. 그러므로 있을 수 있는 모든 가능성을 다각도로 고민해 본 뒤에도, 행동은 더욱 신중하게 행하여야 한다는 것이 이 청년이 가장 신뢰하는 스스로의 신념이었다.

그런데 그런 자신의 검까지 멋대로 훔쳐가 제 수명을 반으로 줄게 해 놓고. 본인들이 지금 저렇게 칼싸움이나 할 때인가?

언제나 냉정한 은발 청년의 얼굴에 짜증이 왈칵 돌았다.

주인님으로 모시고 있는 카이트 황자의 뒤치다꺼리야 어차피 제가 평생 감수해야 할 몫이라고 체념한 지 오래라지만, 다른 세계에서 갑자기 뚝 떨어진 저 여자까지 가세하는 것은 부디 사양

하고 싶었다. 안 그래도 3황자 하나만으로 여태까지 휴가도 없이 일해 온 저였다. 그런데 만약 그녀가 치는 사고까지 자신이 처리해야 한다면…….

"안 돼!"

저도 모르게 탄식을 내뱉을 정도로 페라트의 눈앞이 캄캄하게 물들었다.

만약 그렇게 되면 진짜 사표를 낼 거다. 이렇게는 못 살아!

"전 이제 그만 식당으로 가서 밥이나 먹겠습니다! 그러니 두 분께서는 싸움이 끝나면 저를 찾아오시든지 마시든지 맘대로 하세요!"

페라트는 잔뜩 화가 난 목소리로 다시 한 번 더 크게 외쳤다.

그런데 아무도, 정말이지 아무도 눈길조차 주지 않는다.

"……그래. 매번 카이트 님 혼자 위험한 상황을 도맡아서 처리하는 게 좀 마음에 걸렸었는데 강한 사람이 한 명 더 늘어나면 좋지, 뭐."

그는 체념이 가득 느껴지는 목소리로 왜인지 모르게 느껴지는 소외감을 애써 감췄다. 그러고는 그대로 몸을 돌려 연신 한숨을 폭폭 내쉬며 성안으로 뚜벅뚜벅 걸어 들어갔다.

*　　*　　*

"헉, 허억. 내일이 되면 아마 넌 근육통으로 침대에서 아마 한 발자국도 움직이지 못할 거다."

"흐윽, 하아, 그건 너도 마찬가지야. 화장실 대용으로 옆에 작은 화병이나 하나 놓으시지?"

"이 여자가 진짜……!"

하지만 조롱 섞인 도발이 오고간 것치고는 두 사람 다 쉬이 발길을 옮기지 못했다. 이미 몸이 한계까지 지쳐 버렸기 때문이다.

"젠장, 분해!"

"뭐가?"

"난 분명 똑바로 소원을 빌었단 말이야. '마녀는 누구에게도 지지 않는 훌륭한 검 솜씨를 지닌다.'라고!"

제대로 약이 오른 듯 바짝 갈라진 목소리로 윤수가 바락 소리를 질렀다. 그러자 카이트는 알 만하다는 듯 미소 지었다.

"그건 네 잘못이 틀림없군."

"뭐라고?"

"내 실력은 감히 '누구'에 속한다고 지칭할 만큼 어설프지 않거든."

하, 저쯤 되면 병이다, 병.

평소에도 느낀 거지만 황자는 자뻑이 매우 심각했다. 저건 자신감을 넘어서서 거의 누구도 범접할 수 없는 수준에 도달한 것이 틀림없었다.

"그리고, 검술은 경험을 무시할 수 없지. 예를 들어 줄 테니 지금부터 내가 하는 걸 잘 봐라."

그렇게 말하고 그는 손에 든 긴 검을 미련 없이 바닥에 던져 버렸다. 챙그랑 소리에 놀란 윤수의 고개가 그쪽으로 향하는 순간.

어느새 곁으로 거침없이 다가온 카이트가 그녀의 양손을 머리 위로 잡고 뒤로 콱 거칠게 밀었다.

"어, 어어?"

이미 숟가락조차 들 수 없을 정도로 진이 빠져 버린 윤수는 그가 힘을 주는 대로 너무나 손쉽게 밀리고 말았다.

"으악!"

마치 보이지 않는 손이 절 뒤로 질질 끌고 가기라도 한 듯 이내 가녀린 등이 커다란 나무의 기둥에 쿵, 하고 부딪혔다. 결국 아무런 저항도 하지 못한 채 그의 몸과 나무 사이에 단단히 갇히고 말았다는 걸 그녀가 깨닫기까지는 그리 오랜 시간이 걸리지 않았다.

"자, 잠깐. 이거 놔……!"

하지만 제아무리 몸부림쳐도 그는 윤수의 양손을 놔주지 않았다. 그뿐만 아니라 저보다 적어도 30센티 이상은 큰 키로 눈앞을 가득 막고 서니, 새삼 그의 위용에 심장이 작게 졸아들고 말았다.

황자는 여전히 한 손만을 이용해서 그녀의 손목을 결박한 채로 허벅지 근처에서 무언가를 재빠르게 꺼내 들었다.

"흐으."

바람보다도 빠른 속도. 목에 차갑게 대어진 것은 작고 날카로운 단도였다.

"만약에 누가 너에게 이런 위해를 가하는 상황일 때. 검술 실력이 아무리 뛰어나도, 빠져나갈 수 있겠나?"

"윽……!"

카이트의 그 말에 윤수가 즉시 사지를 발버둥 쳤다. 하지만 똑같이 체력을 소모시켰음에도 불구하고 그는 단단한 바위처럼 꿈쩍도 하지 않았다.

압도적인 힘의 차이가 그녀에게도 고스란히 느껴졌다.

이리저리 몸을 들썩이고 있는 윤수의 정수리 위로 낮은 웃음소리가 구름처럼 내려앉았다.

"아직 이 부분은 수첩에 아무것도 적지 못했나 보군. 그렇다면 아무리 용을 써도 넌 나한테서 못 벗어나."

"……뭐, 뭐라고?"

순간 윤수는 무언가를 반문하려다 말고 황급히 입을 다물었다. 그저 말의 뉘앙스에서 오는 차이가 있을 뿐이지, 카이트가 절대로 다른 뜻이 있는 건 아니라는 것을 뒤늦게 깨달은 탓, 아니 믿고 있기 때문이었다.

나무 꼭대기에서 여린 잎사귀를 가지고 놀던 시원한 바람이 훅 불어왔다. 덕분에 목덜미의 땀이 시원하게 식었다.

"으윽."

윤수는 마지막 젖 먹던 힘까지 끌어올려 다시 한 번 카이트의 손아귀에서 빠져나가려고 몸부림을 쳐 보았다.

"안 된다니까."

과연 작전은 실패였다. 학학거리면서 숨을 내쉬는 그녀의 새빨간 얼굴을 바라보며 그가 또다시 조용히 웃었다.

"그러니까 이런 근거리에서는 아무리 용을 써도 네가 불리해. 힘으로 이길 자신이 없으면 절대로 가까이에서 잡히지 마. 알겠나? 그도 아니면 힘도 아주 세게 해달라고 수첩에 적든지."

"으응. 아, 알겠어."

하도 땀을 흘렸더니 등 뒤에 닿은 나무의 서늘한 느낌이 되레 기분이 좋다. 어젯밤부터 새벽까지 잔뜩 힘을 쓴 탓에 조금 붉게 충혈된 눈으로 위를 올려다보니, 재미있다는 듯 웃고 있는 그의 얼굴이 들어왔다.

"왜 웃어?"

"너한테는 정말 못 당하겠군. 어제부터 이게 무슨 난리인지 모르겠어서 말이다. 아니, 이유나 들어보자. 왜 갑자기 검을 잘 다루고 싶었던 거지? 무슨 심경의 변화라도 있었나?"

"그게, 그러니까……."

여전히 그에게 잡혀 있는 손목과 더할 나위 없이 밀착된 몸이 신경 쓰였지만, 윤수는 마음속의 생각을 정리하는 데 정신을 몰두했다.

그러고는 이내 또랑또랑한 목소리로 재빨리 대답했다.

"엊그저께 숲에서 산적들을 만났잖아. 게다가 어젯밤에는 마물들까지 그 기승을 부리고."

"그랬지."

"그때 느꼈어. 아무리 내가 만든 세계 안으로 들어왔다고 해도, 스스로의 힘이 없으면 여기서 어이없는 일을 당할 수도 있겠구나, 하고 말이야. 난 원래 있던 곳으로 무사히 돌아가야 하는데, 만약 이 안에서 죽기라도 하면 안 되잖아."

그러자 카이트의 미간이 미세하게 구겨졌다.

"내가 그 정도로 믿음직하지 못했나? 겨우 그런 마물이나, 산적 몇 놈을 가지고 널 위험에 빠트릴까 봐?"

노골적으로 불쾌해하는 것이 분명한 목소리를 들으니 어쩐지 뜻하지 않게 그의 자존심을 건드린 것 같아 윤수는 살짝 당황해 버리고 말았다. 손이 잡혀 있으니 부정을 뜻하는 제스처를 취할 수 있는 것은 제 고개뿐이었다. 그녀는 그것을 좌우로 격렬하게 흔들며 황급히 대답했다.

"아, 아니. 사실은 그 반대야."

"그 반대?"

"그래. 환생이든 빙의든 회귀든, 그 어떤 걸 쓰든지 간에 내가 널 황제로 만들어 주겠다고 했잖아. 그런데 막상 이곳에 떨어져 보니 너는 사방에 적투성이고, 또 의외의 위험한 요소들도 너무나 많아서……."

"그래서?"

사근거리는 숨소리가 이마를 간질였다.

"나만은 절대로 짐이 되어선 안 되겠다고 생각했어. 그러니까 내가 위급한 상황에 빠졌기 때문에 네가 잘못되었다고 가정해 봐. 황제가 되기는커녕 날 구하러 오다가 그렇게 된다면 그때의 내 심정이 과연 어떻겠어?"

그렇게 말하고 그녀는 얼른 또 말을 덧붙였다.

"게다가 네 신변에 문제가 생기면, 누가 날 원래 세계로 보내
줘?"

말하면서도 윤수는 연신 손을 꼼지락댔다.

팔이 저린 탓도 있었지만, 아까부터 그의 가슴이 점점 눈앞에
가까이 다가오는 것 같았기 때문이다. 그 생경한 기분에 또다시
필요 이상으로 심장이 두근거리기 시작했다.

"……오늘은 내가 졌어. 그러니까 이제 놔줘."

"흐음."

하지만 그는 놓아주기는커녕, 오히려 더욱 바짝 힘을 줘 윤수
를 끌어당겼다.

"앗!"

동그랗게 튀어나온 이마가 단단하고 따듯한 가슴에 콩, 하고
부딪혔다. 덕분에 요란한 심장 박동이 몸을 박차고 뛰어나와 저
멀리 맑은 하늘 위로 날아갈 기세로 커다랗게 울려 퍼지기 시작
했다.

한 손에 모아 쥐어도 공간이 잔뜩 남을 만큼 가느다란 손목을
지니고 있는 그녀는, 저를 똑바로 쳐다보지도 못한 채 고개를 숙
였다.

이 상황이 당황스러운 것은 비단 윤수뿐만이 아니었다.

"내가 졌어. 이제 그만 놔줘."

어째서일까.

놔주고 싶지 않았다.

제게 저항한 것도 아닌데 왜 그 말이 거슬렀는지 모르겠다.

카이트의 붉은 입술 사이에서 더운 호흡이 흘렀다. 한낮의 열기가 가득한 고운 백사장 위에 툭 던져 놓은 것처럼 심장이 뜨겁게 뛰었다.

그녀가 짐이라니? 자신은 절대로 그런 생각을 해 본 적이 없었다. 게다가 짐이라고 하기에 그녀는 이미 어젯밤 너무나도 많은 도움을 주지 않나.

카이트는 사지의 힘을 쭉 뺀 채 제게 무방비하게 기대어 잠들어 버린 그녀의 무게를 떠올렸다. 그러자 희한하게도 심장이 평소와는 다르게 아주 조금, 무겁게 울렸다.

땀으로 촉촉하게 젖은 목 언저리와 5월에 조롱조롱 피는 방울꽃처럼 조그마한 입술이 눈에 들어왔다.

그것을 계속해서 바라보게 된다.

요상한 주술에 사로잡힌 것처럼, 조금도 꼼짝하지 못하고.

"그러니까 나는 내 세계로 돌아가야 하는데, 만약 네가 잘못되기라도 하면 나도 협력자를 잃어버리는 꼴이 되고…… 또 그런 상황이 온다면 네 충실한 부하인 페라트 씨가 나를 가만두지 않을 거 같기도 하고. 아, 아무튼 이래저래 나는, 내 몸은 내가 지키는 편이 옳다고 생각한 것뿐이야."

횡설수설하는 목소리마저 예쁜 것 같아 계속해서 귀를 떼지 못하겠다. 다만 지금 무슨 말을 하고 있는지, 그 내용이 더 이상 주의 깊게 들리지 않을 뿐이었다.

'너무 가까워!'

윤수는 속으로 비명을 질렀다. 황자가 대체 왜 이러는지 알 수가 없었다.

겨우겨우 몰아쉬는 숨 사이사이 심장이 튀어나오지는 않을까 걱정이 될 정도였다. 긴장감을 넘어선 묘한 두근거림이 전신을 향유처럼 부드럽게 감쌌다.

이러다 정말 서로의 입술이 닿아도 이상하지 않을 거리, 그녀는 저도 모르게 고개를 홱 돌리고 말았다.

찰랑거리는 머리끝이 그의 팔뚝을 간질이듯 스쳤다.

그때 황자가 뜬금없는 것을 물어왔다.

"왜 머리가 더 짧아졌지?"

그는 입가에 부드러운 미소를 짓고 있었다.

윤수는 참으로 희한한 일이 일어났다고 생각했다. 잠깐씩 만나 영화나 보는 정도로 가볍게 사귀었던 예전 남자 친구들은 하루아침에 앞머리를 확 잘라 버린다 해도 잘 알아보지 못했었는데, 그는 어째서 이런 걸 당연하다는 듯 눈치채는 걸까?

이토록 성질 급하고 입만 열면 못된 소리나 버럭 질러 대는 남자가.

"아, 조금 잘랐어. 참고로 귀한 양피지 함부로 쓴 거 아니니까 걱정 마. 아무래도 제대로 대련을 하는 데 방해가 될 것 같아서 말이지. 자꾸만 목 근처가 간지러워 여기 나오기 전 도리스한테 살짝 잘라 달라고 한 거야."

"흐음."

태양에서 잘라 내온 불꽃처럼 이글이글 타오르는 붉은 눈동자가 다시금 제 구석구석을 데일 정도로 살폈다.

이런 상황에 더더욱 말이 많아지는 건 윤수 본인도 몰랐던 버릇이었다.

"좀…… 너무 짧긴 하지? 안 그래도 도리스가 정말 이렇게 짧게 잘라도 괜찮겠냐고 걱정스레 묻더라고. 왜 그런 걸까 영문을 몰랐었는데, 보니까 이곳 여자들은 죄다 긴 머리더라?"

"음. 그러고 보니 확실히 여인이 이런 머리를 한 것을 본 적은 없는 것 같군."

"웅웅. 이렇게 짧은 머리는 잘 하지 않는다는 걸 뒤늦게 깨달았지 뭐야."

아. 윤수는 정말 겸연쩍고 또 겸연쩍었다.

이 분위기가 견딜 수 없이 불편한데, 그렇다고 해서 이렇게 아무 말이나 주절대는 제 입도 마구 때려주고 싶으니 도대체 뭘 하면 좋을지 알 수가 없었다.

그리고 그 순간 카이트가 또다시 고개를 쓰윽 기울였다.

조금 진정되었는지 알맞게 따뜻한 숨결이 귓가에 느껴졌다.

"그런데 아주 잘 어울려."

"응?"

"지금까지 본 것 중 제일 예쁘군."

……헉.

혹시 내 옆에 카이트 말고 다른 사람이 서 있는 건 아닐까?

그렇게 생각할 정도로 제 귀를 의심한 윤수는 재빨리 고개를 들었다. 그러자 본인의 머리카락 색보다도 더욱 얼굴을 빨갛게 붉힌 그가 눈에 들어왔다.

"윽."

서로의 눈이 마주치자 카이트가 요상한 신음 소리를 내며 두어 걸음 뒷걸음질 쳤다.

"아!"

그때까지도 손을 놓지 않고 있었던 바람에 윤수의 몸 역시 앞으로 함께 딸려나갔다.

"이런, 미안하다."

화들짝 놀란 그가 손을 놓자, 따듯했던 체온 대신 서늘한 공기가 그 안으로 밀려들었다. 순식간에 촉촉한 땀이 식었다.

"난 먼저 돌아가겠다. 페리트가 기다리겠군."

엄밀히 따지면 페라트는 딱히 황자를 기다리고 있겠다는 말을 입에 올린 적이 없었다. 하지만 그는 지금 당장 그런 걸 정정할 정신이 없는 듯했다.

"야! 검! 검 가지고 가야지!"

뜰 마당에 그대로 내동댕이쳐진 황자의 커다란 검을 들고 윤수가 등 뒤에서 몇 번이고 크게 소리쳤다.

하지만 재빠른 발걸음은 쉬지도 않고 움직였다.

그녀에게서 빠르게 멀어지는 동안, 카이트는 단 한 번도 뒤돌아보지 않았다.

*　　*　　*

"으으. 아이고오."

과연 카이트가 예견한 대로였다.

그녀는 벌써 며칠째 극심한 근육통에 시달리고 있었다.

팔이며 다리며 안 쑤시는 곳이 없는데 성의 의자는 대부분 딱딱한 나무로 만들어져 있으니, 그녀는 요 며칠간 침대 신세를 져야만 했다. 그리고 카이트는 그런 윤수를 볼 때마다 혀를 차며 이렇게 말했다.

"꼴좋군. 어때, 내가 경고한 대로지 않은가?"

그의 심술궂은 비아냥거림은 여전했다. 그러나 윤수는 어찌된 셈인지 이전만큼 카이트의 말을 받아 쳐낼 수 없었다.

"지금까지 본 것 중 제일 예쁘군."

그녀의 머릿속에는 오로지 이 말만이 둥둥 떠다니고 있었다. 귓가를 희롱하는 듯한 달콤한 숨결과 함께 세트로 말이다.

'으아악!'

윤수는 베개에 얼굴을 묻으며 소리 없이 절규했다.

마음 같아서는 노르덴 숲 속이라도 좋으니 이 묘한 기분이 사라질 때까지 잠시 도망가 있고 싶은데, 그러지도 못하고 카이트와 매일 얼굴을 대면해야만 하는 것이 영 불편하기 짝이 없었다.

하지만 그것도 잠시. 그녀는 또 카이트를 떠올리고 있었다.

방금 전 그와 마주 보는 게 편하지 않아서 숲 속으로 도망쳐 버리고 싶다고 생각했던 것이 무색하게도 말이다.

카이트는 늘 검은색의 옷을 즐겨 착용했다.

검은 안대와, 검은 셔츠, 그리고 검은 바지. 심지어 발에 신은, 정강이 조금 못 미치는 곳까지 올라온 길이의 매끈한 부츠마저 검은색이었다. 몸에 걸치고 있는 옷 색깔이 그러니 그의 눈동자가 더더욱 불타오르는 것처럼 보이는 착시 현상은 어쩌면 당연한 일인지도 몰랐다.

"산적들에게 잡혀 험한 꼴을 당할 뻔한 것을 카이트 님이 살려주셨지요. 그리고 이제 산적들은 카이트 님의 존함만 들어도 알아서 줄행랑을 친답니다."

윤수의 머릿속에 또다시 하녀 도리스의 음성이 눈처럼 사락 사락 쏟아져 내렸다.

확실히 그는 입도 거칠었고, 가끔 성질을 낼 때면 그 성격이 딱히 산적들보다 온화하다고 할 수는 없었다. 그럼에도 불구하고, 카이트는 악역 주제에 매우 따뜻한 남자였다.

그건 인정할 수밖에 없는 사실이다.

성을 습격했던 마물들을 처리한 후 몹시 지친 나머지 그의 품에 기대 까무룩 잠들었던 새벽녘의 훈훈한 온기가 또다시 그녀의 마음을 이불처럼 감쌌다. 생각해 보면 황자는 처음부터 알음알음 그녀를 챙겨 주고 있었던 것이 분명했다.

단지 그러한 티를 내는 것을 질색했을 뿐.

내색하지 않았어도 불편했던 발의 족쇄를 풀어줬고, 저를 살뜰히 챙겨 주는 도리스라는 하녀를 보내준 것도 그였다.

하지만 카이트는 그 어떤 것도 제게 생색내지 않았다.

사실 윤수는 며칠 전 그 많은 하인들 앞에서 다짜고짜 그에게 덤벼들어 거의 호각으로 실력을 다툰 점을 조금 후회하고 있는 중이었다. 왜냐하면 황족을 위한 고용인들 앞에서 그렇게 볼거리를 제공했다는 게, 황자의 입장에서는 매우 당황스러웠던 일이 아닐까 하는 생각이 뒤늦게 들었기 때문이다.

'그래도 녀석은 기꺼이 진심으로 응해 주었어.'

그런 생각을 하며 윤수는 자신이 쓴 소설책의 한 구절을 떠올렸다.

『황자들은 스무 살이 되면 모두 황궁에서 독립을 했다. 그것이 페어라센의 규칙이었다.』

『흔히들 말하는 성인이 되었다는 선포를 하기 위한 수단이었지만, 그렇다고 해서 결코 부유한 생활을 포기하라는 뜻은 아니었다.

……중략……』

『황제는 황자들이 성인이 될 때마다 영토를 쪼개어 그곳에 커다란 성을 새롭게 지어 주었다.』

그것은 아들들에 대한 아버지의 크나큰 애정이 엿보이는 대목이었다.

황자 시리즈의 주인공이었던 1황자도, 2황자도 모두 그렇게 해서 각각 한 밑천 단단히 챙길 수 있었으리라.

하지만 모두가 평등하지는 않았다.

3황자가 물려받은 것은 다 낡아 쓰러져 가는 성과 더러운 쥐떼, 그리고 살인자와 강도가 우글거리는 사시사철 춥고 어두운 북쪽 땅. 게다가 지금은 마물의 습격까지 견뎌 내지 않으면 안되는 그런 땅이었다.

아직 소년티를 채 벗지 못한 갓 20살 된 청년이, 이곳을 점령하다시피 한 흉악범들에게 검을 휘둘렀을 때는 대체 무슨 생각을 하고 있었을까.

아버지의 사랑?

누구보다도 똑똑한 아이로서 애정을 듬뿍 받던 시절?

뿐만 아니라 어머니가 자신을 떠나 홀로 비정하게 본궁으로 돌아가 버렸던 날 밤, 그는 과연 어떤 생각으로 잠을 청했을까.

늘 차갑고 무뚝뚝한 표정에 냉정하고 쌀쌀맞은 성격인 것도 사실이긴 하지만, 그래도 카이트는 결코 못되고 악한 인물이 아니었다. 사랑받을 자격이 충분한 자가 사랑받지 못하는 소설은, 윤수의 입장에서는 쓸 가치가 없었다.

이 너무나 당연하고도 지극히 정상적인 명제가 요즘의 현실에서는 좀처럼 찾아볼 수 없는 일이 되었기에 더더욱.

'그래. 그렇기 때문에 3황자가 특별하게 느껴지는 것도 당연해.'

윤수는 제 안에서 몽글몽글 몸집을 부풀려가는 이 정체 모를 기분을 그렇게 단정 지었다. 그리 생각하고 나니 어쩐지 기분이 후련해 저도 모르게 쭉 기지개를 켜는데.

누군가가 방문을 똑똑 두드리는 소리가 들렸다.

혹시 저를 보러온 도리스인가 싶어, 그녀는 따로따로 노는 것 같은 사지를 애써 추스르며 몸을 일으켰다.

"누구세요?"

그렇게 말하며 문을 벌컥 열자, 그 앞에는 잔뜩 상기된 얼굴로 서 있는 페라트가 보였다.

"미틀러렌의 공주가 먼저 편지를 보내왔다고요?"

"그렇습니다!"

"3황자가 꼭 자신의 꽃의 기사를 해 줬으면 좋겠다는 내용을 써서요?"

"그렇다니까요!"

벌써 몇 번째 되풀이되는 대화인지 몰랐다.

아무 말도 하지 않은 채 줄곧 입을 꾹 다물고 앉아 있는 카이트 대신, 윤수와 페라트는 같은 이야기를 반복했다.

"대체, 어째서래요?"

그녀는 순간 이것이 눈앞에 있는 카이트에게 매우 실례되는 질문일지도 모른다는 생각을 잠시 잊고 그렇게 묻고 말았다.

"글쎄요. 그건…… 으음. 아, 아마도 카이트 님의 신사다운 면모가 미틀러렌에까지 널리 전해졌기…… 때문이 아닐까요?!"

하지만 묻는 자나 대답하는 자나 목소리에 영 자신감이 없는 것은 마찬가지였다. 신사다운 면모라니, 어림도 없는 소리다. 악당 같은 면모라면 몰라도.

살짝 당황하는 두 사람 사이에 낮은 음성이 툭 끼어들었다.

"확실히 이상한 일이긴 해. 두 형들이라면 몰라도, 미틀러렌의 왕실은 나와 조금의 교류도 없던 곳이다."

그러자 페라트가 황급히 손사래를 치며 말했다. 자신감 빼면 시체인 자신의 주인이 행여나도 의기소침해져 있을까 봐 말이다.

"카이트 님, 그 무슨 서운한 말씀을 이십니까. 잔뜩 부풀려진 소문 때문에 다들 조금 무섭게 여길 뿐이지, 카이트 님은 두 황자님들과는 비교조차 할 수 없을 정도로 근사하십니다! 분명 미틀러렌의 공주도 그러한 카이트 님께 줄곧 호감을 가지고 있었음에 틀림없어요."

그러고는 얼른 윤수를 향해 동의를 구했다.

"그렇죠, 바서 님? 제 말이 맞죠? 책에 쓰신 내용도 분명 그렇게 되어 있을 거라고 믿어 의심치 않습니다."

온갖 눈치란 눈치는 있는 대로 보내는 페라트를 향해, 윤수가 저도 모르게 고개를 끄덕였다.

"예에…… 예. 뭐 그렇죠."

"하핫. 역시! 제가 뭐랬습니까, 카이트 님."

하지만 두 사람이 어색한 웃음을 짓건 말건 카이트는 전혀 상관하지 않는 듯했다. 그는 줄곧 침묵한 채 얇은 속 쌍꺼풀이 져 있는 눈을 두어 번 천천히 감았다 뜨며, 허리에 찬 검의 손잡이를 엄지손가락으로 가만히 쓸었다. 그건 그가 무언가를 골똘히 생각할 때면 항상 하는 습관 같은 거였다.

*　　　*　　　*

아무도 없는 늦은 밤의 성벽 위. 귓가를 때리는 바람만이 윙윙

거리며 거세게 불어 왔다. 이때가 기회였다.

윤수는 배운 대로 살금살금 기척을 죽이고 남자의 등 뒤로 다가갔다. 일격(一擊)에 성공하지 않으면 승산은 없었다. 그녀는 마치 사냥감을 노리는 맹수처럼 마지막으로 한 입 가득 숨을 머금었다.

까만색 눈동자가 밤하늘 아래에 한 차례 번뜩인다 싶던 순간.

윤수는 망설임 없이 뛰어들어 그의 목을 확 감았다.

"잡았다!"

윤수의 입에서 들뜬 음성이 튀어나왔다.

그의 한 팔을 꺾어 그곳에 그대로 체중을 실은 다음, 앞으로 메다꽂으려는 찰나. 어느새 앞에서부터 길게 돌아와 어깨를 단단히 움켜쥔 손에 중심이 기우뚱 흔들렸다.

"어, 어라?!"

"아직 백 년은 일러."

귓가에 들려오는 카이트의 속삭임에는 나지막한 웃음이 실려 있었다. 그 웃음 덕분에 윤수는 이마 끝까지 열이 오르고 말았다.

"웃어? 지금?"

그녀는 확실히 빠르고, 날렵했다. 재빠르게 몸을 틀어 바로 그의 허리에 다리를 걸자, 드디어 난공불락의 성 같은 단단한 몸이 조금씩 흔들리기 시작했다.

누가 보면 손에 땀을 쥐는 격투라고 생각할 것이다. 그도 아니면 암살자와 그걸 막으려는 자의 격렬한 대치이거나. 하지만 이것은 별것 아닌 내기, 그저 장난 같은 한판 승부였다. 아니, 적어도 윤수에게는 별것 아닌 내기가 아니었다. 그녀는 누구보다도 진지하게 임했다.

왜냐하면 이 승부는 밤에 잘 때마다 의무적으로 채워지는 족쇄의 제거를 놓고 치러진 것이기 때문이었다.

요즘 한창 마녀의 수첩을 애용하는 데 재미를 들린 윤수는 2황자의 성에 가기 위해 미틀러렌의 공주와 페라트가 거짓 친분을 쌓는 사이, 제 나름대로 이쪽 세계에 차근차근 적응을 해내가고 있는 중이었다. 물론 고되고 힘들었지만 그럴 때는 늘 마음속으로 여자인 것을 숨기고도 기사단장이 된 도른을 떠올렸다. 그러면 다시 투지가 불타올랐다.

조금 이상한 말이기는 해도, 적어도 제가 만든 주인공에게는 지고 싶지 않은 마음이 그녀는 누구보다도 강했다.

단 한 번도 민폐형 여주를 쓴 적이 없는데, 정작 작가가 민폐를 끼쳐서야 되겠는가.

덕분에 윤수는 할 수 있는 것이 점점 더 늘어만 갔다.

더 이상 무언가를 적어 넣을 공간이 없어질 때까지 양피지를 알뜰히 아껴 쓰면서 새로운 스킬을 장착(?)할 때면, 꼭 카이트를 향해 시험을 해 보고는 했다. 때로는 그가 지쳐서 나가떨어질 때까지 그를 괴롭힌 적도 있었다. 하지만 그건 어쩔 수 없는 일이었다. 이곳에 그보다 강한 자는 아무도 없었으니까.

그래도 결국.

"으앗!"

순식간에 몸이 공중으로 붕 뜬다 싶더니, 그대로 땅바닥에 인정사정없이 쾅 메다 꽂혔다.

등줄기를 타고 뭐라 형용할 수 없는 찌르르한 통증이 퍼져갔다. 낙법을 익혀두지 않았으면 큰일 날 뻔했으리라.

"수첩에 한 자 한 자 정성들여 쓴 건데 왜 이러는 거지!?"

"그러기에 내가 말했잖아. 싸움은 기술이 아니라 경험이라고. 무작정 기술만 가지고 덤벼들면 안 돼."

"젠장!"

진다는 감정이 이렇게 분한 것인 줄 예전에는 미처 몰랐다.

거센 분노를 담은 발을 한 번 탕, 구르는데, 저를 똑바로 내려다보며 빙글빙글 웃고 있는 카이트의 얼굴이 두 눈 가득 들어왔다.

"살살 던진 줄 알아."

"뭐라고? 넌 이게 살살이냐? 다른 사람 같았으면 엉덩이뼈가 작살났을 거야!"

"그럼 수첩이 제대로 작동하는 게 맞는 거군. 넌 어쨌든 멀쩡하니까."

"말이나 못 하면."

졌다는 사실에 여전히 분이 풀리지 않은 나머지 이를 으득 물고 몸을 일으키려는 때였다. 카이트의 긴 손가락이 자신의 이마를 꾸욱 눌러 다시 뒤로 벌렁 넘어지고 말았다.

"그대로 있어 봐."

그렇게 말하더니 이내 그가 제 곁에 털썩 눕는 소리가 들렸다. 저 멀리 숲에서 불어오는 북풍 탓에 아직은 쌀쌀함이 느껴지는 계절이었지만, 땀에 흠뻑 젖은 두 사람의 몸에는 밤바람이 그저 시원하기만 했다. 하지만 윤수는 오뚝이마냥 또다시 상체를 발딱 일으켰다. 아, 이놈의 심장이 또.

"나, 난 그만 일어날게."

게다가 지금의 상황은 누가 보면 딱 오해하기 좋았다.

늦은 밤 아무도 없는 탑 위에서 마치 밀회를 즐기듯 함께 다정히 누워 있는 모습이라니. 하지만 그 때 밑에서부터 올라온 손이 그녀의 어깨를 아래로 거침없이 당겼다.

"잠깐이면 되니까."

"응?"

반동을 이기지 못하고 그대로 다시 눕는데, 뒤통수에 차가운 돌바닥이 아닌 따듯하고 단단한 팔이 닿았다.

"어, 어."

놀라서 상체를 들썩거리는데, 퉁명스러운 음성이 들려왔다.

"수선 떨지 마. 바닥이 차가우니까 잠시 팔을 빌려준 것뿐이다."

지금 온몸을 죄다 돌바닥에 붙이고 있는데 머리만 차갑지 않으면 된다는 소리냐!

그렇게 반격하고 싶었지만 윤수는 섣불리 목소리를 내지 못했다. 그래도 침묵을 고수하는 건 영 힘든 일이기에 뭐라도 말하고 싶어 연신 입을 뻐끔대자, 그걸 어찌 알았는지 카이트가 귀신같이 그녀를 저지했다.

"조용히 하고 저거나 봐."

그는 일부러 윤수에게는 일절 시선도 주지 않은 채 그저 퉁명스럽게 턱으로 하늘을 가리켰다.

그 방향을 따라 천천히 시선을 옮기자 구름 한 점 없는 밤하늘만큼이나 검고 검은 그녀의 두 눈동자 속에 아름다운 별빛이 수없이 부서져 내렸다.

"우와, 예쁘다. 엄청 예뻐."

"그렇지?"

하늘을 보면서 별자리를 구분하는 취미는 가지고 있지 않았지만, 윤수는 본능적으로 알 수 있었다. 탐스럽게 떠 있는 별들은 평소 제가 살았던 곳 하늘의 그것과 꼭 같았다. 덕분에 윤수는 카이트의 팔이 저릴까 봐 남몰래 가슴을 졸였던 것도 잊고 별구경에 푹 빠져 한동안 밤하늘에서 좀처럼 시선을 떼지 못했다.

그런 그녀를 향해 그가 스윽 입을 열었다.

"너 말이다."

"왜?"

대체 무엇을 말하고 싶은 것인지는 몰라도, 귓가에 들려온 나지막한 웃음소리가 또다시 마음을 흔든다.

"예전에 봄의 파종을 끝내고 황실에서 대대적으로 여는 만찬에서 내가 머리에 수프를 뒤집어쓴 것도 다 네 짓이지?"

"으응? 아, 뭐…… 그렇지."

왜 또 과거 이야기는 꺼내는지 모르겠다. 윤수는 말을 얼버무리며 두 손으로 얼굴을 쓱쓱 문질렀다.

"게다가 엉뚱한 책이 전달되는 바람에 학자들의 모임에서 개망신을 당한 것도 아주 자알 기억하고 있다. 덕분에 감히 나와 비교조차 될 수 없었던 돌머리 1황자가 그때 나 대신 귀족들의 신임을 얻게 되었지."

"에이, 그런 건 다 잊어. 앞으로는 잘나가는 인생만 생각하라고."

"하등 도움도 되지 않고 꼴 보기 싫은 녀석의 목숨 따위, 그냥 목을 꺾거나 심장에 검을 박아 넣었더라면 쉬웠을 텐데 그래도 넌 날 끝까지 살려줬지."

"뭐?! 꼴 보기 싫다니, 그건 오해야."

누워서 손발을 저어가며 부정하는 것에 온 힘을 쏟는데, 그가 제 이마 위로 가만히 손을 가져다 댔다.

"넌…… 좋은 여자다. 밝고 따듯하고 긍정적이고."

그러고는 이내 머리카락을 부드럽게 헝클어뜨리며 조용히 노래하듯 속삭였다.

"그런 네게 날 살려 줘서 고맙다는 인사를 하고 싶었다."

살면서 단 한 번도 듣지 못했던 진심 어린 목소리. 순간 캄캄한 어둠의 끝자락 즈음에서 조그마한 별 하나가 떨어졌다. 동그랗게 뜬 두 눈 사이를 가르고 지나간 가느다란 빛의 궤적이 그녀의 마음속에 길고 긴 꼬리자락을 남기며 안착했다.

"엣취!"

결국 윤수가 크게 재채기를 하는 바람에 먼저 황급히 몸을 일으킨 것은 카이트였다.

"이 차가운 날씨에 밖에서 대체 왜 이러고 있는 건지. 가자. 자, 어서 일어나."

본인이 먼저 절 억지로 눕게 했으면서 도대체 누굴 책망하는 걸까?

……사실 아직 일어나고 싶지 않았다. 묵묵하게 팔베개를 해 주는 그의 얼굴을 똑바로 바라보며 좀 더 이야기를 나누고 싶었다. 하지만.

몸은 마음과는 달리 용수철처럼 튕기듯 올라갔다.

"이제 그걸 풀어 주마."

그런데 그 순간, 그의 입에서 갑자기 튀어나온 말은, 전혀 예상치 못했던 제안이었다.

윤수는 어안이 벙벙한 표정을 숨기지 못하며 되물었다.

"뭘 말이야? 설마 족쇄?"

"그래. 그동안 무척이나 갑갑해했다는 걸 잘 알고 있었지. 미안하게 생각한다. 이제는 그런 걸로 너를 속박할 생각은 없으니 안심해."

"하지만 네 양쪽 무릎을 땅에 꿇리게 하고 말겠다는 내기에

난 아직 이기지 못했는데……."

"그런 내기 따위는 아무래도 좋아."

카이트는 심드렁한 목소리로 대답했다.

"이제 나는 널 가둘 생각이 없어."

"……나를 완전히 믿게 된 거야?"

"글쎄."

카이트의 대답을 숨죽여 기다리던 윤수의 얼굴이 일순 딱딱하게 굳었다.

그의 말은 어느 쪽도 서운하지 않은 것이 없었다.

희한한 일이었다.

카이트는 분명 이제는 절 가두지 않는다고 했고, 그가 자신을 믿든 믿지 않든 간에 그녀에게는 아무 상관도 없는 일인데…….

왜 이렇게 마음 한구석이 횡한 것인지 알 수가 없었다.

두 사람은 그 뒤로 한동안 말이 없었다.

그러고 보니 그 언젠가 노르덴 숲의 전나무 꼭대기에서 비 그친 한밤중의 광경을 이렇게 둘이서 바라보았던 적이 있었다.

그게 벌써 꽤나 오래전의 일처럼 느껴졌다.

〈다음 권에 계속〉